KB177222

비행기 티켓 한 장 들고 미국공립학교 입성하기

# 땡큐, 맘

Thank You, Mom

# 땡큐, 맘

Thank You, Mom

김성준 + 신은미 지음

비행기 티켓
한장 들고
미국공립학교
입성하기

모아북스
MOABOOKS

지난 2013년 가을부터 2014년 초여름까지는 내 인생에서 가장 기억에 남는 시간으로 남아 있다. 나는 2013년 9월 2일에 출국해서 만 9개월이 조금 넘는 기간 동안 교환학생으로서 미국 공립 고등학교를 다녔다.

그 기간 동안 스피치 수업에서 미국 학생들을 제치고 혼자 만점을 받기도 했고, 물리 수업에서 105.6%를 획득해 학교 창립 이래 과목 최고의 성적을 기록 했던 일도 있었다. FBLA 클럽 활동 중에 아이오와 주 대회에 참가해서 Global Business 분야에서 전체 2위를 수상하기도 했다. 이 분야 수상은 학교 창립 이래 처음이었다.

내가 잘나서가 아니다. 한국에서 나는 영재 축에도 못 끼는 학생이다. 하지만 위기를 기회로 만드는 창의적인 사고방식으로 스피치에서 만점을 받고, 실험이 위주였던 물리 과목에 재미를 느껴 몰입을 한 것이 창립 이래 최고의 점수를 받는 뜻하지 않은 결과로 나타났다. 주 대회도 경험삼아 나가되 꼴찌는 하지 말고 재밌게 놀다오자고 나간 대회였다.

기회는 사람을 바꾼다고 했다. 영재도 못되는 내가 천재 소리를 듣고, 스스로도 알지 못했던 다양한 가능성을 발견하게 되었다. 내게 미국 공립학교에서의 고등학교 생활은 나의 재발견이었다.

한국에서는 그냥 교환학생이라는 말로 사립학교로의 유학과 공립학교로의 교환학생 프로그램을 비슷하게 말하고 있는데, 사실 이 차이는 굉장히 크다. 꼭 집어 차이점을 이야기 하자면 목적 자체가 다르다. 공부 하러 가는 목적과 문화를 교류하러 가는 목적이 어떻게 비슷할 수 있겠는가? 고등학교 때 유학을 간다면 말 그대로 공부를 하기 위해 가는 것이고 대부분 사립학교에 다니게 된다. 하지만 공립학교 교환학생은 공부를 하러 가는 것이 아니라, 미국이라는 나라의 가족문화, 또래문화, 학교문화, 국가의 문화를 경험하기 위해 간다. 그렇기에 미국 가정에 가족의 일원이 되어 미국인들만 다닐 수 있는 공립학교에 다니는 것이다. 내가 다녀온 것은 공립학교 교환학생이며, 이 책에서는 편하게 교환학생으로 표기를 했다.

홈커밍파티 퍼레이드에서 컨버터블을 타고 입장하고, 프롬파티에는 영화에서처럼 턱시도를 입고 파트너와 함께 멋들어진 입장도 했다. 할로윈 때는 한밤중에 으스스한 전설이 있는 다리도 찾아가고, 180cm가 넘는 장신들 사이에서 치이며 농구경기도 나갔다. 호스트가족과 갈등이 생겨서 고민도 많이 했고, 질투하는 친구 때문에 큰 오해를 사기도 했다. 나는 이 9개월 동안 진짜 미국을 경험하고 미국의 평범한 틴에이저가 되어 그들 속에서 살았다.

공립학교 교환학생으로 생활한다는 것은 엄청나게 다양한 기회가 다가오는 것과 같다. 하지만 나의 경우처럼 그 기회들을 많이 활용해 다양한 경험을 한 친구들은 많지 않은 듯하다. 어떤 친구들은 영어라는 언어의 장벽이 막혀서, 또 누군가는 향수병에 하루하루를 버티듯 보내다 돌아오는 경우도 있다. 문화 차이로 또는 사고방식의 차이로 괴로운 학교생활을 하다가 포기하는 경우도 있다. 이 황금 같은 기회를 붙잡지 못한 친구들이 무척 안타까울 때가 많았다.

그래서 이 책을 쓰기로 마음먹었다. 어떻게 준비 하는 것이 좋을지를 이야기 하고, 또 미국생활에서 경험한 여러 가지 일들을 공유한다면 나와 비슷한 과정을 준비하는 친구들에게 도움이 되지 않을까 하는 생각에서다.

미국의 가정생활과 학교생활을 경험하면서 겪었던 좋은 일과 나쁜 일, 사전에 아무도 알려주지 않아서 당황했던 일, 문화적인 충격 같은 일은 비단 나뿐만 아니라 교환학생들이라면 한 번은 겪게 되는 일이다. 미리 알고 간다면 나 보다 더 편하게 생활하고, 더 많은 것을 미국생활에서 얻을 수 있으리라 생각된다.

그리고 굳이 미국으로 교환학생을 떠나지 않더라도, 미국의 고등학생들이 어떤 생활을 하는 지 궁금한 사람들의 생각도 간접적으로 충족이 되었으면 좋겠다. 이전에 교환학생을 경험했던 사람들과 내가 하는 얘기가 다를 수도 있다는 생각이 드는데, 나는 의사소통이 되는 수준의 영어 구사 능력을 갖춘 다음에 교환학생으로 떠나기를 강력히 추천한다. 그러면 적은 비용으로 더 많은 경험과 더 넓은 세상을 볼 수 있다고 감히 자부한다.

이 책은 총 2부로 나누어져 있는데, 1부는 미국에서의 경험을 담고, 2부에서는 어머니께서 직접 어떻게 내게 영어교육을 시키셨는가에 대한 내용을 담았다.

영어 공부 때문에 사교육을 한 번도 받지 않았던 내가 어떻게 미국으로 교환학생을 갈 정도의 영어실력을 갖추게 되었는지 많은 분들이 궁금해 하시는 만큼, 어머니께서는 매우 자세하고 친절하게 2부를 꾸며주셨다.

좋아하는 일을 할 수 있도록, 수재도 영재도 아닌 평범한 아이었던 나를 이렇게 특별하게 키워주시고 이끌어 주신 어머니께 이 자리를 빌어 무한한 감사를 드리고 싶다.

김 성 준

운전 중에 우연히 라디오에서 들은 내용이 기억납니다. 한국의 부모에게 아이들의 장점과 단점 열 가지씩을 써보라고 하면, 단점은 금방 열 가지를 채우는데 장점은 한참을 고민하면서 채워 나간다는 실험결과가 있다는 것입니다. 부모가 아이들의 단점을 자꾸 보고 이를 고쳐주고자 지속적으로 아이들에게 얘기하는 동안, 부모로부터 단점을 계속 들어온 아이들은 자기도 모르는 사이에 나는 문제가 많은 아이, 루저(looser)라는 인식을 가지게 된다며, 아이들의 장점을 보려는 노력이 부모에게 필요하다는 것이었습니다. 아이들은 누구다 다 장점을 가지고 있는데, 단점만을 보다보면 장점을 잃게 될 가능성이 높다는 말로 끝을 맺었습니다.

맞는 말이라는 생각이 들었습니다. 집에 돌아와 둘째인 성운이와 함께 장점을 하나씩 얘기해 보는 시간을 가졌습니다. 다음으로 단점을 하나씩 얘기해 봤습니다. 다행스럽게도 우리는 장점을 말하는 것이 단점을 말하는 것 보다 훨씬 쉬웠습니다. 나도 모르게 휴~하고 한숨이 나오며 다행이라는 생각이 들었습니다.

우리 부부는 아이들에게 나이 또래에 맞는 경험을 해 주고자 노력해 왔습니다. 그래서 자기가 하고 싶어 하는 건 최대한 할 수 있도록 해 주었습니다. 하지만 때로는 엄마가 꼭 가르치고 싶은 것은 배우도록 했습니다. 그러면서 느낀 게 있습니다. 엄마가 가르치고 싶어서 선택한 건 답답하리만치 느린 반면, 자기들이 하고 싶어서 선택한 건 놀랄 만큼 빠르게 습득하더라는 것입니다.

예를 들면 피아노가 그렇습니다. 3년 이상을 피아노 학원에 다닌 성준이는 다른 아이들에 비해 실력이 현저히 떨어졌습니다. 얘는 피아노에는 자질이 없나보다 생각하고 있었는데, 미국에 가기 전 피아노 한 곡 정도는 칠 수 있어야겠다며 악보를 구해서 틈틈이 연습을 하는 것이었습니다. 한 보름 정도 연습을 하더니 우리 앞에서 근사하게 연주를 하는 것이었습니다. 그렇게 잘 치면서 그동안은 왜 그렇게 피아노를 못 쳤냐고 물어보니 "그 때는 피아노 치는 게 재미없었는데 지금은 재미있네!" 하는 것이었습니다. 결국 자기가 좋아해야 잘 할 수 있다는 걸 다시금 느끼게 된 순간이었습니다.

미국 교환학생도 성준이가 원해서 갔습니다. 그래서인지 화상통화를 할 때면 항상 얼굴이 밝았습니다. 그러면서 한국에 있을 때는 말하지도 않던 '엄마 고마워요' 라는 말을 자주했습니다. 미국에 와 보니 엄마 덕에 영어를 제대로 배운 것이 느껴져서 고맙고, 다른 아이들은 못하게 하는 것들도 엄마는 취미로 할 수 있게 해 줬는데 미국에서는 그게 실력으로 인정을 받는다며 그것도 고맙고, 콧대 쎈 미국 아이들도 여행 얘기만 나오면 자기 앞에서 잘난 체를 못한다며 그것도 고맙고, 그리고 미국에 와보니 성운이가 나에게 얼마나 착한 동생인지 알게 되었다며 성운이에게도 고맙다고 했습니다. 그 말을 들으면서 '그래! 미국에서 아무 것도 배운 게 없다 할지라도 가족의 고마움을 알게 되었으면 그걸로 만족이다' 는 생각을 해 봅니다.

아이들이 자라는 건 콩나물이 자라는 것과 비슷한 것 같습니다. 콩나물시루에 계속해서 물을 주지만 대부분 시루 바닥에 뚫린 구멍으로 새어버립니다. 그걸 알면서도 계속해서 물을 줍니다. 그러면 콩나물은 흘러내리는 물을 흡수해 무럭무럭 자라게 됩니다. 아이들도 그렇습니다. 지금 당장은 효과가 없어 보이지만, 콩나물이 물을 흡수하듯 조금씩 체화하면서 어느덧 보면 크게 성장해 있게 됩니다. 조급증을 버리면 아이들의 장점이 보이고, 그러면 장점을 키워 줄 수 있다고 생각합니다.

'Man becomes what he thinks about.' 론다 번(Rhonda Byrne)이 쓴 The Secret에 나오는 말입니다. 사람은 항상 생각하는 대로 된다. 긍정적으로 생각하면 긍정적으로 이루어지고, 부정적으로 생각하면 부정적으로 이루어지므로 긍정적으로 생각하는 것이 성공의 비밀이라는 것이 이 책의 요지입니다. 저는 아이들을 키우면서 이 말을 명심하고 있습니다. 그래서 항상 아이들의 긍정적인 미래를 생각하고 아이들과 함께 얘기합니다.

성준이가 학교에서 유일한 동양인이면서도 성과를 내고, 스스로 어려움을 극복해 나갈 수 있었던 기반에는 이런 성준이의 긍정성이 장점으로 작용 한 것으로 보입니다. 홀로 먼 타국에서 잘 생활해 준 성준이에게 제가 오히려 고맙다는 말을 전합니다. 고마워 성준아

성준이 엄마 신 은 미

들어가는 글 1······ 8

들어가는 글 2······ 12

## Part 1
# 교환학생이라면 성준이처럼 시작하자

## 1장 가슴 설레는 교환학생 입성기

1. 드디어 미국으로 간다

두근두근, 혼자 떠나는 출국 ······ 24

23시간 만에 도착한 디모인······ 27

나의 또 다른 가족, 브룩하트 패밀리(Brookhart family)······ 28

우리 동네소개, 윈터셋 Winterset······30

2. 교환학생, 이렇게 준비했다

교환학생으로 미국을 꼭 가고 싶었던 이유 ······ 31

준비는 이미 몇 년 전부터······ 35

교환학생 선발에 유리한 조건이 있다! ······ 37

본격적인 서류 준비, 비자와 입학허가서······ 39

학교 배정까지 인내의 시간 ······ 40

| 성준이의 팁 | 호스트 결정 방법······42

3. 교환학생, 알고 떠나자

교환학생은 영어가 목적이 아니다 ······ 42

문화충격? 미리 알고 가자! ······ 45

다른 문화, 다른 사고방식 ······ 46

문화가 달라서 좋은 점도 있다 ······ 47

4. 한국과 다른 미국 고등학교, 이렇게 준비하자
내가 다닌 학교, Winterset High School ········ 48
학교생활 시작은 수강신청과 함께 ········ 50
수강신청, 교환학생도 미리 준비하자 ········ 53
| 성준이의 팁 |수강신청 준비는 한국에서~ ········ 82

5. 교환학생은 어떤 학교로 가게 될까?
교환학생이 배정되는 학교 ········ 55
대도시 교환학생은 왜 없을까? ········ 56
미국은 왜 공립 교환학생을 받을까? ········ 58

2장 고딩 성준이의 본격적인 미국생활

1. 한국과 미국 고등학교, 이것이 다르다
미국엔 담임선생님도 겨울방학도 없다 ········ 60
100점을 넘어선 점수도 있다 ········ 60
카운슬러와 학부모 컨퍼런스 ········ 63
미국의 텀Term 제도 ········ 65

2. 미국에서 만난 새로운 학교
초반이 찬스! 가자마자 친구를 사귀자 ········ 66
친구 사귀기, 호스트 가족의 도움 받을까? ········ 68
영어이름 꼭 필요할까? ········ 69
스마트폰 사용금지? 아니 필수! ········ 70
스냅챗과 트위터로 대화하는 학생들 ········ 71
노트북은 학교에서 대여 ········ 73
스포츠에 열광하는 학생, 학부모 그리고 학교 ········ 74
스포츠 관람은 학교를 돕는 일 ········ 76

3. 공부만큼 중요한 자원봉사와 클럽활동
자원봉사, 적극적으로 하라 ········ 77
기억에 남는 스피치대회 자원봉사 ········ 80
| 성준이의 팁 | 자원봉사는 본인이 찾아서~ ········ 82

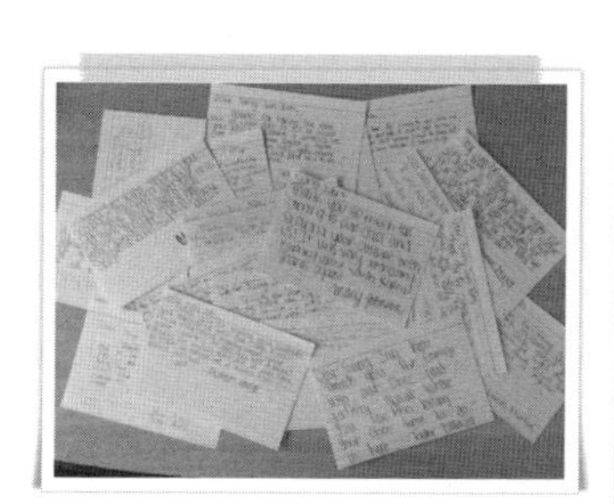

활발한 클럽 활동과 FBLA대회 …… 82
대규모 대회, 꼴지만 면하자! …… 84
오합지졸 팀이 2등을? …… 86

4. 미국은 행사중?
학교는 행사 중 …… 89
동네도 행사 중 …… 91
교회도 행사 중 …… 93

## 3장 미국에서 나는 이렇게 공부했다

1. 이럴 수가! 공부가 재미있다니
제일 싫었던 물리과목, 미국에선 만점 …… 95
영어 스피치 수업, 나홀로 만점 …… 97
도전! 영어 작문 수업 …… 99
역사는 역시 어려워! …… 101
한국에서 천재가 왔다?? …… 102

2. 파티! 노는 것이 공부다
나가서 좀 놀아라! …… 104
졸업시즌과 졸업파티 …… 106
가장 큰 파티, 홈커밍 파티 …… 107
홈커밍 하이라이트 퍼레이드 …… 109
고등학생의 가장 중요한 파티, 프롬 파티 …… 113

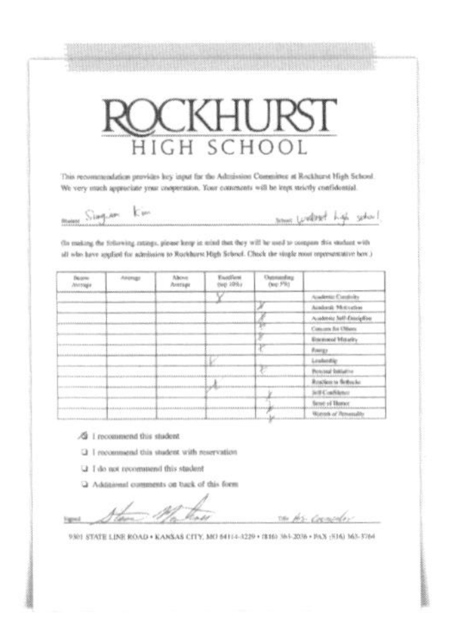

ROCKHURST
HIGH SCHOOL

This recommendation provides key input for the Admission Committee at Rockhurst High School. We very much appreciate your cooperation. Your comments will be kept strictly confidential.

Student: [illegible] School: [illegible]

(In making the following ratings, please keep in mind that they will be used to compare this student with all who have applied for admission to Rockhurst High School. Check the single most representative box.)

| Below Average | Average | Above Average | Excellent (top 10%) | Outstanding (top 5%) | |
|---|---|---|---|---|---|
| | | | ✓ | | Academic Creativity |
| | | | | ✓ | Academic Motivation |
| | | | | ✓ | Academic Self-Discipline |
| | | | | ✓ | Concern for Others |
| | | | | ✓ | Emotional Maturity |
| | | | | ✓ | Energy |
| | | | ✓ | | Leadership |
| | | | | ✓ | Personal Initiative |
| | | | ✓ | | Reaction to Setbacks |
| | | | | ✓ | Self Confidence |
| | | | | ✓ | Sense of Humor |
| | | | | ✓ | Warmth of Personality |

☑ I recommend this student
☐ I recommend this student with reservation
☐ I do not recommend this student
☐ Additional comments on back of this form

Signed: [illegible] Title: [illegible]

9301 STATE LINE ROAD • KANSAS CITY, MO 64114-3229 • (816) 363-2036 • FAX (816) 363-3764

## 4장 미국가족의 일원으로 산다는 것

1. 호스트 가족과 마찰이 생기다
빨간불이 켜진 호스트 가족과의 관계 …… 119

어이없는 오해, 한 순간에 깨진 평화 ········ 120
좋은 게 좋은 것만은 아니다 ········ 123
| 성준이의 팁 | 심각한 상황에서 'Sorry' 는 잘못 인정 ········ 126
정말 떠나야 하는 걸까? ········ 126
새로운 호스트는 하늘의 별따기 ········ 127

2. 새 호스트 가족과 만나다
새 가족이 되어 준 친구, 데빈 ········ 129
정말 그랬던 거니? Dan? ········ 130
자랑스러운 학부모 컨퍼런스 ········ 132
기대되는 저녁 식사시간 ········ 133
나는 아빠의 대화 친구 ········ 134

3. 요모조모 미국생활
신발은 버린다 ········ 135
사라진 로망 ········ 136
담배와 술, 마약 ········ 137
토네이도를 경험하다 ········ 138
미국의 십대, 그들만의 오락기구 ········ 140
| 성준이의 팁 | 미국에서는 정품, 정식 다운로드만 ········ 142
아침은 대충, 점심은 학교에서, 저녁은 만찬! ········ 74
감동적인 저녁 식사 초대 ········ 143
함께 즐기기 좋은 미국 명절 ········ 147
윈터셋의 할로윈 풍경 ········ 150

5장 교환학생으로 가길 잘했어

1. 교환학생만의 특혜를 누려라
교환학생모임, 옥수수밭 미로에 가다 ········ 154
어설픈 스키장도 나름 재미있네 ········ 155
의미 깊은 시청투어 ········ 157
미국의 놀이동산 ········ 158

2. 헬로우! 뉴욕
하와이? 뉴욕? 어디로 갈까? …… 159
아름다운 도시, 뉴욕 …… 161
월 스트리트에 서서 …… 163
미국은 여행도 독립적으로 …… 166
코리아타운에서 냉면을 …… 168
야밤 호텔탈출 대작전 …… 169
뉴욕관광, 바쁘다 바빠! …… 170
뉴욕에서 다시 윈터셋으로 …… 175
또 하나의 가족 …… 176

Part 2

# 성준이 엄마가 공개하는 영어 교육법

## 1장 성준이의 놀라운 영어실력 비결은?

1. 성준이는 이런 아이였다
"왜?" 라는 질문이 많은 아이 …… 184
좋아하는 일에 집중력을 보이는 아이 …… 185
호기심이 많은 아이 …… 190
사교육을 모르는 아이 …… 192
여행을 좋아하는 아이 …… 193

2. 사교육 없이 영어에 자유로운 성준이
10살에 혼자 미국 친척 집을 가다 …… 196
중앙일보 기사에 실리다 …… 198
경기도 남양주시 영어영재로 선발 …… 200
EBS교육방송 〈Talk N Issue〉 출연 …… 200
청소년 국제교류에 참여하다 …… 203

EBS교육방송 생방송 〈교육마당〉 출연 ········ 205
영어 멘토로 활동하는 중학생 ········ 207
주니어 헤럴드 영자신문사 기자로 2년을 ········ 209

## 2장 엄마표 영어공부 실전 로드맵

1. 성준이가 영어를 익힌 방법은?
다양한 엄마표 영어교육법이 있지만 ········ 212
왜 모국어 습득 방식의 영어교육법인가? ········ 214
엄마가 설정한 영어교육 규칙 4가지 ········ 216
시험성적이 곧 영어실력일까요? ········ 218

2. 성준이의 영어교육 9단계
성준 엄마표 영어교육법이란? ········ 221
1단계. 터잡기 ········ 222
2단계. 소리에 익숙해지기 ········ 225
3단계. 기본 단어 습득 ········ 227
4단계. 그림책(Picture Books) 보기 ········ 229
5단계. 동화책(Chapter Books) 보기 ········ 230
6단계. 말하기 연습 ········ 232
7단계. 심화단어 습득 ········ 234
8단계. 글쓰기 연습 ········ 235
9단계. 문법 ········ 237

## 3장 영어교육에 대한 고민, 이젠 접어도 됩니다

1. 영어는 왜 배워야 한다고 생각하세요?
가장 먼저, 엄마 마음 다지기 ········ 239
영어는 왜 배우는 걸까요? ········ 239
한국과 핀란드의 영어교육 비교 ········ 239

2. 영어는 어떻게 가르쳐야 할까요?
아이들은 어떻게 언어를 배울까요? …… 243
이제 한국의 영어교육을 살펴볼까요? …… 246
올바른 영어교육 방향은 무엇일까요? …… 247
영어를 가르칠 자신이 없는데 어떻게 하죠? …… 248
언제 시작하는 것이 좋죠? …… 250
대학 가려면 문법, 독해를 공부해야 하지 않나요? …… 252
우리가 말을 하고 글을 쓸 때, 문법을 의식하면서 쓰나요? …… 253
영어능력, 이젠 말하기가 먼저! …… 253

맺음말 _ 255

어렵지 않습니다. 엄마라면 누구나 할 수 있습니다.

# Part 1

# 교환학생이라면 성준이처럼 시작하자

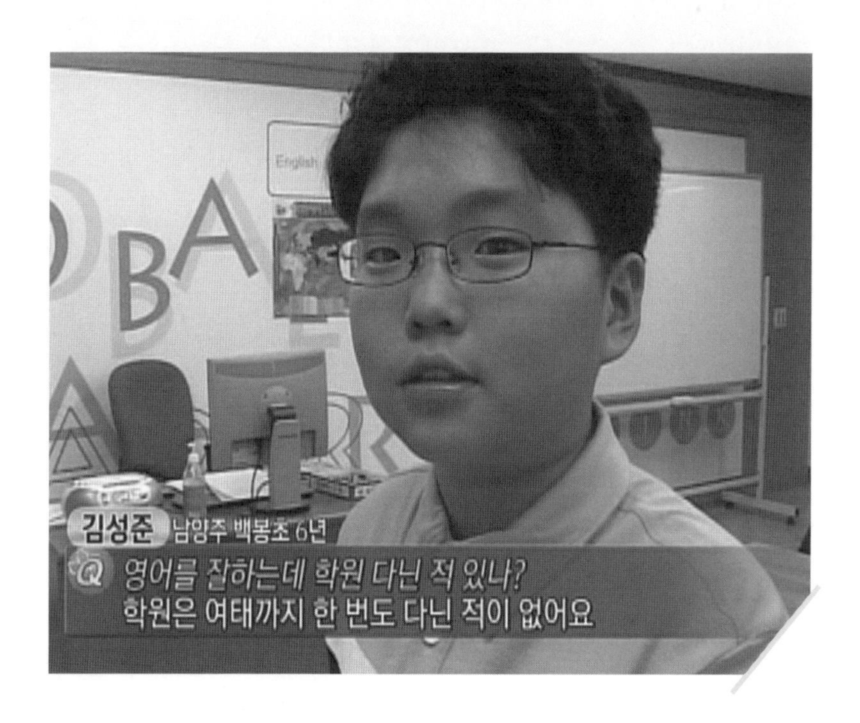

# 1장　가슴 설레는 교환학생 입성기

## 1. 드디어 미국으로 간다

### 두근두근, 혼자 떠나는 출국 날

드디어 미국으로 떠나는 날, 인천공항에서부터 나의 미션은 시작되었다. 최종 목적지는 아이오와(Iowa)주의 주도(State capital, 州都)인 디모인(Des Moines)에 있는 디모인 공항. 인천에서 출발해 일본 동경을 경유하여 미국 덴버 공항에 도착한 다음, 다시 디모인 공항까지 가는 비행기를 타야 했다. 총 비행시간은 무려 23시간, 그 시간 동안 혼자서 모든 것을 감당해야 했다. 가족과의 해외여행 경험은 꽤 있었지만 혼자서 해외로 가는 것은 처음이라 솔직히 걱정이 되었다.

23시간 동안 아는 사람 하나 없이 오로지 나 혼자라는 생각에 묘한 기분이 들었다. 비자 인터뷰 때 봤던 그 많던 또래 아이들조차 보이지 않자 약간은 두렵기도 했다. 하지만 동경 공항에 내리고 나서 그 두려움은 곧 설렘으로 바뀌었다. 우선 와이파이(Wi-Fi)가 되는 곳을 찾아 인터넷 전화로 부모님께 전화를 드리고 나서 천천히 공항 안을 구경했는데 처음 해보는 혼자만의 여정에서 의외의 많은 것을 발견했다.

예전에 가족과 동행 했을 때는 빠듯한 시간 때문에 내가 관심 가는 것들을 편하게 구경할 수가 없었는데 이젠 마음대로 들리고 싶은 곳도 가고, 보고 싶은 것도 볼 수 있었다. 혼자 하는 여행이라서 나만의 경험이 가능해진 것이다. 단, 책임을 지는 것도 나 스스로라는 점을 잊지 않았다. 공항구경에 한 눈이 팔려 비행기 시간을 놓치는 일이 없도록 주의하면서 그렇게 자유롭게 3시간을 보냈다.

무사히 동경에서 미국 덴버로 가는 비행기에 탑승하고 자리에 앉아 깊게 숨을 들여 쉬었다. 앞으로 꼬박 12시간 정도를 가야 하니 시차 적응을 위해서는 잠을 자두어야 했다. 그런데 잠이 쉽게 오지 않았다. 결국 영화를 몇 편 보다가 잠 한숨 못 잔 채 덴버 공항에 도착했다.

미국 도착 시간표

| 출발도시 | 도착도시 | 출발시간 | 도착시간 | 소요시간 |
|---|---|---|---|---|
| 인천(ICN) | 동경(NRT) | 2013/9/1(일) 11:40 | 14:00 | 2시간 20분 |
| 갈아타면서 대기하는 시간 3시간 | | | | |
| 동경(NRT) | 덴버(DEN) | 2013/9/1(일) 17:00 | 12:30 | 10시간 30분 |
| 갈아타면서 대기하는 시간 5시간 22분 | | | | |
| 덴버(DEN) | 디모인(DSM) | 2013/9/1(일) 15:52 | 18:28 | 1시간 36분 |
| 총 소요 시간 22시간 48분 | | | | |

덴버 공항에서는 동경과 달리, 비행기를 갈아탈 때 공항에서 미국 입국 심사를 받아야 한다. 그리고 짐을 찾아서 밖으로 나간 다음 항공사 카운터에 가서 디모인으로 가는 예약티켓을 보여주고 짐을 다시

부쳐야 한다. 미리 여러 번 머릿속에서 연습했지만 막상 이런 복잡한 과정을 혼자서 해낼 수 있을지 긴장되었다.

'입국심사가 너무 까다로우면 어떻게 하지?', '혹시라도 내 짐이 분실돼서 찾지 못한다면……?', '디모인까지 가는 비행기 티켓을 제대로 끊을 수 있을까?' 머릿속은 일어나지도 않은 걱정이 산더미처럼 밀려들었다. '아, 부모님이 옆에 계셨다면 내가 실수를 해도 해결해 주실 텐데……' 하는 나약한 생각도 들었다.

하지만 그 순간 '아니야! 혼자서도 잘 할 수 있어!' 하고 입술을 꼭 깨물었다. 더욱 긴장하며 집중한 탓인지 입국심사도, 짐을 찾아 다시 디모인 행 비행기 표를 끊는데도 아무 문제가 생기지 않았다. 오히려 혼자라는 걱정이 나를 더 강하게 만들어주는 기분이었다. 이대로만 한다면 앞으로의 학교생활도 잘 해낼 수 있을 거란 자신감이 생겼다.

덴버 공항은 크고 가운데가 뾰족한 텐트를 길게 이어 붙여 놓은 지붕 모양 때문에 세계적으로 유명한 곳이다. 겉에서 보이는 모습도 독특하지만 공항 내부의 분위기도 무척 매력적이었다. 텐트모양의 천장을 통해 간접조명을 켜 놓은 듯 은은하게 햇빛이 들어왔다. 낮에는 굳이 전등을 켜지 않아도 될 만큼 밝았고 은근하게 느껴지는 햇빛의 온기에 기분이 좋아졌다.

덴버에 도착해서도 제일 먼저 무료 와이파이(Wi-Fi) Zone을 찾았다. 어린 아들을 혼자 보내놓고 걱정하고 계실 부모님께 연락을 하기 위해서였다. 한국 시간으로 새벽 3시경이었는데 전화벨이 채 몇 번 울리기도 전에 아버지께서 전화를 받으셨다. 역시나 걱정에 잠을 못

주무시고 기다리셨다고 했다. 혼자서도 충분히 잘 했고 앞으로도 잘 할 자신감이 생겼으니 걱정하지 마시라고 말씀 드렸다.

### 23시간 만에 도착한 디모인

지금까지와는 달리 덴버에서 디모인까지는 비행기로 겨우 1시간 반밖에 걸리지 않았다. 그런데 재미있는 것은 한국에서 9월 1일에 출발해서 23시간이 걸려 도착한 디모인이 여전히 9월 1일이라는 사실이다. 하루 종일 꼬박 걸려 도착한 곳이지만 날짜대로라면 아주 가까운 곳에 온 듯한 착각이 들었다.

'드디어 도착이다!'를 속으로 외치며 큰 가방을 끌고 낑낑거리면서 에스컬레이터를 타고 내려가는데 누군가 나의 이름을 불렀다.

'잘못 들었나?' 싶어 두리번 거리니 사진으로만 뵈었던 미국의 호스트부모님이 나를 먼저 알아보고 이름을 부르면서 손을 흔들어 주고 계신 게 아닌가?

어떻게 나를 알아보셨냐고 여쭤보니 포트폴리오의 사진 때문에 한눈에 알아보셨다고 했다. 동양인을 거의 볼 수 없는 지역이라 더욱 알아보기가 쉬웠겠지만 그래도 먼저 알아봐 주시는 그 분들이 너무 고맙고 반가웠다.

긴 여행의 끝, 이역만리 낯선 곳에서 나를 기다리고 있는 또 다른 가족이 있다는 사실에 나의 두려움은 눈 녹듯 사라졌다.

### 나의 또 다른 가족, 브룩하트 패밀리(Brookhart family)

디모인 공항을 나와 시내에서 가족들과 저녁을 먹으며 인사를 나눴다. 23시간의 긴 여정이었지만 그때까지만 해도 이상하리만큼 피곤하지 않았다.

당시 찍힌 사진을 봐도 별로 피곤한 기색이 보이지 않았는데 집으로 돌아가는 차 안에서 나는 기절이라도 하듯 곯아 떨어졌다. 디모인 시내에서 호스트가족의 집이 있는 윈터셋(Winterset)은 고속도로로 약 40분 정도 가야 하는 거리였는데 거의 차에 타자마자 바로 잠들어 40분 내내 잠만 잤다. 혼자라는 긴장감에 23시간을 잠도 자지 않고 버텼으니 그럴 만도 했다. 아무 일 없이 무사히 도착해 가족의 품에 안겼다는 안도감 때문이었는지 정말 달게 잠을 잘 수 있었다. 집에 도착해 준비된 방에 짐을 풀고, 샤워를 하자마자 또다시 그대로 잠이 들어 버렸다. 낯선 공간에 대한 어색함 보다는 알게 모르게 편안한 느낌을 받았던 모양이다. 운이 좋았는지 그 다음날이 개교기념일이라서 거의 정오 무렵까지 푹 잘 수 있었다.

첫 날엔 밤이라서 구경하지 못했던 집을 도착 다음날 구경했을 때 '와! 내가 이런 집에서도 살아 보는구나……' 하고

속으로 마구 감탄사를 연발했다.

나의 호스트가족인 브룩하트 가족은 엄마 캐런(Karen), 아빠 빌(Bill), 나와 동갑이면서 쌍둥이 남매인 다니엘(Daniel), 레이철(Rachel)과 아이오와대학교에 다니는 누나 제니퍼(Jennifer)까지 총 5명이다.

왼쪽부터 제니퍼, 레이철, 아빠, 엄마, 다니엘.

집은 거의 관공서 건물만 한 크기로, 반지하와 지상으로 나뉘어 있는데 반지하층은 나와 다니엘, 제니퍼의 방과 작은 거실이 있고 1층에는 거실과 부엌, 레이철의 방과 부모님의 방이 있었다. 집에는 정원과 호수도 딸려있었는데 집 전체 대지는 상상했던 것 보다 훨씬 컸다. 원래 과수원이었던 곳에 집을 지었다고 했는데 총 53에이커로 약 21만 4500㎡(약 6만5천 평) 정도였다. 집 앞의 호수도 모두 호스트가족의 땅이라고 하니 혀가 내둘러질 정도였다.

나의 호스트가족은 평소에도 자원봉사를 많이 하는 분들이었다. 집에는 5마리의 개를 키우고 있는데 모두 덩치가 장난이 아니게 컸다. 일어서면 거의 내 키와 맞먹는 녀석들도 있어서 처음에는 무서웠는데, 지내고 보니 5마리의 개들 모두 상당히 얌전하고 온순했다. 후에 들은 이야기지만 그 개들은 모두 유기견 보호소에서 데려온 유기견들이었다. 가족 모두 마음이 따뜻한 사람들이었다.

## 우리 동네소개, 윈터셋 Winterset

윈터셋(Winterset)은 아이오와(IOWA)주의 메디슨 카운티(Madison County)에 있는 마을이다. 영화 〈메디슨 카운티의 다리〉의 실제 배경이자 영화 촬영지였던 로즈만 다리(Roseman Bridge)가 아직도 남아있다. 또 영화배우 존 웨인(John Wayne)이 태어난 곳으로 유명하다. 아이오와주의 주도(State capital, 州都)인 디모인과는 60Km 정도 떨어져 있으며, 자동차로 40분 정도 걸린다. 아이오와 지역은 옥수수 재배로 유명한 곳으로 거의가 평지로 산이 거의 없다.

인종 : 백인의 비율이 98.1%인 백인 거주 지역

인구 : 약 5,000명

기후 : 영하 11℃(1월)~영상 30℃(7월) 수준으로 한국과 유사

유명한 Roseman Bridge

### 교환학생으로 미국을 꼭 가고 싶었던 이유

초등학교 3학년, 그러니까 10살 때의 일이다. 나 혼자서 2달간 미국에 사는 친척집에 놀러 간 적이 있다. 꽤 어렸을 때의 일이지만 부모님과 떨어져 혼자서 한 미국 여행은 아직도 생생한 기억으로 남아있다. 지금 생각해보면 그 당시 나는 꽤 당돌했던 것 같다. 어디서 생긴 자신감인지 몰라도 혼자 가는 미국여행이 무섭지도 않았는지 비행기에서 아이들에게 모형 비행기를 선물로 주는 걸 보고 미국 사촌 동생들에게도 가져다 줘야겠다는 생각을 할 정도로 여유(?)가 있었다. 내 꺼 한 개와 두 동생들에게 한 개씩 주기 위해서는 총 3개가 필요했는데, 한 명당 한 개씩 밖에 주지 않는다고 해서 다른 스튜어디스 누나가 지나갈 때마다 선물을 하나씩 달라고 해서 결국 3개를 받아 내고 말았다.

겨울방학 기간 내내 미국에서 머물기로 한 것인데, 막상 미국에 가보니 그곳은 이미 학기가 시작되어 사촌 동생들도 이웃의 또래 아이들도 모두 학교에 가야했다. 처음 온 미국은 모든 게 신기했지만 또래 친구들이 학교를 가고 나면 할 일이 없어 너무 심심했다. 친척 어른들은 나를 잠깐이라도 미국의 학교에 보낼 수 있는지를 알아보셨고 결국 Village School이라는 사립 초등학교에서 한 달간 다녀도 좋다는 허락을 받아 주셨다. 나중에 전해들은 이야기지만 이런 사례가 없었기 때문에 학교에서는 상급 기관에 문의를 했고, 상급기관에서는 안 된다는 규정이 없으니 잠깐 동안이면 다니게 해도 문제가 없을 것 같다는 결정을 내렸다고 했다. 이런 융통성 덕분에 나는 계획에도 없던 미국 사립 초등학교에 다니며 수업을 받을 수 있게 되었다.

미국 초등학교에 다니려고 미국을 간 것은 전혀 아니었다. 어렸을 때부터 봐 왔던 영화나 애니메이션에 나오는 미국에 꼭 가보고 싶어 부모님을 졸랐고, 우연한 기회에 친척 분께서 한국에 나오실 일이 있어 무작정 따라 간 것이다. 영어? 그 때도 영어에 대한 두려움은 전혀 없었던 것 같다. 내가 놀면서 본 영화나 애니메이션을 통해 제법 영어로 의사표현을 할 수 있었기 때문이었다.

미국 초등학교 생활은 지금도 가끔씩 기억이 날 정도로 즐거운 시간이었다. 동양인은 커녕 외국인 학생조차 없던 곳이어서 그랬는지 선생님도 아이들도 나에게 기대 이상으로 친절하게 대해 주었다. 학교에 다닌 지 이틀 정도 지나서는 친구들을 집으로 데리고 오기도 하고, 놀러 가기도 하며 지냈다. 얼마 되지 않아 학교 친구의 생일파티에 초대받아 갔는데 직접 가보고 깜짝 놀란 적도 있었다. 집에서 간단하게 여는 생일파티가 아니라 별장으로 놀러 가서 하룻밤을 자고 오는 성대한 파티였다. 화려한 파티 장식으로 꾸며진 그곳에서 아이들이 밤새도록 놀았다.

학교에서도 공부보단 거의 놀았던 기억밖에 없다. Village School에서는 교실 밖에서의 수업도 많았는데 교실에서의 수업도 전혀 지루하지 않았다. 큰 학교가 아니었기 때문에 여러 학년의 아이들이 함께 수업을 받았는데 같이 하는 체육활동도 많았다. 나는 아이들과 함께 뛰어 놀 수 있는 체육시간이 좋았다. 수업인지 노는 것인지 구분이 잘 안 될 정도로 즐거운 수업이었다.

학교에는 새를 키우는 곳이 있었는데 여러 종류의 새들이 있었다. 이곳은 새를 구경만 하는 곳이 아니라 아이들이 직접 우리 안으로 들어가 새들과 어울릴 수 있도록 만든 곳이었다. 직접 모이를 주는 것도 재미있었고 예쁜 종류의 새들이 함께 어울려 지내는 것도 신기해서 나는 그 곳에서 꽤 많은 시간을 보냈다. 그 곳에 있으면 마치 밀림 속에 들어와 있는 기분도 들었다. 이런 모습을 관심 있게 지켜보셨는지 담당 선생님께서는 여기에 있는 새들을 책에서 찾아보면 더 재미있을 거라시며 나에게 애틀랜타에 사는 새들에 관한 책을 선물로 주셨다.

학교를 다닌 지 1개월이 거의 되어갈 즈음에 나는 얼마 후에 학교에서 국립 박물관에 견학을 간다는 계획을 알게 되었다. 그런데 하필이면 내가 학교를 그만두고 며칠 뒤였다. 같이 가고 싶은 마음에 같이 견학을 가고 싶다고 선생님께 부탁을 드렸는데, 이럴 수가! 견학 일정이 바뀌었다는 연락을 받았다.

학교에서는 내가 같이 견학을 갈 수 있도록 견학일정을 앞으로 당겨준 것이다. 나중에 친척에게서 전해들은 말로는 학교에서 견학일정을 조정하기 위해서 대상 학부모 전원에게 일일이 전화를 걸어 사정 설명을 하고 양해를 구했다고 한다.

1개월이 지나 귀국을 앞두고 학교를 그만두게 되었을 때, 친구들과 선생님께서 챙겨준 선물들을 정말 한 보따리 넘게 받았다. 헤어지는 아쉬움에 우는 친구들도 많았다. 나도 정들었던 친구들과 헤어지는 게 너무 슬퍼 같이 울었다.

학교에서는 한 달 동안 내가 공부하고 시험 본 모든 자료와 내가 제출한 과제물, 그리고  행동발달사항과 선생님 의견서 등을 친척 분에게 챙겨주었다. 한국에 돌아와서 꺼내 보고서는 그 양에 놀랐다.

“이걸 내가 다 했던 거야? 그런데 왜 난 공부한 느낌이 없지?”

한국에 돌아와서 느낀 내 솔직한 심정이었다. 점수도 믿을 수 없었다. 그저 열심히 놀고 온 것 같은데 모든 과목에 Excellent를 받았다. 한국식으로 전 과목 만점을 받은 것이다.

The VILLAGE SCHOOL
231 East Drake Avenue - Auburn, Alabama 36830 - Phone (334) 887-7726

Student's Name: James Kim
Academic Year: 2006-2007 Grade: 4
Teacher: Carole Corsby Carole Corsby

| Subject | 1st | Comments | 2nd | Comments | 3rd | Comments | 4th | Comments |
|---|---|---|---|---|---|---|---|---|
| Spelling | | | | | E | James is a wonderful | | |
| Reading/Language Arts | | | | | E | visitor. He has added | | |
| Handwriting | | | | | E | a lot to our Class. I have | | |
| Math | | | | | E | become very fond of James | | |
| Science | | | | | E | and am sad to see him | | |
| Social Studies | | | | | E | return to Korea. Thank you for | | |
| ~~Arabic~~ English | | | | | E | sharing James with the | | |
| Music | | | | | E | Village School | | |
| Work Habits | | | | | | | | |
| Completes Class Assignments | | | | | E | | | |
| Turns in Homework on Time | | | | | E | | | |
| Is Cooperative | | | | | E | | | |

E = Excellent G=Good S=Satisfactory N=Needs Improvement U=Unsatisfactory

Parent's Signature: 1st____ 2nd____ 3rd____ 4th____

미국초등학교에서 받은 만점 성적표.

한국의 학교를 다니며 받아 보지 못했던 성과에 이제까지 경험하지 못한 성취감과 충족감을 느꼈다. '꼭 한 번 다시 가고 싶다'는 이 마음이 결국 교환학생으로 미국에 가도록 나를 이끌어 주었다.

초등학교 때 미국에서.

**준비는 이미 몇 년 전부터**

교환학생으로 미국을 가겠다는 마음이 생겼다고 몇 달 서류 준비를 하고 바로 떠나는 것이 과연 좋을까? 나는 교환학생 준비는 몇 년 전부터 시작해야한다고 생각한다. 교환학생으로 가기 위해서 가장 기본은 영어, 그리고 영어권 문화와 친해지는 것이라고 생각하고 될 수 있으면 많은 활동을 하려고 노력했다.

중학교에 진학 후 1학년 때는 청소년 국제교류에 참가해 외국인 친구들을 사귀었고, 2학년 때부터 남양주시 청소년수련관에서 영어 멘토로 자원봉사를 시작했다. 청소년 영어 멘토는 초등학교 아이들에게 영어멘토로서 영어에 대한 학습을 지원하는 일이었다.

그렇게 매주 금요일마다 청소년수련관에서 1시간에서 1시간 30분 정도 아이들에게 영어를 가르치기 시작했다. 사실 가르치기 보다는 영어를 하며 같이 놀아주는 것에 가까웠다. 시험기간에도 멘토 활동을 빠지지 않고 방학 때도 계속 활동을 한 것을 보면 나는 오히려 학교생활보다 영어멘토 봉사에 더 열심히 했던 것 같다.

나는 영어멘토 자원봉사를 2년 넘게 했는데, 처음 1년이 조금 넘었을 때는 남양주시에서 표창도 받았다. 중학생으로는 유일하게 나 혼자 상을 받았는데 이 자부심과 보람은 또래의 다른 친구들이 느낄 수 없는 것이기도 했다. 또 영어 멘토를 진행하면서 본격적으로 미국에서 꼭 공부하고 싶다는 꿈을 꾸게 되었다.

자원봉사 활동 중에 친분을 쌓게 된 분이 있는데, 우연한 기회에 내가 미국에서 공부하고 싶다는 것을 말씀 드리게 되었고, 그 분을 통해 미국 교환학생 프로그램에 대해 자세히 알게 되었다. 공립학교로 가기 때문에 비용도 미국 유학보다 훨씬 싸고 한국에서 학원 다니는 비용을 감안하면 별 차이가 없다는 것이었다.

교환학생으로 다시 미국을 가기로 마음을 결심했지만 인터넷을 통해서는 미국 교환학생과 관련된 정확한 정보를 구하기가 쉽지 않았다. 대부분의 유학원 사이트에서도 홍보성의 뜬구름 잡는 듯 한 설명 자료 밖에 없었다.

인터넷을 통해 미국 교환학생 프로그램에 대한 정보를 구하는데 서서히 한계를 느끼던 참에 나에게 교환학생 프로그램을 알려주신 분을 통해 그분과 친분 있는 미국 교환학생 전문가를 소개받을 수 있었고, 그렇게 나의 교환학생 계획은 조금씩 현실이 되어가고 있었다. 사실 교환학생을 준비하면서 개인적으로 모든 것을 제대로 준비하는 것은 쉽지 않은 일이며, 미국의 교환학생 기구에서도 개인에게는 제대로 응대를 해주지 않기 때문에 준비 과정 자체에서 실패할 가능성이 높아 보인다. 그래서 가능하면 제대로 된 전문가를 통해 준비를 하는 것이 좋을 것 같다는 생각이다.

**교환학생 선발에 유리한 조건이 있다!**

교환학생에 선발되기 위해서 유리한 조건이 무엇일까? 학교 성적은 물론 중요하다. 교환학생을 지원하기 위해 필요한 한국 학교의 성적 기준이 있지만 교환학생 프로그램을 진행하는 미국의 비영리 기구가 제시하는 기준만 통과하면 더 이상 한국 학교의 성적은 의미가 없다.

미국 학교에 다니게 된 지 얼마 되지 않아 나는 내가 어떻게 이렇게 좋은 호스트가족과 만날 수 있게 되었는지 궁금해서 학교의 카운슬러 선생님께 교환학생의 선정과 배치 기준이 어떻게 되는지 여쭤봤다.

선생님은 한국 학교에서의 성적표를 보고는 판단을 할 수가 없다고 했다. 과목명만 보고는 어떤 내용을 배우는지 정확히 알 수도 없으며, 평가가 어떻게 이루어지는지도 알 방법이 없기 때문이라고 했다. 교환학생 프로그램을 진행하는 기구에서 통과가 되었으면 그걸로 기본 자격 기준은 통과된 것이기 때문에 미국의 학교에서는 성적 외에 다른 걸 중요하게 본다는 것이다.

성적 외에 다른 것? 그것이 과연 무엇일까? 카운슬러 선생님은 원래 학생들에게는 알려주지 않는 내용이라면서 비밀을 알려주셨는데 내가 교환학생 지원자들 중 최우수 등급에 속해 있었다고 했다. 교환학생 관리 기구에서는 내부적으로 교환학생들에 대해 평가를 해서 등급을 나누고 미국에서 호스트 자원봉사를 신청한 사람들에 대해서도 등급을 나누어 관리하는데, 최우수 등급의 자원봉사자들에게는 최우수 등급의 교환학생을 추천하는 방식으로 운영이 된다는 것이다. 즉, 교환학생은 자신의 등급과 비슷한 등급의 자원봉사자에게 추천이 되는 시스템이다.

그래서 나는 어떤 부분 때문에 최우수 평가를 받았느냐고 다시 여쭈었다. 선생님은 나의 자원봉사 활동과 학교 외의 활동들이 높게 평가되었다고 했다. 교환학생 관리 기구는 학생들이 제출한 포트폴리오만 보고도 형식적으로 점수를 얻기 위해서 한 활동인지 진정으로 자원봉사를 한 것인지를 구별을 할 수 있다고 했는데, 예를 들어 형식적인 자원봉사는 나처럼 꾸준히 오랫동안 지속하기 힘들다는 것이었다. 그리고 외국 여행 경험도 크게 작용을 했다고 했다. 미국 학생들은 외국 경험이 많이 부족해서 나의 외국 견문이 미국학생들에게 도움이 많이 될 수 있을 거라고 판단했다는 것이다. 듣고 나니 이해가 되었다. 교환학생은 동시에 미국의 학생들에게도 새로운 배움의 기회를 주는 일이기 때문이었다.

이런 내용은 인터넷에도 나와 있지 않고 한국의 유학전문가들도 모르는 비밀이 아닐까 싶다. 교환학생으로서 직접 실무자에게 들은 내용이니까 말이다. 교환학생 생활을 좀 더 좋은 환경에서 하고 싶은 학생이라면 어떤 부분을 강조해서 서류를 만들지, 그리고 몇 년 전부터 어떤 준비를 해야 할지 이제 잘 알 것이라 생각한다.

### 본격적인 서류 준비, 비자와 입학허가서

미국 공립 교환학생은 입학허가서도 받고 미국 비자도 받아야 하는데, 이는 일반 유학비자와 다르다. 유학으로 갈 경우에는 F-1 비자를 받아야 하는데, 미국 공립학교에 교환학생으로 가기 위해서는 J-1비자를 받아야 한다. J-1비자는 흔히 문화교류 비자라고 불리기도 하며, 미국에 공적인 일로 방문할 때 받는 비자라고 한다. 나는 1년짜리 J-1 비자를 받았다.

병원에 가서 영문 건강진단서를 발급받아서 제출 한 후 얼마 뒤에 입학허가서를 받았다. 이제 미국 대사관에서 비자 인터뷰만 남았다. 인터넷에 보면 인터뷰 때 물어보는 질문들이 예시로 많이 나와 있는데 질문들이 어렵지 않아 간단하게 대답을 준비하고 편안한 마음으로 대사관으로 갔다. 대사관에는 의외로 비자를 받으러 온 또래의 학생들이 많았다.

그런데 먼저 인터뷰를 보러 간 학생들의 표정이 영 좋지 않았다. 당황한 모습이 역력한 학생들을 보면서 예상 밖의 질문들이 나오는 건가 싶어서 나도 긴장이 되었다. 막상 내 차례가 되어 마음을 단단히 먹고 인터뷰에 응했는데 평범한 질문을 받았다. 아버지의 직업이 첫 번째 질문이었고 두 번째 질문은 '미국에는 왜 가려고 하느냐?' 는 것이었다. 아버지께서 하시는 일은 간단히 대답하고, 미국에 왜 가려고 하느냐는 질문에는 '미국에는 교환학생으로 가는 건데 영화에서 많이 나오는 노란색 스쿨버스를 타고 학교를 다녀보는 게 내가 해보고 싶은 일 중의 하나' 라고 위트 있게 대답을 했다. 그랬더니 빙그레 웃더니 OK하고는 내 서류철을 덮었다.

비자 인터뷰도 쉽게 끝났고 이제 마지막으로 호스트가족만 배정이 되면 모든 준비는 끝난다. 공립 교환학생의 호스트는 호스트가족이 나를 지목할 때까지 기다려야만 한다. 그런데 이 과정에서는 정말 무작정 기다리는 수밖에 없다.

## 학교 배정까지 인내의 시간

한국에서는 7월에 고등학교 1학년 1학기를 마쳤지만 9월이 다 다되어가도록 학교가 배정되지 않아 정말 마음을 많이 졸였다. 미국에서는 보통 9월경에 새 학년이 시작되어 10학년이 된다. 미국은 워낙 넓고 각 주마다 새 학년이 시작되는 시점이 지역마다 조금씩 달라서, 어떤 지역은 8월 중순 경에 시작하고 어떤 지역은 9월 초에 시작하는 곳도 있다. 보통 8월 중순 이전에 배정 받을 학교가 결정이 나야 조금은 여유를 가지고 출발할 수 있는데 나의 경우는 거의 8월 말이 다 되어서야 다닐 학교가 결정되었다.

그 동안 속 타는 심정은 이루 다 말할 수 없었다. 미국 공립 교환학생은 미국에서 입학허가를 받았더라도 최종적으로 호스트와 학교가 결정되지 않으면 교환학생을 못 가는 경우가 발생하기 때문이다. 남들처럼 부모님에게 등 떠밀려서 가는 것이 아니라 스스로 너무 원해서 가는 것이었기 때문에, 결정을 기다리는 동안은 정말 죽을 맛이었다. '이럴 줄 알았으면 그냥 편하게 유학을 보내달라고 할 걸 그랬나?', '학교 친구들에게 미국으로 교환학생 간다고 다 얘기를 해 놨는데 다시 한국에서 학교를 다니게 되면 어떻게 하지?' 별 별 걱정이 다 들었다.

마침내 호스트가 결정되었다는 소식을 접했을 때 나도 모르게 긴 한숨이 흘러 나왔다. 호스트와 학교 배정이 결정 되자마자 곧바로 가장 빠른 비행기 표를 구하고 출발 준비를 했다. 9월 1일에 출발을 해야 하는데 8월 28일에 발권을 했으니 표를 구한 것만으로도 다행이었다. 시일이 촉박한 탓에 비행기도 2번을 갈아타야 하는 표밖에 구할 수가 없었다.

최종 결정이 나고 나서 한국에서 준비 할 수 있는 시간은 채 1주일도 되지 않는 시간. 그 1주일 동안 미국의 호스트 부모님과 2번의 메일을 주고받으면서 지역 기후, 학교 분위기, 가져가야 할 물품 등을 조언 받고 준비했다. 정말 정신없는 시간이었다. 이로써 교환학생 프로그램의 모든 준비가 끝났다.

**성준이의 팁 ⊕ 호스트 결정방법**

공립교환학생의 호스트는 자원봉사자로 구성된다. 이 말은 수익을 목적으로 학생을 받는 사람들이 아니라는 말이다. 일반 유학은 호스트 비용을 지불하고, 계약된 호스트 가정에 머물게 되는 것이며, 학교가 결정되면 그 학교 인근의 호스트를 구하면 된다. 즉, 내 일정과 상황에 맞게 호스트를 구할 수 있다. 그러나 공립교환학생의 경우는 절차가 반대로 진행된다. 내가 제출한 포트폴리오 서류(나를 소개하는 서류)를 교환학생 프로그램 진행 기구에서 자원봉사자들에게 공개를 한다. 그러면, 자원봉사자들이 자신이 돌 볼 학생을 선정해서 신청을 한다. 그렇게 호스트가 배정되면, 호스트 인근에 있는 공립학교가 결정되고 미국에서 그 학교에 다니게 된다.

정리하면, 일반 유학의 경우에는 입학할 학교가 결정되면 그 인근의 호스트 가정을 비용을 지불하고 구하는 절차를 따르게 되고, 공립 교환학생의 경우에는 먼저 자원 봉사자인 호스트 가정이 결정되면 그 인근의 학교로 배정이 되는 정반대의 절차를 거치게 되는 것이다.

## 3. 교환학생, 알고 떠나자

### 교환학생은 영어가 목적이 아니다

교환학생이라면 제일 먼저 생각해볼 점이 있다. '교환학생으로 미국에 가는 것이 영어를 배우러 가는 것인가? 하는 물음이다. 물론 교환학생으로 미국에 가서 완전히 영어만으로 둘러싸인 환경에서 생활한다면 자연히 영어 실력은 늘게 된다. 그래서 돌아올 때쯤이면 상당히 향상된 영어실력에 만족할 수도 있다. 하지만 그러는 동안 의사소통이 잘 안되어 너무나 많은 기회를 놓치게 되거나 제대로 활용할 수 없을 수 있다. 내가 미국 친구들과 많은 활동을 같이 할 수 있었던 이유는 영어실력이 한 몫을 했다. 나는 미국에 가기 전에도 이미 영어로 의사소통이 자유로운 수준이었고, 그 때문에 미국에서 친구들 사귀는 것도 쉬웠다.

미국의 학생들은 교환학생으로 올 정도면 당연히 영어로 의사소통이 된다고 생각한다. 교환학생으로 가는 학생들은 '미국에 교환학생으로 가면 영어만큼은 제대로 배우고 와야지' 하는 생각을 가질지도 모르지만, 미국 친구들은 '영어도 못하면서 왜 교환학생으로 왔지?' 라고 생각한다.

윈터셋 고등학교에는 나를 포함해서 총 4명의 교환학생이 있었다. 프랑스 여학생, 스위스 남학생, 다른 한 명은 스웨덴 여학생, 그리고 나였다. 스웨덴은 나라 자체에서 영어를 제2공용어로 사용한다고 한다. 그래서인지 스웨덴에서 온 친구는 정말 영어 구사 능력이 뛰어났다. 미국 친구들과도 잘 어울리고 나하고도 아주 친하게 지냈다. 반면 프랑스 여학생과 스위스 남학생은 학교에서 존재감이 거의 없었다. 미국 친구들은 그들이 다른 학생들과 어울리지도 않을 거면서 왜 교환학생으로 왔는지 이해를 못하겠다는 말을 하곤 했다. 그래서 그 학생들에게 다가가 말을 거는 게 조심스럽다고도 했다. 학교의 다양한 행사나 스포츠 경기를 관람할 때도 그 학생들은 자연스럽게 어울리지 못했다. 교환학생 프로그램을 운영하는 기구에서는 인근 지역의 교환학생들을 한자리에 함께하는 모임을 주최했는데 이곳에서도 영어로 의사소통이 제대로 되지 않아 고생하는 한국 학생들을 여럿 보았다. 결국 한국에서 온 다른 교환학생들도 마찬가지였던 것이다.

이런 친구들을 보면 많이 안타깝다는 생각이 들었다. 영어라는 장애물 때문에 놓쳐버릴 다양한 기회가 너무 아쉽기 때문이다. 그래서 나는 교환학생이 누릴 수 있는, 정말 많은 경험과 특권을 제대로 누리고 경험하고 싶다면 영어 의사소통 능력을 키운 다음에 교환학생으로 가는 것이 좋다고 생각한다. '미국에 가면 영어는 되겠지' 하는 생각만으로 교환학생을 지원한다면, 미국에서 얻을 수 있는 것은 그리 대단한 것들이 아닐 수도 있다.

이 생각은 비록 나만의 생각은 아니다. 제2공용어로 영어를 사용하는 스웨덴 여학생도 나와 같은 생각을 가지고 있었다. 한 가지 덧붙이자면, 내가 말하는 영어 능력이란 한국에서 영어 시험을 잘 보는 능력이 아니다. 영어로 대화 할 수 있는 의사소통 능력이다. 대화란 어떤 주제에 대해서 자기의 의견을 표현하며 의견을 교환하는 활동이다. 단지, 간단한 수준의 생활 영어를 할 수 있는 수준을 말하지 않는다. 이것이 갖춰져야 교환학생의 진짜 목적인 문화교류를 통한 다양한 경험이 가능해진다.

## 문화충격? 미리 알고 가자!

한국에서 미국 교환학생을 준비 하는 동안 그 누구도 나에게 설명을 해주지 않은 부분이 있다. 인터넷 커뮤니티에서는 대부분 영어와 학과목 평가 등 학습 수행능력 평가에 대해서 많이 이야기 하지만, 그보다 막상 현실에서 더 큰 어려움으로 느끼는 문화적 충격에 대해서는 아무도 자세히 언급하지 않았다. 어찌 보면 너무나 광범위해서 직접 경험하고 부딪쳐가야 할 부분일 수도 있다. 하지만 미국에 입국하기 전에 문화와 가치관의 차이에서 빚어지는 여러 가지 문제에 대해서 어느 정도 각오가 필요하다는 생각이다.

미국 학생들은 고등학교 졸업 후 대학진학을 하는 학생과 곧바로 사회로 나갈 준비를 하는 학생들이 함께 공부한다. 그래서 학교 분위기도 상당히 섞여 있다. 공부에 열중하는 학생들은 그리 많지 않았고, 자유분방한 십대의 생활을 마음껏 누리면서 스포츠도 즐기고 Activity 활동에 집중하는 경우가 많았다.

너무 자유분방해서였을까, 우리 학교에는 임신을 한 여학생이 한 명 있었다. 내게는 너무나 큰 충격이었다. 한국에서 만약 여자 고등학생이 임신을 했다고 하면 어떻게 될까?

내가 알기로는 그 상태로는 학교에 나올 수도 없으며, 다른 학생들로부터 따돌림 당함은 물론, 학교에서도 이 문제가 이슈화 되지 않게 하기 위해 별별 노력을 다할 것이다.

그런데 미국의 학교는 그렇지 않았다. 학교 전체에서 그 여학생이 학교 다니는데 불편해 하지 않도록 할 수 있는 모든 조치를 취했다.

선생님들은 물론 다른 학생들도 그 여학생을 배려하는데 부족함이 없도록 최선을 다했다. 이상한 시선으로 바라보는 사람은 아무도 없었다. 내 관점으로는 그게 오히려 이상했다. 이 여학생과 아이의 아빠가 될 남자친구는 고등학교를 졸업하면 곧바로 결혼을 할 계획이라고 했다. 겉으로는 태연한 척 했지만 사실 내겐 엄청난 충격이었다.

### 다른 문화, 다른 사고방식

TV광고에서도 우리 문화와는 다른 광고들이 자주 등장한다. 미국에서는 뭐든지 직설적으로 대놓고 말하는 게 일상화가 되어 있다. 광고를 할 때도 타사 제품을 회사와 제품이름까지 구체적으로 언급하면서 타사 제품이 자사 제품보다 얼마나 어떻게 나쁜지 구체적이고 상세하게 광고를 통해 홍보한다.

삼성의 광고를 일례로 들자면, 애플 휴대폰을 보여주면서 저렇게 작은 휴대폰으로 무엇을 얼마나 할 수 있겠느냐, 우리의 신상 휴대폰은 화면도 크고 카메라에 새로운 기능이 탑재되었다는 등 구체적으로 광고한다. 한국에서는 상상도 할 수 없던 인신공격성의 광고를 보고 큰 충격을 받았다. 한국에서 그랬다가는 오히려 삼성이 너무 심한 것 아니냐며 욕을 할 게 뻔 한데 말이다.

그래서일까? 한국에서는 다른 사람에 대한 얘기를 조금 완곡하게 하는 경우가 많다. 간접적으로 비유를 해서 말하는 걸 예의로 생각한다. 또 '지는 게 이기는 거' 라는 말이 있듯이 내가 먼저 사과하고 잘못했다고 하면 상대방도 누그러지기 때문에, 이런 행동을 겸양이라고 부르면서 미덕으로 생각하는 것 같다.

그런데 미국은 아니다. 직접적으로 얘기를 한다. 오히려 먼저 미안하다고 하는 쪽이 잘못한 것으로 인정이 된다. 나 역시 호스트가족과의 오해 때문에 발생한 해프닝이 있었는데, 좋은 게 좋은 거라는 생각에 내가 먼저 '미안하다, 잘못했다' 고 말했다. 그랬더니 모든 잘못이 나에게 있는 걸로 결론이 내려졌다. 너무 황당해서 나중에 자초지종을 자세히 설명하고 오해를 푼 기억이 있다. 문화적인 차이로 인해 발생하는 문제다.

이런 경험은 나 뿐만이 아니다. 내가 들었던 Composition(작문) 수업은 Senior(한국의 고3)들이 듣는 수업이어서 졸업시즌이 다가오자 일찍 종강하게 되었다. 그래서 같은 교환학생이라는 동질감 때문에 평소 친하게 지내던 스웨덴 교환학생과 아침을 같이 먹기로 했다. 밥을 먹으며 이야기를 나누다 보니 그 여학생 역시 문화적인 차이 때문에 오해를 받고 관계도 서먹해져서 고민 중이라는 것이었다. 결국 다른 나라에서 미국으로 건너간 사람들이 곤란한 상황에 빠질 수 있는 가장 핵심적인 요소가 문화적인 차이로 인한 문제가 아닐까 하는 생각이 들었다.

**문화가 달라서 좋은 점도 있다**

하지만 반대로 문화의 차이가 너무 고맙고 좋은 부분도 있다. 실패에 대해 다시 기회를 주는 문화가 그것이다. 미국 학교에서는 수업에 대한 평가가 상당히 융통성이 있고 탄력적으로 운영된다. 선생님의 판단에 따라 주관적으로 주어지는 평가 점수가 큰 비중을 차지한다.

또한 만점은 100%지만 과제물, 발표 등에 따라 그 이상을 받을 수도 있고, 만약 자신이 만족할 만한 점수를 받았다면 평가에 반영되는 시험을 한번은 안 봐도 된다는 제도가 있는 학교도 있다. 내가 시험을 완전히 망쳤다고 하더라도, 다음 시험(Exam), 쪽지 시험(Quiz)과 평가에 반영되는 과제(Homework), 발표(Presentation), 토론(Debate) 등을 잘 할 경우 얼마든지 만회가 가능하다. 그리고 그 기회가 많다.

한국에서는 단 한번만 시험을 망치더라도 회복할 수 있는 방법이 없다. 고등학생의 경우 그 한번이 평생 남을 내신 성적에 그대로 반영된다. 정답도 완전히 정해져 있다. 그런데 미국은 그렇지 않다는 게 마음에 든다.

만약 한국식의 수업과 평가에 길들여진 채로 미국에 가서 한국식의 수업을 기대한다면 엄청난 혼란을 겪을 수도 있을 것이다.

## 4. 한국과 다른 미국 고등학교, 이렇게 준비하자

### 내가 다닌 학교, Winterset High School (WHS)

윈터셋(Winterset) 지역의 고등학교는 Winterset High School 하나다. 윈터셋 하이스쿨은 Junior High School과 Senior High School로 구분되어 있다. 시니어 하이스쿨은 4년제로 9~12학년까지 있는데, 9학년을 프레시맨(Fresh man), 10학년을 서포모어(Sophomore), 11학년을 주니어(Junior), 12학년을 시니어(Senior)로 부른다. 윈터셋 하이스쿨에는 총 550명 정도의 학생이 다니고 있으며, 시니어 하이스쿨에 다니는 학생들은 학교에서 운전허가증(Drive Permit)을 받을 수 있어서 대부분의 학생들이 자기 차로 등하교를 한다.

구글맵으로 본 학교 전경(출처:구글맵)

아이오와 지역이 드넓은 평지이기 때문에 학교도 굉장히 크다. 재미있는 것은 학교를 구분하는 담장이 따로 없다는 점이다. 도로가 그냥 학교의 경계다. 학교 내 실제 크기의 미식축구장, 야구장, 소프트볼 경기장 등 전체 학생이 모두 운동장에 나가서 각 분야의 운동을 해도 크게 복잡하지 않을 정도로 컸다.

대략 가로 세로의 길이가 각 500m 정도였으니 잠실야구장을 7개 정도 만들 수 있는 넉넉한 크기였다. 한국의 학교는 멀리서 봐도 학교 건물이라는 것을 알 수 있을 정도로 정형화 되어 있지만 미국의 학교는 그렇지 않은 것 같았다. 어마어마한 학교의 규모는 마치 지역의 자부심을 표현하는 듯 한 인상을 주었다.

### 학교생활 시작은 수강신청과 함께

미국 학교에 배정이 되면 제일 먼저 해야 할 일이지만 가장 어려운 일이 하나 있다. 바로 수강신청이다. 이 수강신청 때문에 얼마나 고생했는지 모른다. 알다시피 한국 고등학교에는 수강신청이라는 것 자체가 없다. 학년별, 학기별, 반별로 이미 짜인 수업시간표를 통보 받고 시간표에 맞게 준비를 해서 학교에 가면 된다. 미국도 크게 다르지 않을 것이라고 생각했는데 아뿔싸! 엄청난 착각이었다.

미국의 학교는 본인이 직접 수강신청을 한다. 보통은 3번째 학기(Term)에 다음 학년에 들을 수업을 결정해서 수강신청을 끝내고, 새 학년이 시작되면 곧바로 해당 수업이 진행되는 교실(Class)을 찾아가서 수업을 듣는다. 나중에 친구들에게 물어보니 보통 고등학교 기간 전체의 수강 계획을 대략적으로 짠 다음, 학년이나 학기가 시작될 때 상황에 따라 조금씩 변경해 가면서 수강신청을 한다는 것이었다.

더욱 당황스러웠던 것은 대부분의 과목이 다른 학년 학생들이 수강하는데 별다른 제한이 없다는 것이다. 즉, 실력이 뛰어나거나 자신이 좋아하는 과목은 Freshman(9학년)이라도 Senior(12학년) 수준의 과목을 수강할 수가 있다는 점이다.

내가 알고 있던 상식은 고작 자신이 원할 경우 대학 수준의 수업을 미리 들을 수 있다는 정도, 그 시험에 통과하면 대학에서 그 학점을 인정받을 수 있다는 정도였다. 그런데 막상 닥쳐보니 과목이 혼재되어 있는데다 자세한 정보도 없었다.

미국 학생들은 가족이나 선배들로부터 과목에 대한 정보를 얻어서 수업계획을 세운다고 했다. 하지만 나는 이미 학기가 시작된 후에 미국에 왔고, 학교에 간 첫날 수강신청을 해야 하는 상황이 닥친 것이다! 그것도 수강신청을 할 수 있는 시간은 고작 30분 정도! 과목명으로 대략 무슨 수업인지는 눈치 챌 수 있었지만, 어느 수준의 수업일지 전혀 파악할 수가 없었다.

잘못된 수강신청 때문에 고생한 대표적인 과목은 엔지니어링(Engineering)이었다. 한국의 기가 과목 정도로 생각을 하고 수강신청을 했는데 막상 수업을 들어보니 물리의 심화과정 수준으로 너무 어려웠다. 말을 못 알아듣는 것이 아니라 내용이 너무 어려워서 따라갈 수가 없었다. 자존심이 상했지만 결국 선생님과 상의해 다른 과목으로 변경해야 했다. 다행스럽게도 학기가 시작된 이후에도 변경이 가능한 제도가 있어 가능한 일이었다. 만약에 이미 지나간 테스트가 있었다면? 그 테스트 점수는 포기를 할 수 밖에 없기 때문에 최대한 빨리 과목을 정하는 것이 좋다. 이렇게 직접 수업을 겪어보면서 좀 더 세부적인 과목에 대한 정보를 얻을 수 있었고, 다음 Term부터는 그 정보를 기초로 해서 원활한 수강신청을 할 수 있게 되었다.

= Click on Class Name for Current Assignments and Scores
= Click on Teacher Name for Email

| | Term T1 (08/21/13-10/25/13) | Term T2 (10/28/13-01/10/14) | Term T3 (01/13/14-03/14/14) | Term T4 (03/17/14-05/28/14) |
|---|---|---|---|---|
| B1 | **0310-1 Computer Application**<br>Mrs. Jobe Rm 162<br>Rm: C-162<br>Start: 09/10/2013 | **0323-1 Intro to Business**<br>Mrs. Jobe<br>Rm: 109 | **1020-3 Speech/ Listening**<br>Mr. Fitzpatrick - Rm. 111<br>Rm: 111 | **2235-5 Economics**<br>Mr. Barker - Rm. 327<br>Rm: 307 |
| B2A | **2225-A-2 U.S. History**<br>Mr. Mohs - Rm. 313<br>Rm: 313<br>Start: 09/03/2013 | **2226-B-2 U.S. History**<br>Mr. Mohs - Rm. 313<br>Rm: 313 | **1055-A-2 Composition I**<br>Ms.Gibbons<br>Rm: 300 | **1056-B-2 Composition II**<br>Ms.Gibbons<br>Rm: 300 |
| B2B | EMPTY | EMPTY | EMPTY | EMPTY |
| S/L | **0100-9 Seminar 9/10**<br>A Lunch- Mrs. Hoefing- 10<br>Rm: 313 | **0100-9 Seminar 9/10**<br>A Lunch- Mrs. Hoefing- 10<br>Rm: 313 | **0100-9 Seminar 9/10**<br>A Lunch- Mrs. Hoefing- 10<br>Rm: 313 | **0100-9 Seminar 9/10**<br>A Lunch- Mrs. Hoefing- 10<br>Rm: 313 |
| L/S | EMPTY | EMPTY | EMPTY | EMPTY |
| B3 | **0335-1 Business Law**<br>Mrs. Howland<br>Rm: C-162<br>Start: 09/03/2013 | **2305-2 PE 9 &10**<br>Eldridge/Criswell - Rm. Gym<br>Rm: Gym | **0505-4 Food & Nutrition**<br>Mrs. Mapes - Rm. 424<br>Rm: 424 | **2026-B-4 Algebra II**<br>Mr. Messerschmitt<br>Rm: 317 |
| B4 | **1730-A-1 Physics**<br>Mr.McCutchan<br>Rm: 324<br>Start: 09/03/2013 | **1731-B-1 Physics**<br>Mr.McCutchan<br>Rm: 324 | **2025-A-5 Algebra II**<br>Messerschmitt, Douglas E<br>Rm: 317 | **0315-2 Adv. Computer Application**<br>Mrs. Howland<br>Rm: C-162 |
| Advisory | **33333333-303 Advisor/Advisee Rosters**<br>10th-Mrs. Sonntag<br>Rm: 315 | **33333333-303 Advisor/Advisee Rosters**<br>10th-Mrs. Sonntag<br>Rm: 315 | **33333333-303 Advisor/Advisee Rosters**<br>10th-Mrs. Sonntag<br>Rm: 315 | **33333333-303 Advisor/Advisee Rosters**<br>10th-Mrs. Sonntag<br>Rm: 315 |
| Activities | EMPTY | EMPTY | EMPTY | EMPTY |

성준이의 팁 + 수강신청 준비는 한국에서~

수강신청은 교환학생이 제일 처음으로 겪게 되는 학교 생활인데, 수강신청에 따라 교환학생 1년간 어떤 수업을 듣게 될 지 결정이 된다. 그런데 교환학생은 유학과 달리 미국에 도착해서 여유를 가지고 학업준비를 할 시간이 현실적으로 거의 없는 경우가 많다. 그 이유는 호스트를 하는 자원봉사자들은 주어진 기간 안에 학생을 선정하기만 하면 되므로 급하게 결정을 할 필요가 없기 때문이다. 내 호스트 가족 역시 개학하기 1주일 전에 교환학생을 결정했다고 한다. 호스트 결정이 늦어질수록 다닐 학교에 대한 정보를 얻을 시간은 더욱 적어진다. 그런데 미국의 학교는 학생이 수강신청을 해서 수업을 들어야 하는 체계로 되어있다. 과목에 따라서는 무조건 2개의 Term을 연속으로 수강해야 하는 과목도 있고, 난이도가 대단히 높은 과목도 있다. 이 경우 활용할 수 있는 팁을 하나 주겠다. 호스트가 결정되면 호스트의 메일과 연락처를 알 수 있다. 이 분들에게 미리 도움을 요청하는 것이다. 전화로는 어려울 수 있으니 메일을 보내는 것이 좋다. 내가 좋아하고 잘하는 과목을 알려주고, 내 영어 구사 능력, 희망하는 수업 난이도 등을 메일로 보내서 그 내용을 바탕으로 호스트 부모님이 도착 전에 학교의 카운슬러와 상의를 해서 처음 수강할 과목에 대해 조율을 해 놓는 방법이 고생을 덜 할 수 있는 방법이 될 것 같다.

## 수강신청, 교환학생도 미리 준비하자

수강신청은 교환학생이 제일 처음으로 맞닥뜨리는 어려움이다. 수강신청에 따라 교환학생 기간 1년간 어떤 수업을 듣게 될 지 결정이 나는데, 나처럼 30분 안에 결정해야 할 수도 있다. 첫 단추를 잘 끼워야 하는데 처음부터 당황하게 되는 것이다. 현실적으로 교환학생은 미국에 도착해서 여유를 가지고 학업준비를 할 시간이 거의 없다. 유학생과 다른 점이기도 하다. 이유는 호스트가족 때문이다.

호스트를 하는 자원봉사자들은 주어진 기간 안에 학생을 선정하기만 하면 되므로 급하게 결정을 할 필요가 없다. 내 호스트가족 역시 개학하기 1주일 전에 교환학생을 받기로 결정했다고 했다. 호스트가 결정된 이후에 학교가 배정되다 보니, 호스트 결정이 늦어질수록 다닐 학교에 대한 정보를 얻을 시간은 더욱 적어진다.

출국 1주일을 남겨놓고 학교가 결정되는 판에 그 학교의 수강신청 정보를 미리 안 다는 게 쉬운 일은 아니다. 그렇다고 개학날에 아무 과목이나 수강신청을 하기도 어렵다. 과목에 따라서는 무조건 2개의 Term을 연속으로 수강해야 하는 과목도 있고, 난이도가 대단히 높은 과목도 있기 때문이다.

그럼 어떻게 해야 할까? 직접 겪어보니 교환학생도 수강신청을 미리 준비해야 한다는 생각이 지배적이다. 단 준비의 시간이 길지 않으니 적극적으로 도움을 요청해야 할 것 같다. 호스트가 결정되면 호스트의 메일과 연락처를 알 수 있는데 이 분들에게 미리 도움을 요청하는 것이다. 우선 이메일로 내가 좋아하고 잘하는 과목을 알려주고, 영어 구사 능력, 희망하는 수업 난이도 등을 알려준다. 그러면 호스트가족의 부모님과 학교의 카운슬러가 수강할 과목에 대해 미리 가이드라인을 만들어 주실 수 있기 때문이다. 이렇게만 해도 수강신청을 할 때 큰 도움을 받을 수 있다.

## 5. 교환학생은 어떤 학교로 가게 될까?

### 교환학생이 배정되는 학교

교환학생들은 대부분 미국의 시골학교로 간다. 나는 미국의 옥수수 생산지로 유명한 아이오와 지역의 Madison County 안에 있는 윈터셋이라는 동네에 있는 윈터셋 하이스쿨에 다녔다. 아이오와주의 주도는 'Des Moines' 라는 조금 색다른 도시명을 지니고 있다. 미국의 주 정부 소재지이기도 한 이곳의 이름이 프랑스식이라니! 재미있는 곳이다.

미국 북부 중앙 정도에 위치해 있는 곳으로 우리나라보다 북쪽에 자리하고 있다. 옥수수라는 이미지가 이미 농촌을 연상시키듯이 이 지역은 평야지대로 농사를 주로 짓는 백인 지역이며, 아마 '메디슨카운티의 다리' 라는 영화가 없었다면 우리가 전혀 관심을 가질 이유가 없는 평범한 시골지역이다.

교환학생은 비영리기구에 소속되며 지역별로 분산되어 있는 교환학생을 관리하는 지역관리자가 있다. 가끔씩 지역관리자의 주관으로 교환학생 모임을 갖는데, 이때는 그 지역관리자가 관리하는 전 세계에서 온 교환학생들이 모두 모인다. 그 학생들과 얘기해 보니 한 결같이 시골학교에 배정이 되어 있었다. 나도 미국에 오기 전에는 큰 도시에 있는 학교에 인터넷도 잘 되는 곳이었으면 좋겠다고 생각했었는데 그건 그저 나 혼자만의 희망사항일 뿐이었다. 이곳 인터넷은 속도가 느린 것은 물론이고 인터넷 신호도 1~2칸 정도 밖에 뜨지를 않는다. 집에서는 더 심해서 한국으로 페이스타임(facetime, 아이폰에서 무료로 제공하는 인터넷 전화) 전화를 하려면 집 안 구석을 다니면서 신호가 그나마 좋은 곳에서 전화를 해야 했다. 한국의 인터넷 환경이 정말 우수하다는 걸 피부로 느낄 수 있었다. 그러니 공립학교 교환학생을 희망하는 친구들! 대도시의 환상은 버리자. 대신 아름다운 풍경과 드넓은 땅이 또 다른 추억을 만들어 줄 테니까.

### 대도시 교환학생은 왜 없을까?

미국에서 교환학생을 받는 공립학교는 대도시에 있는 학교가 전혀 없다고 보는 것이 좋다. 대도시의 공립학교들은 굳이 교환학생을 받을 필요가 없기 때문이다. 그 학교들은 인근 지역의 미국 학생들을 수용하기에도 벅찬 상황이 발생하기도 하고, 이미 다양한 경로를 통해 입학한 외국의 학생들이 많을 수도 있어 굳이 교환학생을 통해 외국 문화와의 교류를 미국 학생들에게 제공할 필요성을 덜 느끼기 때문이다.

이 때문에 외국에서 온 학생들이 없거나, 외국 사람들조차 별로 만나기 힘들어 상대적으로 다른 나라 문화에 대한 이해가 부족할 수밖에 없는 지방의 학교들이 외국의 교환학생을 적극적으로 받아들임으로써 이런 문제를 해결하려는 목적도 있다. 따라서 한국식으로 이해를 해보면 시골이나 소도시에 있는 공립학교에 주로 교환학생이 배정된다고 보면 된다.

한국의 경우 시골에 있는 학교는 건물의 규모나 시설이 도시보다 못한 경우가 많지만 미국의 경우는 그렇지 않다. 워낙 땅이 넓어서인지는 몰라도 시골의 학교가 더 크고 시설도 상당히 좋다. 외부에서 봐서는 어디까지가 학교인지 구분하기도 힘들며 건물 형태도 각양각색이다.

윈터셋 고등학교는 시설이나 강의 수준이 꽤 높은 편에 속했던 것 같다. 대학에서 선취학점으로 인정받을 수 있는 과목들도 여러 과목이 진행되고 있었고, 학습활동과 관련된 클럽 활동도 다양하게 운영되고 있었다. 학교에는 한국의 학교 전체 면적보다도 넓은 공간의 주차장이 있었고, 야외에는 정식 규격의 다양한 운동장이 있었으며 관리도 잘되어 있었다. 구글 맵으로 보면 학교 전체가 경계를 구분하기 쉽지 않을 정도로 굉장히 크다.

단, 문제도 있다. 통학이다. 지역이 넓다 보니 미국 고등학생들은 대부분 차를 가지고 학교에 다닌다. 미국의 주마다 약간씩 차이가 있다고는 하지만 보통 한국의 고등학교 1학년인 10학년 이상이 되면 운전을 할 수 있는 Drive Permit을 받을 수 있다. Permit을 받은 후 일정 시간의 운행 기준을 통과하면 Drive License를 받을 수 있어서 학생들은 거의 자기 차로 통학을 한다.

하지만 교환학생의 경우 통학 때문에 학교활동에 많은 지장을 받는다. 호스트가족이 등교나 하교 때 데려다 주지 않으면 집에 오기 힘들 정도로 대부분의 호스트 집이 학교에서 멀리 떨어져 있기 때문에 가족들의 상황을 잘 살펴야 한다. 학교의 친구들도 거리가 먼 곳까지는 차를 태워다 주기를 꺼려한다. 나 역시 집이 너무 멀어서 마지막 두 달은 학교에서 가까운 곳에 살고 있는 친구를 설득해 호스트가족을 옮기기도 했다.

### 미국은 왜 공립 교환학생을 받을까?

미국은 우리나라 보다 선진국이다. 경제적으로 부유하고 여유가 있는 나라다. 그래서일까? 미국 사람들은 미국 밖의 지역에 별로 관심이 없는 것 같았다. 학생들은 해외 견문이 그리 넓지 않은 편이었고 약간은 우물 안 개구리 같은 성향도 가지고 있었다. 500명이 넘는 학생들 중 여권이 있는 학생들도 많지 않으며, 해외로 나가 본 경험이 있는 학생들은 더욱 적었다. 호스트 부모님께 기회가 되면 한국에 한번 오시라고 말씀을 드렸더니 여권이 없다며, 여권을 어떻게 만드는 거냐는 질문이 돌아왔다. 여름휴가 때는 하와이나 해변으로 장거리 여행을 쉽게 떠나는 가족이라 당연히 해외여행 경험도 있을 걸로 생각했는데 의외였다. 미국 사람들은 세상이 미국을 중심으로 돌아간다고 생각하는 것 같고 그래서 미국이라는 나라에 대한 자부심이 상당히 강하며, 학생들도 교환학생에 비해 자신들이 우월하다는 의식을 조금씩 가지고 있는 듯하다.

그런 미국에는 공립 교환학생 프로그램을 운영하는 비영리 단체들이 있다. 이 단체들은 서로 다른 국가에서 다른 문화에 접해있는 학생들에게 미국을 접할 수 있는 기회를 제공함으로써 세계가 좀 더 가까워 질 수 있도록 한다는 목적으로 설립된 단체다. 이곳은 자원봉사자로 구성된 호스트 신청을 받아 외국의 교환 학생 신청자들과 호스트를 연결해 주고, 이들이 서로 잘 동화될 수 있도록 관리를 해 주는 역할을 하게 된다.

나는 '왜 이런 활동들을 하는 단체가 있는 걸까?' 하는 궁금증이 생겼다. 내가 내린 결론은 자기보다 못한 나라의 사람들에게 우월한 미국을 경험하게 해 줌으로써 미국에 우호적인 사람들을 양성하고 서로 간의 문화적 차이를 이해시켜 점점 좁아지는 글로벌 세상에서 함께 어울려 살도록 한다는 것과, 미국 내 학교에서 벌어지는 도농간의 교육기회 격차, 즉 외국의 문화를 이해할 수 있는 기회의 격차를 교환학생을 통해서 일정부분 해결하고자 하는 목적이 있는 것으로 보인다는 것이다.

물론 미국에서도 외국으로 교환학생을 보내는 프로그램도 운영하고 있지만, 그 대상이 유럽 국가들, 호주, 남미의 몇몇 국가에 한정되어 있어서 영어가 통하거나 혹은 문화의 유사성이 있거나 미국과 가까운 나라들이 대부분이며 지원하는 인원도 많지 않아서 대부분 외국에서 오는 교환학생 프로그램에 집중을 하고 있다.

이런 미국의 우월주의가 무조건 나쁘다는 것은 아니다. 로마에 가면 로마의 법을 따르라고 했듯이 미국에 교환학생으로 갈 생각이 있는 학생들은 이런 부분이 있다는 것을 알고 가는 것이 필요하다는 것이다.

# 2장 고딩 성준이의 본격적인 미국생활

## 1. 한국과 미국 고등학교 이것이 다르다

### 미국엔 담임선생님도 겨울방학도 없다

미국의 학교생활에 대해 이야기를 하려면 먼저 미국 고등학교가 한국과 어떻게 다르게 운영되는지를 먼저 설명해야 할 것 같다. 한 눈에 차이점을 보여주기 위해 표로 정리를 했다.

| 구 분 | 한국의 일반 고등학교 | 미국의 Winterset 지역 |
|---|---|---|
| 학생 관리 | 담임교사 | 학교 카운슬러 (counselor) , 담임교사 없음 |
| 학년 구성 | 초등학교 6년<br>중학교 3년<br>고등학교 3년 | 초등학교 4년 (1~4학년)<br>중학교 2년 (5~6학년)<br>Junior High School 2년 (7~8학년)<br>Senior High School 4년 (9~12학년) |
| 학기 구분 | 학년 당 2학기 | 학년 당 4개 Term으로 구분 |
| 과목 선택 | 학교에서 반별로<br>일괄 배정 | 학생이 직접 수강신청<br>학년 시작 전 4개 Term 과목 수강신청을 해야 함. |
| 수업 방식 | 교사가 교실로 이동하여 수업 | 학생이 과목별 교사의 교실로 찾아가서 수업 |
| 평가 방법 | 중간고사, 기말고사, 수행평가<br>모든 학교가 정해진 비율로 평가 | 매우 다양함. Term Final 시험, Quiz, 과제, 발표, Team Project, 태도 등 학교에서의 모든 항목을 교사가 주관적으로 평가. 그 외 Extra Credit이 있어서 실패한 항목을 만회할 기회가 있음 |

| | | |
|---|---|---|
| **성적 표기** | 점수로 표기<br>내신 구분을 위해 점수 소속 등급을 퍼센트로 표기 | 점수가 부여되나 최종적으로 취득 퍼센트로 표기 |
| **학생 상담** | 담임교사와 상담교사 | 카운슬러 |
| **진학 상담** | 담임교사와 전문교사 병행 | 카운슬러가 진행 |
| **학부모 연락** | 가정통신문 | 학교 홈페이지 |
| **학부모 상담** | 담임교사 주도 | 학부모 Conference 개최<br>학교 강당에서 교과 담당 교사들이 테이블을 놓고, 찾아오는 학부모와 상담진행. |

미국의 모든 고등학교가 윈터셋(Winterset)지역과 동일하게 운영되지 않지만, 약간의 차이들이 있을 뿐 전반적으로는 유사하게 운영이 된다. 가장 큰 차이점은 일단 미국 고등학교는 담임선생님과 반이 없다. 따라서 같은 반 친구라는 개념도 없다. 그냥 같은 과목을 듣는 친구들이 있을 뿐이다. 1, 2학기라는 구분 대신 텀(Term)이 있다. 학년당 4개의 텀으로 구분되어 있으며, 각 텀은 약 2개월이 조금 넘는 기간이다. 물론 지역에 따라 한국과 같은 학기로 운영되는 곳도 있다고 한다.

한국은 신학기가 봄에 시작되는 반면 미국은 가을에 시작된다는 것은 많이 알고 있는 내용이다. 8월 중순이나 9월 초에 신학기가 시작되면 그 때부터 4개의 텀이 시작되는데 한 텀이 끝나면 곧이어 다음 텀이 시작되기 때문에 겨울 방학이 거의 없다. 그나마 8월 중순에 학기가 시작되는 학교는 약 2주 정도의 겨울 방학이 있다고 한다. 겨울방학이 거의 없는 대신 5월 말부터 6월 초에 4개의 텀이 모두 끝나면 다음 신학기가 시작될 때까지 3개월의 여름 방학이 기다리고 있다.

하지만 방학이 길다고 좋아하기엔 이르다. 보통 8월 초에서 중순경에는 다음 학년에 참여할 액티비티(Activity) 활동을 결정해서 신청해야 하고, 수강신청도 해야 하기 때문에 3개월이 모두 순수한 방학기간이라고 보기는 힘들다.

**100점을 넘어선 점수도 있다**

신학기가 시작되면 수강 신청한 시간표에 따라 과목 교실로 찾아가 수업을 듣는다. 과목에 대한 평가는 각 텀 별로 이루어지는데 사실 학교에서 하는 모든 활동, 즉 숙제, 발표, 팀 프로젝트, 중간 중간의 Quiz, Mid Term test, term final test 등이 모두 평가에 반영된다.

한국은 중간고사, 기말고사, 수행평가 3가지로 평가가 이루어지는 반면 미국에서는 모든 활동이 평가의 대상이다. 그래서 시험 때만 잠깐 공부해서 좋은 점수를 얻는 것은 의미가 없고 모든 활동에 신경을 써야 한다. 100%를 만점으로 보는데, 특별히 잘한 활동이 있으면 추가 점수를 받을 수 있다. 추가 점수의 획득은 최대 20%까지 가능하니 120%까지 점수를 받을 가능성도 있다.

그래서 한 두번 정도 평가를 잘 못 받았다고 하더라도 만회를 할 기회가 충분히 있다. 이런 상황에서도 평가를 잘 받기 힘들 경우에는 해당 과목 선생님께 별도의 개인 과제를 요청할 수도 있다. 물론 모두 허락되는 것은 아니지만 학생이 강하게 요청하면 선생님들은 개별적인 과제를 내 주고 추가 점수를 주기도 한다.

우리학교에만 있는 제도라고 들었지만 재미있는 제도도 있다. 이미 점수가 높게 나왔을 경우에는 한 가지 평가를 안 받아도 된다. 내 경우를 예로 들면 물리 과목에서 Final Term Test전에 이미 105.6%를 획득했다. 그래서 Final Term Test를 보지 않고, 그냥 105.6%로 마무리했다.

### 카운슬러와 학부모 컨퍼런스

한국에서는 가정통신문이라는 것이 있어서 집에 연락하거나 부모님의 결정을 받아야 하는 내용이 있는 경우 통보를 하게 된다. 그런데 미국은 없다. 그냥 홈페이지에 게시되거나 문자로 발송된다. 학교에서 학부모에게 연락을 꼭 해야 하는 일이 있을 경우에는 카운슬러가 그 역할을 한다. 학생들의 진학 상담도 카운슬러가 맡아서 한다.

그럼 학부모는 학교에 전혀 올 필요가 없을까? 그렇지 않다. 미국의 학부모도 자신들의 자녀들이 학교생활을 잘하고 있는 지, 진로 계획은 잘 세우고 있는 지 궁금해 하는 것이 당연하다. 그래서 학교에서는 학부모 컨퍼런스(Conference)를 개최한다. 학부모 컨퍼런스는 학교 강당에서 개최되는데 이때는 모든 과목 선생님들이 각자 테이블을 놓고 앉아서 찾아오는 학부모를 맞이한다.

이때가 학부모들이 학교를 방문해 자기 자녀의 수업 담당 선생님을 만나 자녀에 대한 총평을 듣고 성적도 체크를 하는 시간이다. 보통 새 학년의 첫 번째 텀이 시작하고 3주쯤 뒤에 이 행사를 주최하는데, 학교에서 필요에 따라 학부모 컨퍼런스를 추가로 개최하기도 한다. 3주면 팝 퀴즈(Pop quiz)를 세 번 정도 본 이후라서 평균점수를 산출할 수 있다. 그래서 이날은 학생들이 가장 긴장하는 날이기도 하다.

만약 이 때 디텐션(Detention, 방과 후 별도 지도) 통보를 받는다면 앞으로 고생길이 훤히 열리는 탓이다. 그 다음부터는 심각한 일이 아닌 이상 부모님들께 학생이 잘못한 일이 전달되는 경우는 거의 없다. 그리고 초반에 성적이 좀 안 나온다 하더라도 선생님들한테 노력하는 모습을 보여준다면 선생님들은 그런 부분을 더 집중적이고 긍정적으로 학부모에게 알려준다. 그리고 담임선생님이 없기 때문에 진로 상담은 카운슬러 선생님에게 하고 나머지 학과목이나 Activity에 대한상담은 담당 선생님과 직접적으로 진행하게 된다.

학교생활은 전반적으로 학생들이 알아서 결정하고 그 결정에 대해 책임을 지며, 부모나 학교는 지원을 하는 구조로 운영이 되고 있었다. 그래서인지 10학년 정도 되는 친구들을 보면 자신의 진로에 대해 굉장히 깊고 구체적으로 고민하는 모습을 쉽게 볼 수 있었다.

예를 들어 어떤 친구는 졸업 후에 자격증을 따서 카센터를 차리고 싶다며 방과 후에 카센터에서 아르바이트를 하며 기술을 배우는 경우도 있었고, 아버지의 뒤를 이어 농사를 좀 더 체계적으로 짓기 위해 대학을 진학해서 영농에 대한 공부를 하고 싶다고 계획을 세우는 경우처럼 무척 구체적이었다. 그런 모습을 보면서 나도 내 진로에 대해 진지한 고민을 하게 되었다.

### 미국의 텀(Term)제도

한국의 학교는 2학기로 이루어져 있고, 한 학기는 중간고사와 기말고사로 나누어져 있지만 미국에서 다녔던 학교는 총 4개의 텀으로 이루어져 있다. 한 텀 당 약 2개월로 이루어져 있었는데 텀 동안에는 같은 과목의 수업을 집중적으로 매일 듣게 되어 있었다.

한국의 학교에서는 한 학기에 여러 과목의 수업을 듣기 때문에 시간표를 따로 붙여 놔야 하지만, 텀으로 수업을 듣는 미국 학교에서는 자기가 몇 교시에 무슨 수업을 듣는지만 안다면 2개월 동안은 매일 그 교실만 들어가면 되는 식이다. 텀 제도의 단점은 숙제를 많이 내주는 과목 선생님의 수업을 듣는다면 힘들어 진다는 점이다. 바로 다음 날 같은 수업이 있어서 하루 만에 숙제를 해야 하는 부담이 있기 때문이다.

미국 고등학교의 교과서는 글씨도 작고 굉장히 두꺼워서 매일 수업을 듣는 것 자체가 힘든 과목도 있다. 그럼에도 정말 특이한 건 수업시간에 조는 학생이 단 한명도 없다는 것이었다. 한국의 고등학교 수업과는 너무도 비교되는 현상이었다.

투 텀 클래스(Two Term Class)라고 해서 2번의 텀 동안 연속으로 수업을 들어야 하는 과목도 있다. 내가 받은 수업 중에는 물리(Physics), 체육(P.E), 역사(U.S History), 수학2(Algebra2), 작문(Composition)이 Two Term Class였다. 한 번의 텀으로 수업을 마무리 짓기 어려우니 두 번의 텀에 나누어 과목을 마무리 짓는 것이다. 그리고 다양한 방법으로 학생들을 평가하며, 실패한 평가를 만회할 다양한 기회를 제공한다.

예를 들어 내가 수학 쪽지시험에 몸 상태가 좋지 않아 능력을 발휘하지 못해 시험을 망친 경우, 다음 시험이나 수업 태도와 과제물 수행능력 등으로, 얼마든지 모자란 점수를 만회 할 수 있는 기회가 다양하게 주어지기 때문에 한국에서의 시험 때처럼 매번 긴장해서 집중하지 않아도 된다. 그야말로 미국에서의 평가는 평상시 실력과 행동발달사항 등이 성적에 다 반영된다고 생각하면 맞다.

## 2. 미국에서 만난 새로운 학교

### 초반이 찬스! 가자마자 친구를 사귀자

교환학생으로 선발되어 호스트가족을 배정 받으면 대부분 시골학교로 가게 된다고 했다. 여기에 주목해서 주의해야 할 점이 있다. 우리나라에서도 시골학교는 어렸을 때부터 한 마을에서 자란 친구들이 많기 때문에 서로 끈끈하게 묶여있지 않은가?

미국도 마찬가지다. 그래서 교환학생들은 미국의 시골학교에서도 한 동네에서 나고 자란 친구들의 그 끈끈한 관계 안으로 동화되어 들어가야 한다. 어려울 것 같지만 노하우는 있다.

교환학생으로 가면 처음에는 누구나 환대와 관심을 받게 된다. 그러다 점차 시간이 지나 알만큼 알고 나면 그냥 같은 학교에 다니는 평범한 학생 중 한 명이 되어버린다. 기회는 관심을 받는 초기에 있다.

초기에 미국 학생들이 먼저 호감을 갖고 다가올 때가 친구들을 최대한 많이 사귈 수 있는 절호의 기회이므로 이때를 잘 이용해서 친구를 사귀는 것이 좋다.

일정시간이 지나면 교환학생에 대한 신선함과 호감도는 점점 떨어지기 때문에 처음에 친구를 못 만들면 교환학생 내내 제대로 된 친한 친구 하나 없이 들러리로 지내게 될 수도 있다.

미국은 같은 반 친구라는 개념이 없고, 서로 다른 수업을 교실로 찾아가서 듣는 방식으로 운영이 되기 때문에 친한 친구들끼리는 점심시간에 주로 모여서 같이 밥을 먹는데, 이 때문에라도 친한 친구를 만드는 일은 필요하다.

한 가지 더 이야기 해주고 싶은 친구 만드는 팁이 있다. 신경 써서 다른 학생들의 이름을 외우라는 것이다. 내가 다른 친구들에게 가장 미안했던 게 그들의 이름을 잘 모른다는 거였다. 미국 친구들은 새로 온 우리 교환학생 4명의 이름만 알면 되니 기억하기 쉽겠지만, 우리는 수많은 미국 학생들의 이름을 다 기억하기란 불가능에 가까운 일이었다.

복도를 지나가면 누군가 "Hi Sungjun!" 하며 먼저 인사를 하는데 외워야 할 이름이 너무 많은 나는 그들의 이름을 불러줄 수가 없었다. 상대의 이름을 불러준다는 것은 친구가 되기 위한 가장 기본 중에 기본인데 말이다. 고심하다 발견한 묘책은 바로 페이스북이었다. 나와 인사하며 이름을 주고받은 친구들은 어김없이 서로의 페이스북에 친구로 등록을 했다. 그리고 집에 와서는 페이스 북에 등록된 친구들의 사진들을 보면서 다시 이름을 외웠다. 한 열흘 정도가 지나자 페이스북 친구는 200명 가까이 늘어났고 그 때부터 본격적으로 얼굴과 이름을 매치해 기억하기 시작했다. 역시 암기에는 반복이 최고였다. 그리 오래지 않아 복도에서 자주 마주치는 친구들의 이름을 내가 먼저 불러 줄 수 있을 정도가 되었다.

교환학생 초기에 사귄 친구들.

### 친구 사귀기, 호스트가족의 도움 받을까?

흔히들 미국에 처음 갔을 때는 호스트가족의 도움을 받아서 친구들을 사귀라는 말을 많이 한다. 뭐 일리는 있지만 그 말은 절반만 맞는 것 같다. 처음에 또래의 호스트형제가 있다고 해서 그들의 친구들한테 너무 의존하다 보면 정작 친구들을 넓게 사귈 기회를 잃을 수도 있기 때문이다. 그들은 이미 오랫동안 자기들끼리 친밀한 관계가 형성되어 있어서 그들 사이에 끼는 것이 쉬운 일은 아니다. 그리고 호스트가족이라는 매개가 사라진다면 친하게 지내다가도 멀어지게 될 친구들이기도 하다. 그래서 호스트가족을 통하지 않고 자기만의 친구를 만드는 편을 권하고 싶다.

미국은 철저한 개인주의라서 한집에서 살아도 서로의 사생활은 거의 간섭을 하지 않는다. 부모님이 아이들의 방에 들어갈 때도 항상 노크를 한다. 부모님한테 친구들과 놀러 간다고 말하거나 저녁시간에 같이 TV를 볼 때가 아니면 서로 방에서 각자 생활하고 잠자리에 드는 게 일상이다. 자기만의 친구를 따로 만들어야 하는 이유는 여기에도 있다.

친구들과 어울릴 때는 자기들만의 시간을 갖고 싶을 텐데 거기에 가족의 다른 일원이 끼어 같이 어울린다면 누가 좋아할까? 친구들과 놀고 있는데 동생이 끼면 뭔가 불편하고 신경이 쓰이듯이, 한 집에 살고 있는 교환학생과도 그렇게 편하지만은 않을 것이다. 처음에는 자기 친구들에게 예의상 교환학생으로 온 가족을 소개시켜 주고 함께 어울리지만 그 친구들 무리에 자주 끼다 관계가 조금 이상해지는 경우도 종종 생긴다. 그러니 더더욱 자기만의 친구들을 만드는 게 중요할 것 같다.

### 영어이름 꼭 필요할까?

영어 이름을 꼭 만들어야 할까? 결론부터 말하면 굳이 만들 필요 없다는 것이 내 생각이다. 나는 한국에 있을 때 James라는 영어 이름을 사용했다.

한국에 온 외국인들은 그 이름을 편하게 생각했고 익숙한 이름이라서인지 쉽게 그 이름을 기억했다. 그래서 교환학생으로 지원할 때도 닉네임으로 James를 사용해서 포트폴리오 서류를 만들었다.

그런데 이게 웬걸? 오히려 호스트 부모님들이 헛갈려 했다. '이름이 Sungjun이냐 James냐?' 며 되물어 오는 것이었다. 그래서 기억하기 쉬우라고 James라는 영어 닉네임을 사용한 것이라고 말씀을 드렸더니, 그러지 말고 Sungjun이라는 원 이름을 그대로 사용하는 것이 어떻겠냐고 말씀해 주셨다.

맞는 말이었다. 미국 학생들도 익숙한 영어식 이름보다 Sungjun이라는 독특한 이름이 기억하기 더 좋다고 했다. 이게 희소성의 원칙일까? 특이하고 이색적인 발음의 이름을 더 좋아했던 친구들의 반응으로 생각해봤을 때 교환학생이라면 굳이 영어식 이름을 만들어 사용할 필요가 없다는 생각이 든다.

**스마트폰 사용금지? 아니 필수!**

한국에서는 학생들이 스마트폰을 오래 사용하는 것을 좋아하지 않지만 미국에서는 어쩔 수 없이 필수사항이다. 학생들 간의 의사소통이 대부분 스마트폰으로 이루어지기 때문이다. 한국 고등학생은 모르거나 잘 사용하지 않는 앱을 미국 학생들은 많이 사용하는데, 그 중에서도 스냅챗(Snapchat), 인스타그램(Instagram), 트위터(Twitter)는 필수적이다.

한국을 떠나기 전에 많은 사람들에게 스마트폰을 가져가지 않는 것이 좋다는 말을 들었다. 그 이유는 스마트폰을 가져가면 미국 학생들과 어울리지 않고 한국에 있는 친구들과 카카오톡을 많이 하게 될 것이어서 오히려 미국 생활 적응에 방해가 된다는 것이 이유였다.

경험을 해보고 나니 이제는 확실히 말할 수 있다. 스마트폰은 꼭 필요하다. 적응을 제대로 한다면 교환학생의 미국 생활은 상당히 바쁘다. 과제, 팀 프로젝트, 발표 준비, Activity 활동, 스포츠 관람 등 한가한 시간이 거의 없다. 이런 활동을 위해서는 스마트폰을 통한 의사소통이 매우 효율적이고 필수적이다.

그렇다면 적응을 하지 못하는 경우에는 어떨까? 미국 생활이 재미없고 힘들다면 한국 친구들하고라도 의사소통을 할 수 있어야 덜 힘들지 않을까 생각한다.  부모님을 떠나 1년이라는 긴 시간 동안을 외지에서 생활하는 건데 힘들 때는 그런 위로라도 받을 수 있어야 한다고 본다. 미국 친구들이 가끔씩 나에게 가족과 떨어져 혼자서 외국에 나와 생활하는 게 참 대단하다는 말을 했다. 가족이 보고 싶어서 자기들은 그렇게 하지 못할 것 같다면서 말이다. 사실 교환학생 생활이라는 것이 항상 즐거운 것은 아니기 때문에 가끔씩은 외로움을 풀 상대가 필요할 수 있다고  생각한다.

**스냅챗과 트위터로 대화하는 학생들**

미국에 계시는 아빠 친구 분들이 고등학교 생활을 하려면 페이스북 사용이 필수적이라고 조언해 주셔서 스마트폰을 가져가는 쪽으로 결정을 내렸지만, 미국의 우리학교 친구들은 페이스북을 그리 많이 사용하지 않았다.

대화수단은 주로 스냅챗과 트위터였고 부수적으로 인스타그램을 사용했다. 스냅챗은 사진을 찍고 그 위에 문자를 적어 보낼 수 있는 특별한 채팅 앱이다. 인스타그램은 사진을 올리고 거기에 대한 짧은 설명을 달아서 공유하는 앱인데 트위터로 설명할 수 없는 부분을 표현하고 설명하기 위해 많이 사용한다.

미국 학생들은 사진을 공유하는 것을 좋아한다. 트위터는 140자 제한이 있기 때문에 그것으로는 사진에 대해 설명하기 힘들고, 페이스북에 올리자니 번거로워서 인스타그램을 자주 사용하는 것 같다. 한국에서는 사실 카카오톡을 주로 사용했기 때문에 트위터나 페이스북 같은 프로그램을 미국 학생들처럼 능숙하게 쓸 수 있을까 하는 걱정을 했었는데, 쓰다 보니 금방 적응이 되었다. 트위터는 한국 학생들이 아주 많이 사용하지는 않지만, 익숙해지면 한국에서 많이 쓰는 카카오스토리보다 사용하기 쉬운 것 같다.

친구들과의 트위터 대화.

특히 미국의 학교생활은 과목 수업이 끝나면 뿔뿔이 흩어져서 다른 과목 수업을 찾아간다. 그래서 수업 시간을 제외하면 학교에서도 서로 얼굴을 보기가 힘들다. 그때 주로 스마트폰을 통해 의사소통을 한다. 그리고 수업시간의 발표에 유튜브의 동영상이 활용되는 경우도 상당히 많다.

미국에서는 스포츠 경기를 관람하는 중간에 통화를 하는 것은 다른 사람의 관람에 방해가 되기 때문에 예의가 아니라고 한다. 대신 스포츠 경기를 관람할 때 스마트폰으로 사진을 찍고 곧바로 공유를 하고, 그 반응을 보는 경우가 많다. 이런 이유들 때문에 스마트폰은 '미국 학교생활의 필수 아이템' 이라고 당당하게 말 할 수 있다.

**노트북은 학교에서 대여**

스마트폰 말고도 가져갈까 말까 고민했던 물건이 노트북이다. 컴퓨터로 해야 하는 여러 과제들도 있을 것이고 아무래도 노트북이 꼭 필요할 것 같았다. 그런데 우리 학교에서 애플사의 노트북을 무상으로 대여를 해 준다는 희소식을 듣고 그냥 떠났다. 처음 접하는 애플 노트북에 적응하느라 초기에 약간 힘들었지만 개인 노트북을 들고 오지 않은 것이 결과적으로 잘 한 결정이었다.

개인적으로 노트북을 가지고 있더라도 학교에서는 네트워크를 사용할 수 없기 때문에 학생들은 모두 학교에서 주는 노트북을 사용했다. 그 노트북으로 게임만 하면 어떻게 하냐고? 다행(?)이도 학교에서 주는 노트북은 학교생활에만 쓸 수 있도록 인터넷의 활용 등에 많은 제약(Lock)이 걸려 있어서 이 노트북으로 게임을 할 수 없다. 또 개인적으로 별도의 프로그램을 설치해서 사용할 수도 없어서 있는 그대로만 사용해야 했다. 한국에서 걱정하실 부모님들이 들으시면 안도의 한숨을 내쉴 듯하다.

애플사의 노트북을 학교에서 무료로 빌려주는데,
초기 설정은 자신이 직접 해야만 한다.

**스포츠에 열광하는 학생, 학부모 그리고 학교**

미국의 학교들은 스포츠를 대단히 중요하게 생각한다. 지역 컨퍼런스 대회 참여는 내가 예상했던 것보다 훨씬 활성화가 되어 있었다. 인기 있는 스포츠 종목은 미식축구, 농구, 배구, 야구 등이며 시합 때면 방과 후에 관람하는 인원이 늘 40~50명이 넘었다. 학교 경기장마다 Student Section이라고 해서 학생들 전용석이 별도로 마련되어 있고, 학부모들도 적극적으로 자녀들의 경기에 참석하기 때문에 매 시합마다 경기장 관람석이 꽉 찬다.

미국 학교로 간다면 사전에 미식축구에 대한 경기 규칙을 알고 가는 것이 도움이 될 듯하다. 한국에서 좀처럼 접할 기회가 없는 탓에 경기 방식을 습득하는데 꽤 시간이 걸리지만 사전지식 없이 봤을 때 재미없던 경기가 이해하고 보면 정말 재미있어진다. 관람석에서는 환호하고 탄식하는데 혼자서 멀뚱히 있는 건 참 곤욕이다.

학교의 스포츠 팀은 Varsity팀과 Junior Varsity팀으로 나뉜다. Varsity팀과 Junior Varsity팀의 구분은 쉽게 말해서 1군과 2군으로 이해를 하면 되고, 그에 따라 실력 차이도 많이 난다. 당연히 Varsity는 실력이 뛰어난 선수들로 구성이 되고 그렇지 못한 학생들은 Junior Varsity팀에 속하게 되는데, Junior Varsity팀은 재학생 중에 희망하는 학생들은 아무나 소속될 수 있다.

Varsity팀의 경기에 부상 등으로 선수가 부족할 경우에는 Junior Varsity에 있는 학생 중 차출이 되어 경기에 참여할 수도 있으며, Junior Varsity끼리의 경기도 가끔씩 벌어진다. Varsity팀은 약자로 V라고 쓰고, Junior Varsity팀은 JV라고 쓴다.

나도 학교에서 농구를 했는데 당연(?)히 JV팀 소속이었다. JV팀 소속이라고 하더라도 기본적으로 학생들의 키가 185㎝가 넘고 실력도 상당하다. 나는 딱 한번 농구경기에 출전한 적이 있었는데 실력이 좋아서가 아니라 교환학생이라는 배려 때문이었다.

그 때는 내가 175㎝ 정도밖에 되지 않았었기 때문에 내 키로 농구를 하기에는 여러모로 불리했다. 미국 학생들이 팔 한번 휙~ 저으면 얼굴을 퍽~하고 맞는데 이건 뭐 키가 더 자라길 바라는 거 말고는 도대체 답이 없었다.

JV팀에서 뛰더라도 경기 규칙은 정규 시합과 동일하게 적용되기 때문에 사실 어설프게 알던 농구 규칙을 제대로 알 수 있는 기회가 되기도 했다. 미국 학교는 실내에 제대로 된 농구코트가 있어 이곳에서 연습도 하고, 다른 학교 팀과 경기도 한다. 이렇게 농구에 집중하는 사이 체력도 좋아지고 JV팀이라 해도 하루도 빠지지 않고 연습하기 때문에 실력이 느는 것은 당연한 것 같다.

스포츠에 열광하는 사람들.

### 스포츠 관람은 학교를 돕는 일

나와는 달리 호스트 형제인 다니엘은 농구, 야구, 미식축구에 모두 Varsity로 참여를 했다. 스포츠에 대단한 재능을 가지고 있다고 해도 과언이 아니었다. 그리고 쌍둥이 동생 레이철은 배구에 Varsity로 참여를 했는데 비치발리볼(Beach Volleyball) 대회에 초청 될 정도로 실력이 뛰어났다. 이렇게 여러 종목에 Varsity로 참여할 수 있는 이유는 각 종목마다 시즌이 다르게 운영이 되기 때문이었다. 그래서 우리 집은 경기가 있을 때마다 관람을 다니느라 무척 바쁘게 보냈다.

학교에서는 이런 스포츠 행사들을 운영해 나가기 위해 돈을 모금하는데 그 방법의 일환으로 3$를 관람료로 받는다. 또 경기를 진행하는 학교에서는 자체적으로 컨세션 스탠드(Concession stand)라는 것을 운영하는데 일종의 매점으로 체육관 내에 설치되어 스포츠를 관람하다 팝콘, 피자, 캔디 바, 음료수 등을 사먹는 곳이다. 학교 내부에 이렇게 컨세션 스탠드를 설치할 수 있는 공간이 따로 마련되어 있어서 경기가 있는 동안에만 관람객들에게 편의를 제공한다. 물론 다른 곳에서 미리 간식거리를 사와도 상관이 없고, 누가 뭐라고 하는 사람도 없다. 하지만 이렇게 운영되어 나오는 수익금이 학교에 도움이 된다는 걸 알기 때문에 대부분 어른들은 조금 비싸더라도 학교에서 사는 것을 선호한다.

## 3. 공부만큼 중요한 자원봉사와 클럽활동

### 자원봉사, 적극적으로 하라

미국 사람들은 자원봉사를 참 많이 한다. 학생들뿐만 아니라 성인들도 공식적인 행사에는 적극적으로 자원봉사로 참여를 하는데 한국에서 보기 힘든 모습이어서 인상적이었다. 미국의 학생들은 자원봉사를 많이 하지만 형식적이지 않다. 정말 적극적으로 참여하는데 나 역시 한국에

Fairground 자원봉사.

있을 때 지속적으로 자원봉사를 해 왔던 터라 미국에서도 기회가 있을 때마다 자원봉사에 참여를 했다.

'Iowa State Fairground' (어린이 축제마당)라고 하는 행사는 주 정부에서 어린이들을 대상으로 매년 여는 행사인데 그곳에서 자원봉사를 구한다고 교환학생 지역관리자를 통해 연락이 왔다. 일정을 확인해 보니 행사 기간 동안 별다른 일이 없기에 주저 없이 참가 신청을 했다.

행사에 투입되어 나에게 주어진 첫 역할은 어린이들에게 초콜릿을 나누어주는 것. 초콜릿을 나누어주다가 배가 고프면 자원봉사자들도 하나씩 먹어도 되었는데 그렇게 초콜릿을 조금씩 먹다 보니 저녁은 자연스레 거르게 됐다. 사람들이 많이 오는 시간이 저녁시간 즈음인 8시까지라서 이후에는 시간 여유가 생긴 자원봉사자들이 시설 이곳 저곳을 둘러볼 수가 있었다.

시설 내에는 어린이들이 좋아할 만 한 것들이 많았다. 한국에서 일명 '방방' 이라고 부르는 트램플린도 있고, 미니 농구대도 있고, 여자 애들을 위해서는 미용 용품도 구비되어 있었다. 이런 저런 많은 볼거리를 지나쳐 가는데 구석에 경찰차가 있었다. 미국 경찰차의 내부가 어떤지 궁금하기도 하고 그 앞에서 인증샷도 찍고 싶었다. 옆에서는 경찰 아저씨가 아이들에게 이런 저런 설명을 해주고 있었는데 차 안을 직접 타보지는 못하게 했다.

하지만 내가 누군가? 사람이 드물어진 틈을 타서 차 옆으로 갔다. 내가 자원봉사자 목걸이를 하고 있어서인지 차 문을 열어봐도 제지를 하지 않았다. 이때다 싶어 나는 한국에서 온 교환학생으로 자원봉사를 하고 있는데 지금 아니면 경찰차를 타 볼 기회가 없을 것 같으니 잠깐만 타보면 안 되겠냐고 간곡하게 물어 봤다. 경찰은 웃으면서 주위를 둘러보더니 살짝 타보라고 했다. 기왕 차에 탄 김에 경찰아저씨에게 스마트폰을 주며 사진도 찍어달라고 했다.

어린이 축제 마당에 등장한 경찰차.

행사는 밤 9시에 종료하기 때문에 8시 반 이후부터는 사람들의 발길이 뜸해져서 자원봉사자들도 이때 마감정리를 시작한다. 내가 맡은 부분의 정리를 끝내고 다른 곳을 둘러보는데 아직 꼬마 손님들이 남아서 놀고 있는 미니 농구대가 눈에 들어왔다. 꼬마 손님들도 집으로 돌아가자 자원봉사자들이 농구골대를 향해 공을 던지며 놀기에 나도 같이 했다. 그러다 우리 주위로 다른 자원봉사자들이 모여들기 시작했고 점점 더 먼 곳에서 슈팅을 하는 놀이(?)로 발전했다. 나중에는 3

점 슛 거리에서 실제 농구골대보다 더 작은 골대에 슛을 넣어야 했는데, 이게 웬일인가? 어려운 골을 성공시킨 것이다! 골이 들어갈 때마다 가졌던 그 짜릿함은 아직도 잊혀 지지가 않는다. 성공할 때마다 울리는 환호성과 박수소리! 누군가 나보고 농구 선수냐고 묻기에 그렇다고 했다. 비록 Junior Varsity였지만 선수는 선수니까. 3점 슛을 성공시킨 짜릿함 때문에 더욱 기억에 남는 자원봉사였다.

### 기억에 남는 스피치대회 자원봉사

기억에 남는 또 다른 자원봉사 중에 스피치 대회가 있다. 우리 학교에서 진행되는 스피치 대회였는데 스피치 과목 선생님이 맡아서 진행을 하고 있었다. 선생님은 오전 8시부터 오후 4시까지 스피치 대회 자원봉사자를 모집한다고 하시면서 그에 대한 보상으로 Extra Credit 25점, Full Time으로 자원봉사를 하면 5점을 추가해 총 30점을 주신다고 하셨다. 마침 과제물 두 개를 하지 못했던 내게는 무려 30점이나 딸 수 있는 이 자원봉사가 꼭 필요한 기회였다.

스피치 대회에는 아이오와주 내에 있는 여러 학교의 학생들이 참가했다. 행사가 개최되던 날은 비가 많이 쏟아져 몇몇 거리가 먼 학교는 참가를 못했음에도 불구하고, 학생 식당부터 실내 체육관까지 사람들로 꽉 찰 정도로 인산인해를 이루었다. 이날은 내가 우리 학교에서 머물렀던 기간 중 가장 많은 방문객을 맞은 날이기도 했다.

대회는 여러 개의 교실에서 나뉘어 예선이 진행되는데 각 교실에는 관리위원 한 분과 자원봉사자 한 명이 배치된다. 내가 맡은 일은 스피치 발표를 하는 학생의 학교 번호, 이름, 주제를 말해주는 일이었다. 관리 위원님의 설명을 듣고는 생각보다 쉬운 일을 맡았다 싶었는데 사실 쉬운 일이 아니었다. 가끔씩 모르는 단어가 나오면 어떻게 읽어야 할지를 몰라서 발음 나는 대로 읽었는데 그때마다 킥킥거리는 소리가 들렸다. 그 일을 생각하면 지금도 얼굴이 화끈거린다.

나와 함께 스피치 수업을 받는 친구 한 명도 이 대회에 참가했는데, 평소에는 꽤 웃긴 친구라 그 친구의 긴장한 모습을 보고는 괜히 웃음이 났다. 미국에서 진행하는 대회는 미리 주제가 주어지지 않는 점이 특징인 것 같았다. 이 대회도 자신이 배정 받은 교실에 들어가면서 주제를 받는다. 주어지는 여러 주제 중 세 가지를 뽑아 그 중 한 가지를 선택해 3분 동안 스피치를 하는 방식으로 대회가 진행되는데, 미리 준비 할 수가 없어서인지 긴장감은 이루 말 할 수 없을 만큼 크고, 자신이 뽑은 주제에 따라 희비가 표정에서 나타났다. 내 친구는 다행히 자신 있는 주제를 뽑았는지 발표를 상당히 잘 풀어갔다. 결과는 다른 곳에서 발표되어 알 수 없었지만 아마도 통과했을 거라 생각한다.

이 대회는 생각지도 못한 선물을 받은 자원봉사 활동으로도 기억에 남는다. 오후 4시에 스피치 대회가 끝나고 관리위원님과 같이 퇴장을 하는데, 그때 위원님이 갑자기 나에게 넥타이를 쓸 일이 있냐고 물어보셨다. 마침 얼마 뒤 FBLA Iowa State 대회가 있었기 때문에 넥타이가 필요하다고 했더니 본인의 넥타이를 풀어서 주셨다. 왜 넥타이를 주시는지 여쭤봤더니 위원님께서 매 대회마다 좋은 넥타이를 사서 하루 사용하시고 자기를 도와준 학생에게 선물로 준다고 하셨다. 한눈에 봐도 비싸 보이는 좋은 넥타이었는데 선물로 주셔서 너무 감사했다. 그 넥타이는 FBLA대회에 가서 아주 유용하게 썼다.

**성준이의 팁 ⊞ 자원봉사는 본인이 찾아서~**

교환학생은 의무적으로 5시간의 자원봉사 활동을 하도록 권하고 있다. 이 시간을 채우지 못한다고 해서 학교생활에서 문제가 되는 것은 아니지만 꼭 한 번 해보길 권한다. 단, 누가 자원봉사 활동을 하라고 따로 챙겨주지 않으므로 스스로 알아보고 챙겨야 하는데 기회가 아주 많지는 않으니 열심히 찾아봐야 한다.

### 활발할 클럽 활동과 FBLA대회

미국 학교는 다양한 클럽활동이 매우 활성화되어 있다. 클럽은 한국식으로 말하면 동아리 활동과 비슷한데 형식적인 한국의 고등학교 동아리 활동과는 많이 다르다. 미국은 클럽활동이 활성화 되어 있는 만큼 의무적으로 참여를 해야 한다.

내가 참여했던 클럽은 FBLA라는 클럽으로 'Future Business Leaders of America' 의 약자이다. 우리말로 풀어서 설명하면 '미래를 이끌 미국의 사업가' 클럽 쯤 될 것 같다. 이 클럽에서 좋은 추억을 많이 만들기도 했지만 한편으로는 '중간에 그만둬야 하나' 고민을 많이 했던 클럽이기도 하다. 클럽활동을 열심히 하다 보면 스포츠 대회와 겹치는 경우도 있고, 두 가지를 모두 참여하기에 시간의 배분도 어려웠기 때문이었다. 그래서 호스트 부모님과 한국에 계신 부모님께 의논을 드렸더니 두 쪽 모두 클럽 활동을 계속 하는 게 좋을 것 같다는 의견을 내주셔서 클럽 생활을 지속하게 되었다.

농구 시즌에는 두 가지를 병행했고 농구 시즌이 끝나자마자 클럽 활동에 집중을 했다. 나중에 알게 된 사실인데 FBLA는 단순한 학교의 클럽이 아니었다. 전국적으로 학교 대항전이 열리는 대규모의 대회에 참여하기 위해 준비하는 클럽이었다. FBLA는 지역 학교 대회에서의 경쟁을 통해 주(State)대회에 참가할 학교를 선정하고, 주 대회에서 1,2,3등은 전국대회인 National League에 참가할 자격을 준다. 우리 학교는 주 대회에 참가할 자격을 이미 획득한 상태였기 때문에 주 대회에 참가를 위한 막바지 준비를 하고 있었다. 주 대회는 3명이 1팀으로 구성되어 참가하게 되는데, 3일 동안 함께 숙식을 하며 다른 학교의 학생들과 경쟁을 해야 했다.

나는 주 대회에 참가해야 할지 고민 할 수밖에 없었다. 참가비가 개인당 160$에 달하는 거금이었고, 다른 학생들은 오랜 기간 준비를 해 왔지만 나는 준비도 되어있지 않았기 때문이었다. 더욱이 이미 팀 구성이 어느 정도 끝나 있던 상황이라, 내가 함께 할 팀 구성도 마땅치 않았다.

하지만 교환학생인 내가 이번에 경험해 보지 않으면 언제 또 이런 경험을 해 보겠나 하는 생각으로 대회에 참가하기로 했다. 늦게 구성된 만큼 우리 팀 구성원은 최악이었다. 영어가 모국어도 아닌 외국인 교환학생인 나, 농부가 장래희망이라 공부보다는 농사에 관심이 많던 시니어 형, 나머지 한 명은 자기 입으로 상식이 참 부족하다고 말할 정도여서 그냥 기록만 담당하겠다는 나와 같은 학년의 여학생이 한 팀이었다. 쉽게 말해 클럽에서 팀을 이루지 못하고 마지막까지 남은 사람들끼리 한 팀을 이룬 것이다. 그것도 다른 팀들이 서로 기피해서 남아 있던 Global Business 분야로 말이다.

### 대규모 대회, 꼴지만 면하자!

그런데 이번 대회에는 예년 보다 더 많은 총 29개 학교에서 900명이 넘는 학생들이 참가했으며, 그 인원을 다 수용하기 위해 특급 호텔인 매리어트 호텔(Marriott Hotel)을 대회기간 동안 통째로 빌려서 진행되는 어마어마한 규모의 대회였다. '설마 300개가 넘는 팀 중에서 우리 팀이 꼴찌야 하겠어? 꼴찌만 벗어나도 성공이지' 하는 마음으로 우리 팀은 후회 없이 놀다 오자고 뜻을 모았다.

대회 첫날. 우리는 다른 학교 팀 중에서도 우리처럼 남은 인원끼리 구성된 팀이 분명히 있을 것이기 때문에 첫날만 열심히 하면 꼴찌는 면할 수 있을 거라고 생각했다. 일단 꼴찌만 면하면 내일부터 이틀 동안은 재미있게 놀 수 있을 거라는 마음에 파이팅을 외쳐가며 문제를 열심히 풀었다. 그런데 저녁에 페이스북에 발표가 난 그날의 결과를 보니 우리 팀이 1차에 통과되어 다음 날의 2차 대회에 참가해야 하는 것이 아닌가? 하지만 우리는 어차피 다음 날 대회에서 떨어질 테니 아무 준비 없이 그냥 그날 밤을 이 방 저 방 옮겨 다니면서 신나게 놀았다. 오히려 1차에서 떨어지나 2차에서 떨어지나, 떨어지는 건 어차피 똑같은데 괜히 신경 쓰이게 1차에 통과되었다고 불만스러워했다. 솔직히 1,2차 시험이 어떻게 진행되는 지도 모르고 참가를 한 것이라 2차 대회에 뭘 준비해야 하는 지도 몰랐다.

다음날 2차 시험 주제는 외부 회사와 Deal을 체결하는 시뮬레이션 계획을 수립하는 것이었고 우리에게는 미국에서 패스트푸드 회사를 운영하고 있는 상태에서 신규 사업으로 멕시코에 진출한다는 상황이 주어졌다. 다행스러운 점은 주제가 미리 공지된 것이 아니라 시험장에서 즉석으로 발표되는 것이었기 때문에 모든 팀에게 공평하다는 점이었다. 준비 시간으로 주어진 시간은 고작 20분. 이 20분 동안 팀원들끼리 회의를 해서 심사위원 앞에서 7분 동안 계획을 발표하고 질문에 대한 답도 해야 한다.

그런데 우리가 준비한 내용을 발표하니 고작 2분밖에 지나지 않은 것이 아닌가? 정말 7분이 이렇게 긴 줄은 몰랐다. 나머지 시간을 어떻게 때우나 고민하고 있는데 우리의 발표가 끝나자 질문이 쏟아지기 시작했다. '해외 진출 계획은 언제부터 준비했냐?', '멕시코 정부의 승인은 받았냐?', '진출 자금은 어떻게 마련할 계획이냐?', '미국 내에서도 충분히 확장을 할 시장이 있는데 왜 멕시코로 진출하려고 하냐? 등 우리가 예상한 질문보다 훨씬 다양한 질문이 쏟아졌다.

그 질문들에 대한 대답은 주로 내가 하게 되었는데 그도 그럴 것이, 앞서 설명했듯 한 명은 농부가 꿈인 사람이고 다른 한 명은 서기로 자기 역할을 설정해 놓은 학생이니 어쩔 수 없는 일이었다.

무사히 발표를 마치고 나자 '아, 기분 괜찮은데?' 하는 느낌이 들었다. 하지만 Global Business분야와 관련된 Spelling Bee 게임(관련

분야에 대한 단어 테스트)에서 형편없는 점수를 획득했기 때문에 별 다른 기대는 하지 않고 숙소로 돌아와서 다른 학교 참가 학생들과 사진도 찍으며 편히 쉬었다.

FBLA 대회에서 만난 다른학교 친구들.

**오합지졸 팀이 2등을?**

드디어 3일 째, 결과가 발표되는 날이 돌아왔다. 솔직히 수상에 대한 욕심이 없었기 때문에 호텔 로비에 있는 스타벅스에서 달달한 카라멜 마끼아또 한잔을 마시는 것을 목표로 잡고 있었다. 하지만 900명이 넘는 학생들이 함께 스타벅스를 이용하다 보니 나는 항상 줄만 서다가 시간이 부족해서 주문 한번 해보지 못했다. 윈터셋에는 스타벅스가 없기 때문에 이번 기회를 놓치면 언제 마실 수 있을 지 장담을 할 수가 없었다. '미국에 와서 스타벅스 커피 한잔 못 마셔보고 돌아갈 순 없지!' 결국 새벽까지 놀고 잠깐 눈을 붙인 다음, 스타벅스가 오픈하는 아침 6시에 일어나 세수도 하지 않고 슬리퍼만 신은 채로 로비로 내려가 달달한 캬라멜 마끼아또를 손에 넣기 위한 목표를 달성했다. 이른 아침이라 로비가 한산해서 푹신한 쇼파에 몸을 맡기고 천천히 맛을 음미하는 즐거움을 만끽할 수 있었다.

드디어 대회 결과가 발표되는 순간이 왔다. 일단 상위권 10개 팀이 선정되어 공표되었는데, 어라? 우리 팀이 그 안에 있었다. 그 다음으로 수상자인 6개팀 Top 6의 발표가 이어졌다. 그런데 또 우리 이름이 호명되었다. 그래봤자 Spelling Bee에서 엉망이었기 때문에 하위 등수를 예상했지만 어쨌든 상을 받을 수 있게 된 것이었다. 4~6등까지는 종이로 된 상장이 주어진다. 6등부터 거꾸로 호명되기 시작했다. 4등까지 발표했는데 여전히 우리 이름은 없었다.

이런!!!!! 우리의 기분은 최고조에 달했다. 지금까지 부르지 않았다는 것은 3등 안에 들어갔다는 이야기였다. 3등 안에 들면 종이로 된 상장 대신 상패가 주어진다. 그리고 National League에 참가할 수 있는 자격도 주어진다. 가슴이 조마조마 해진 상태에서 발표를 듣는데 3등에도 다른 팀 이름이 호명되었다.

심장이 두근거렸다. 결국 2등에 우리의 이름이 호명되었다. 우리 학교 학생들 전체가 '와~~~' 하는 함성을 질렀다. 호명 되는 순간은 정말 얼떨떨했다. 우리학교는 그 동안 Global Business 분야에서 단 한 번도 수상을 한 적이 없어 우리 팀의 성과는 더 놀라운 것이었다.

FBLA 대회 2등 상패. 너무 좋아서 덤벙대다가 떨어뜨려 모서리가 조금 깨졌다.

그 후로 한동안 학교에서 이 일이 화제가 되었는데 교장 선생님께서도 나에게 고맙다는 카드를 직접 정성 가득한 손글씨로 써 주시기도 했다. 필기체라 그 글을 해독(?)하는데 애를 먹었지만 내용은 다음과 같았다.

"Sung Jun, Congratulations on qualifying for Nationals in the category of Global Business! Thank you for representing WHS so well!"

(WHS =Winterset High School)

## 4. 미국은 행사 중~

### 학교는 행사 중!

미국의 학교들은 참 많은 행사들을 하는 것 같다. 우리학교도 다양한 행사를 하고 있는데, Pink out day라는 이름의 전통 행사가 있다. 이 행사는 암 환자를 돕기 위한 행사로, 티셔츠를 판매해 얻은 수익금을 암 환자를 돕는데 사용한다.

우리 학교만 하는 행사인지 아니면 다른 학교도 하는 행사인지는 모르겠지만, 이날 진행된 여자 농구 경기에서는 상대 학교 선수들이 핑크색 져지를 입고 경기에 참여했다. Pink out day날 진행되는 경기에 참여하는 선수들은 핑크색 운동복이 아니면 머리띠나 팔찌 같은 것을 핑크색으로 하거나 의상에 어떤 형태로든 핑크색으로 액센트를 준다.

Student section에서 관람하는 학생들도 남녀 구분 없이 암환자를 돕기 위해 구매한 핑크색 티셔츠를 입는다. 개중에는 바지, 신발까지 핑크색으로 맞춰 온 친구들도 있었다. 물론 나도 구매를 했다.

분홍색의 Pink out day 티셔츠.

게다가 암 환자의 고통을 나눈다는 의미 때문에 한겨울인데도 판매하는 티셔츠는 반팔이다. 우리학교 학생들은 주로 자가용으로 통학을 하기 때문에 겨울에도 두꺼운 옷을 잘 입지 않는다. 학교 건물 안은 난방이 잘되어 있기 때문에 겨울에도 건물 안에서는 반팔을 많이 입는다. 그런데 이 날은 밖에서도 반팔을 입는다. 그런데 하필 행사가 있던 날 저녁시간은 유달리 추워서 경기가 끝나고 카풀 할 친구의 차까지 걸어가는 동안에도 꽤 고생을 했다. 차 안에서 히터를 틀어놓고 몸이 녹을 때까지 한참 동안 추위에 떨어야 했다. 그래도 환자의 고통을 나눈다는 의미가 있으니 다들 감수하는 분위기다.

다른 행사로는 Taste of Summer란 행사도 있다. Taste of Summer란 말 그대로 여름을 맛보는 행사여서 겨울인데도 한여름 분위기를 내는 날이다. 등교는 겨울 날씨에 맞는 정상적인 차림으로 등교하지만 저녁에 있는 스포츠 경기를 관람할 때는 한 여름 분위기에 맞게 옷차림을 하는 날이다. 그날은 다행히 다른 날들에 비해 기온이 올라가 따뜻했다. 행사 전날까지만 해도 영하 17도 아래를 밑돌아서 Pink out day의 악몽이 재현되는 것 아닌가 하는 걱정을 했었는데 다행히 기온이 영상으로 올라갔다. 그래도 여전히 바람 때문에 체감온도는 영하권이지만 경기를 보러 온 모든 학생들이 여름 옷차림을 하고 나왔다. 나는 그날 Concession stand에서 음식 파는 자원봉사를 맡았었기 때문에 경기는 보지 못했지만, 평소의 응원 분위기로 볼 때 경기만큼 재미있는 응원이 되었을 성 싶다.

**동네도 행사 중!**

미국에 도착한지 얼마 안되어 마을에서 퍼레이드행사가 있었다. 홈커밍 퍼레이드와는 별개로 Covered Bridge Festival이라고 해서 다른 주에 까지 알려진 유명한 행사다. 윈터셋에는 조그만 개울을 잇는 다리들이 많은데 대부분 지붕이 있다. 이 다리 때문에 유명한 곳이기도 하며, 이 지역과 다리를 배경으로 메디슨 카운티의 다리라는 소설과 영화가 탄생했다. 그로 인해 사람들이 많이 찾아오는 명소가 되었는데, 찾아 오는 사람들을 반기기 위해 만든 행사가 Covered Bridge Festival이다. Festival 기간 동안의 하이라이트도 역시 퍼레이드였다. 행사 규모가 크고 전통도 오래된 만큼 퍼레이드 행렬도 굉장히 길었다. 학교 밴드부터 시작해, 다양한 모양으로 꾸민 차들이 뒤를 이어 나오고 트랜스포머 영화에 범블비라는 캐릭터로 나와서 유명해진 멋진 카마로 스포츠카도 나왔다.

퍼레이드 차량에서는 구경꾼들에게 선물을 나누어 준다. 할로윈데이 (Halloweens day)가 멀지 않은 날이어서 인지 대부분의 차에서는 사탕을 나누어 주었고, 다른 차에서는 시내에 있던 은행에서 홍보용으로 은행 로고가 새겨진 프리즈비(Frisbee, 던지고 노는 프라스틱 원반)를 사람들에게 던져 주었다. 그때 받은 프리즈비로 한동안 집 앞의 마당에서 재미있게 놀았다. 우리 집은 야구를 할 수 있을 정도로 워낙 넓어서 프리즈비를 가지고 놀기에는 아주 적격이었다. 이 외에도 마을에서는 지속적으로 이런 저런 작은 행사들이 많이 열렸는데 그 때마다 마을 사람들이 적극적으로 참여하는 모습에 도대체 여기 사는 사람들은 일은 안하고 놀기만 하나? 하는 생각이 들기도 했다.

행사에서 받은 프리즈비로 마당에서 원반던지기를 하며 놀던 모습.

### 교회도 행사 중!

나는 개인적으로 종교가 없지만 미국에서는 교회를 다녔다. 종교를 믿기 위해 다녔다기 보다는 주일날 교회에서 고등학생을 위한 여러 가지 행사를 진행하는데 그 행사에 참여하는 게 재미있어서였다. 미국에서의 교회는 지역에 있는 사람들이 함께 모여 소통하는 공간이라는 의미도 큰 것 같다. 그래서 교회를 주축으로 여러 행사들이 진행되는데 사람들이 상당히 적극적으로 참여한다. 교회에서 했던 행사 중 대표적으로 기억나는 것으로 Sky zone이라는 곳에 다녀온 것과 피구 토너먼트에 참가 한 것이다. Sky zone이란 엄청나게 큰 실내 체육관에 트램플린들이 설치되어 있는 곳인데 그렇게 큰 트램플린 장소는 처음 봤다. 트램플린을 여러 개 이어 붙여 만든 넓은 트램플린이 있는가 하면, 트램플린 위에서 피구를 할 수 있는 장소도 만들어 놓았다. 내가 좋아했던 트램플린에는 농구대도 있었는데 농구대 높이까지 뛰어 올라 덩크의 기분을 맛볼 수 있게 해 놓은 장소인 것 같다. 트램플린 안에서 친구들과 피구도 했다. 생각보다 공을 피하기가 어려웠다. 트램플린 바닥이 흔들려서 제대로 걸을 수 없거니와, 서 있는 것도 힘든 상황에서 날아오는 공을 피하려다 보니 여간 힘든 게 아니었다. 시합은 상당히 재미있었는데 한 시간이라는 시간의 제약이 있어서 조금 아쉬웠다.

피구 토너먼트는 세 곳의 교회팀이 한 곳에 모여 진행을 했다. 학기 초, 학교에서도 피구 토너먼트가 한번 열린 적이 있었는데 전에는 시시해 보였던 피구가 이곳에서는 굉장히 재미있어 보였다. 교회 대항 피구 토너먼트를 한다는 소식을 듣고 바로 신청서를 넣었다. 각 교회에서 2팀씩 만들어 총 6팀이 경기를 진행했다. 나는 A팀에 소속이 되었는데, B팀에 소속된 학생들이 체격조건이나 운동신경이 훨씬 좋았다. 신청서가 접수된 순서대로 A팀과 B팀을 나누었다고 하니 뭐라고 말할 수는 없었지만 팀 분배가 잘못되었다는 생각을 모두가 가지고 있었다. 그래도 우리 A팀이 첫 번째 시합에서 이겼다. 그걸로 만족해야 했다. 바로 다음경기에서 탈락했기 때문이다. B팀은 연전연승으로 파이널까지 가서 결국 우승했다.

학생들의 경기가 끝나고, 부속 경기로 어른들과 학생들의 경기가 이루어 졌다. 어찌보면 당연한 결과겠지만 학생들의 팀이 참패했다. 어른들을 이기기에는 역시 역부족이었다. 다음으로는 즉석에서 지역 게임이 제안되었다. 세구역의 교회 중 우리 교회만 윈터셋에서 온 교회였고, 나머지 두 교회는 Martinsdale에 있던 교회였다. 지역별 시합이었기 때문에 Winterset Vs. Martinsdale의 대결로 경기가 펼쳐졌다. 어찌 보면 우리 윈터셋이 선수 인원이 적어 열세일 수 밖에 없었지만 친선경기였기 때문에 그냥 진행이 되었는데 다행스럽게도 우리팀이 이겼다. 미국 사람들은 스포츠에 목숨을 거는 경향이 있어서 이러다 싸움 나는 거 아닌가 하는 걱정이 들기도 했는데, 경기가 끝나자 언제 그랬냐는 듯 언성을 높였던 일은 잊고 한데 어울려 피자를 먹었다. 승패에 관계없이 같이 즐겁게 어울리는 모습을 보면 이래서 스포츠를 하는구나 하는 생각이 든다.

# 3장 미국에서 나는 이렇게 공부했다

## 1. 이럴 수가! 공부가 재미있다니

### 제일 싫었던 물리과목, 미국에선 만점

나는 한국에서도 수학과 과학 과목이 너무 어려웠다. 그래서 미국에서도 가능하면 그 과목들을 피해 보려고 했는데 학교 간 첫날, 과목명이 낯선 탓에 그만 실수를 하고 말았다. P(물리)가 P.E(체육)인 줄 알고 P를 수강 신청한 것이다. 어이쿠! 그게 물리란 걸 알았을 때는 이미 늦었다. 이유야 어찌 되었든 수강신청이 되었으니 어쩔 수 없이 수업을 들어야만 했다.

그런데 첫 물리 수업을 위해서 교실로 들어갔을 땐, '와!' 감탄사가 절로 나왔다. 그 곳은 별천지였다. 일반적인 실험 도구가 있는 과학실이 아니라 한국에서는 보지도 못했던 수많은 실험 도구들이 가득찬 교실이었다. 역시나 단순한 이론이 아닌 실험 위주의 수업이었다. 수업은 정말 신났다. '물리가 이런 과목이었구나' 감탄사를 연발하며 신나게 수업을 들었다.

평가는 한 단원이 끝날 때마다 그 단원에 맞는 실험을 자체적으로 설계해서 발표하는 방식인데 발표 내용과 실험 방식에 따라서 점수가 주어졌다. 첫 번째 텀이 끝났을 때 내 성적은 96%로 당당히 A! 물리선생님께서는 좀 독특한 방법으로 평가를 하시기 때문에 생각보다 쉽게 성적을 올릴 수 있었다.

물리는 총 2번의 텀을 연속해서 들어야 하는데 두 번째 텀은 모든 실험에서 만점을 받고 Extra credit까지 합산되어서 105.61%로 물리 과목을 통과했다. 이런 점수는 선생님도 처음 준 점수라고 하시면서 굉장히 놀라신 눈치였는데, 알고 보니 우리 학교가 설립된 이래로 과목을 막론하고 105.6%를 받은 학생은 내가 처음이었다고 했다. 최초로 105.6%라는 기록을 세운 학생이 외국 교환학생이라니! 물리 수업은 내게 더 큰 자신감을 키워주었다. 과제를 더 잘 하기 위해 책도 많이 보고 실험에 관한 비디오도 많이 찾아보면서 느낀 것은 단 하나였다. '물리가 이렇게 재미있는 과목이었다니….하하하!'

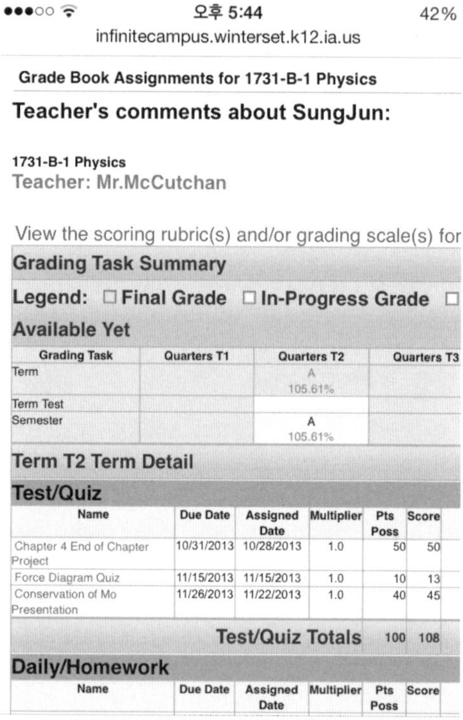

●●●○○ 오후 5:44 42%
infinitecampus.winterset.k12.ia.us

Grade Book Assignments for 1731-B-1 Physics

**Teacher's comments about SungJun:**

1731-B-1 Physics
Teacher: Mr.McCutchan

View the scoring rubric(s) and/or grading scale(s) for

**Grading Task Summary**

**Legend:** ☐ Final Grade ☐ In-Progress Grade ☐ Available Yet

| Grading Task | Quarters T1 | Quarters T2 | Quarters T3 |
|---|---|---|---|
| Term | | A 105.61% | |
| Term Test | | | |
| Semester | | A 105.61% | |

**Term T2 Term Detail**

**Test/Quiz**

| Name | Due Date | Assigned Date | Multiplier | Pts Poss | Score |
|---|---|---|---|---|---|
| Chapter 4 End of Chapter Project | 10/31/2013 | 10/28/2013 | 1.0 | 50 | 50 |
| Force Diagram Quiz | 11/15/2013 | 11/15/2013 | 1.0 | 10 | 13 |
| Conservation of Mo Presentation | 11/26/2013 | 11/22/2013 | 1.0 | 40 | 45 |
| Test/Quiz Totals | | | | 100 | 108 |

**Daily/Homework**

| Name | Due Date | Assigned Date | Multiplier | Pts Poss | Score |
|---|---|---|---|---|---|

물리성적. 학교 성적은 종이로 나오지 않으며, 스마트폰이나 PC로 인터넷에 접속해서 확인을 하는 시스템으로 되어 있다.

### 영어 스피치 수업, 나홀로 만점

우리 학교에는 정규 과목에 스피치 과목이 들어가 있다. 나는 말하기에는 자신이 있어서 남들 앞에서 주어진 주제에 대해 발표하는 것에 큰 부담은 느끼지 않았다. 기왕 미국에서 학교를 다니고 있을 바에는 제대로 발표 하는 법을 배워보고 싶어서 스피치 수업을 신청했는데 영어가 모국어인 학생들과 같이 스피치 수업을 받으려니 예상보다 만만치 않았다.

수업은 단순히 다른 사람 앞에서 말하는 연습을 하는 것이 아니었다. 발표 자료를 만들고 그 자료를 통해 다른 사람들을 설득하는 일종의 프레젠테이션(Presentation) 기법을 배우는 수업이었다. 그래서 수업에 나오는 단어들도 많이 공부해야 했고, 이 수업에서는 무엇보다 발표 내용을 잘 구성하는 게 중요했다.

수업 중 유난히 인상 깊었던 발표는 '꿈의 집(Dream House)' 에 관한 주제였다. 선생님은 창의적인 주제로 자신의 주관이 확실히 들어가 있으며 다른 사람의 주의를 끌 수 있는 내용을 선호하셨는데, 아무리 머리를 짜내도 기발하고 창의적인 아이디어가 떠오르지 않았다. 이런 저런 궁리를 하다가 별 생각 없이 스마트폰을 켰는데, 그 안에서 내가 한국에 있을 때 종종 했었던 '마인크래프트' 라는 게임 앱이 보였다. 마인크래프트로 집을 지었던 기억이 나면서 "아! 이걸로 하면 되겠다" 라는 생각이 번쩍 들었다. 미국에 와서는 사용하지 않던 게임이었는데 이럴 때 쓸모가 있을 줄 누가 알았으랴!

그날부터 마인크래프트를 이용해서 틈틈이 내가 이상적으로 생각하는 집을 짓기 시작했다. 지하실에는 수영장도 만들고 이제까지 머릿속으로 그려 왔던 최고의 인테리어로 집을 지었다. 테라스와 캐노피도 만들고, 만드는 내내 마치 내가 건축설계와 시공을 모두 담당하는 기술자가 된 듯 살고 싶은 집을 상상하며 실감나게 집을 완성해 나갔다.

꿈의 집이 거의 다 완성 되었을 무렵이었다. 화룡점정으로 무언가가 필요하다는 생각이 들었다. 집이 너무 정적이라는 느낌이 들어서 고민을 하다가 벽난로를 만들고 그 안에서 불이 움직이는 모습이 보이면 괜찮겠다는 생각이 들었다. 그런데 벽난로 주변의 재질을 깜빡하고 불을 붙인 게 아닌가! 그 순간 벽난로 주위로 불이 다 번지고, 나중에는 걷잡을 수 없이 불길이 치솟아 심혈과 정성을 기울여 만든 '꿈의 집' 이 허탈하게 타 들어가는 것을 지켜봐야만 했다.

순간 눈앞이 깜깜했다. 시간이 부족해서 중간 중간에 작업했던 내용을 백업도 해 놓지 못한 상태였기 때문에 복구 할 방법도 없었다. '아… 이제 과제는 망쳤구나' 하는 생각이 들었다. 다시 만들기에는 시간이 턱없이 부족했다. 그렇다고 포기할 수는 없었다. 일단 내가 지었던 집과 관련된 스케치와 캡쳐 화면들을 최대한 모았다. '위기가 기회' 라는 생각의 전환으로 '꿈의 집' 을 계획하고 작업 하던 중 예기치 않게 화재로 전소하게 된 과정을 프레젠테이션에 넣었다.

스피치 과목 발표 자료 중, 화재 모습 캡처 화면.

프레젠테이션 화면은 볼 품 없었다. 그래도 지루하지 않도록 중간중간에 웃음을 유도할 수 있는 내용도 넣고 마지막에 반전 포인트로 화재 사건을 넣었다. 발표를 하는 동안 친구들도 굉장히 흥미로워했고 화재 난 부분에서 같이 안타까워해줬다.

결국 프레젠테이션으로 이목을 끄는데 대 성공! 점수를 받고 보니 더 놀랄 수밖에 없었다. 50% 만점에 50%을 받은 것이다! 다른 학생들보다 분명 스피치 부분이나 완성도는 떨어졌을 테지만, 자기만의 독창적인 방식으로 프레젠테이션을 만들었고 이목을 집중시키는 포인트를 잘 살렸으며 결론에 이르는 과정이 자연스러워 자기의 생각을 전달하는데 성공적이었기 때문에 만점을 주셨다고 했다. 그 발표에서는 유일하게 나만 만점을 받은 것도 기분이 좋았지만 참 창의적인 것 같다며 친구들이 칭찬해 주는 게 만점보다 더 기분이 좋았다.

완벽한 결과물로만 평가하는 것이 아니라 과정 또한 중요하게 생각하는 미국의 교육방식을 이 수업을 통해 경험한 것 같았다. '미국으로 교환학생을 오길 정말 잘했구나' 하는 생각이 다시 한 번 들었다.

## 도전! 영어 작문 수업

그 동안 들었던 수업 중에 가장 힘들었던 수업은 작문(Composition) 수업이었다. 의무적으로 영어 수업을 들어야 한다는 규정이 있었는데 미국학생들에겐 '국어' 수업이니 너무도 당연한 이야기다.

영어수업 중에 선택할 수 있는 것은 두 과목이었다. 나는 10학년

(Sophomore)이었기 때문에 English 10과 작문(Composition) 과목 중 하나를 택해야 했다. English 10은 10학년 영어이고 작문은 에세이 수업이었는데, 친구들의 조언을 빌리면 English 10 보다는 작문이 훨씬 쉬울 거라고 해서 그 과목을 신청했다.

그런데 여기에 예상치 못한 변수가 숨어있을 줄이야! 작문은 수필을 쓰는 수업인데 이 수업은 Two Term Class였던 것이다. 한 텀만에 빨리 끝내고 싶었는데 2번의 텀을 연달아 들어야 하는 수업이었다. 더 황당했던 것은 2번의 텀 수업 수준이 다르다는 것이었다. 두 번째 텀은 Composition CE버전인데, 이 과목은 대학 갈 때 도움이 될 수 있는 College Credit을 주는 수업이었던 것이다. College Credit 수업은 대학수준의 수업이라 만만치가 않다. 이 사실을 수강 신청을 할 때는 몰랐다가 텀 중간이 되어서야 알게 되었지만 때는 이미 때는 늦고 말았다.

English 10보다 쉬울 것이라던 친구들의 설명과는 달리 작문 수업도 만만치 않았다. 매주 다른 주제로 800자의 에세이를 써야 했다. 에세이를 써야 하는 조건 중에 형용사는 몇 개 이상, 부사도 몇 개 이상 넣어야 한다는 규칙이 있는데 이를 반드시 지켜야만 점수가 나온다. 또 매주 새로운 단어 25개씩을 외웠어야 했는데 그 단어 중 5개를 꼭 에세이에 포함시켜야 모든 점수를 받을 수 있다. 이런 조건들을 설명하는 것만 해도 A4용지 반 페이지 정도가 된다.

매번 비슷한 분량의 과제가 주어지는데 주제와 단어, 조건이 계속 바뀐다. 까다로운 조건에 맞춰 글을 쓰는 과정을 반복하다 보면 적응

될 때쯤 한 텀이 끝난다. 다음 텀의 Composition CE 수업은 조건이 더 까다로워지고 사용해야 하는 단어 수도 늘어났다. 작문의 단어수도 1,000자로 늘었다. 그런데 오히려 1,000자를 쓰는 게 더 쉬웠다. 조건이 까다로워 그 조건을 충족시키기 위해 문장을 만들다 보니 1,000자가 금방 넘게 되었던 것이다. 힘겹게 수업을 듣기는 했지만 결과는 놀라웠다. 반복적이고 착실한 쓰기 훈련 덕분인지 문장력도 점차 좋아졌고, 어휘력도 늘어나 오히려 Composition보다 더 어려운 Composition CE 점수가 더 좋게 나왔다. 한국에서는 이런 과목이 없기 때문에 교환학생이라면 힘들더라도 작문 수업을 들어보는 것도 도움이 될 것 같다.

### 역사는 역시 어려워!

고생했던 과목 중 또 하나는 역사(History) 과목이었다. 흔히 역사는 한 편의 이야기이기 때문에 흐름을 이해하는 것이 중요하다는 말을 많이 하지만 미국의 역사 과목에는 이 말이 적용되지 않았다. 미국은 역사가 짧아서인지 굉장히 깊은 내용까지 다룬다. 수많은 사람들이 등장하고 그 사람들과 관련된 사건들을 자세히 다룬다. 내가 들어본 이름은 몇 명 되지도 않았다. 거의 대부분이 처음 들어보는 이름들인데 이 사람들이 몇 년에 무슨 일을 했는지 알아야 한다. 역사 교과서는 500페이지가 넘는데 글씨는 조그맣고 사진도 별로 없었다.

이런 교과서를 한 텀동안 끝내야 했다. 한 텀이라고 해봤자 겨우 2달 남짓이니 1주일에 70~80페이지 정도 진도가 나가서 미국 학생들도 예습을 하지 않으면 따라갈 수가 없는 수업이었다. 시험도 아주 구체적인 인물정보와 사건이 있었던 년도에 대해서 나왔다. 완전히 암기과목인 것이다. 미국학생들도 힘들어 하는 수업이니 나 같은 교환학생은 오죽할까? 노력은 했지만 결과는 음…… 역사 점수는 영원히 비밀에 붙이고 싶다.

글자도 작고 너무 두꺼운 역사책.

**한국에서 천재가 왔다??**

학교에서 생활한 지 얼마 지나지 않아 나한테는 천재라는 호칭이 붙었다. 그만큼 공부를 잘 했냐고? 아니다. 나는 천재는커녕 영재도 못된다. 한국에서도 공부만 하는 스타일도 아니었고 딱히 잘하는 과목도 없는 평범한 학생이었다. 그런 내가 미국에 와서 천재 소리를 듣게 된 이유는 학교 성적이 아닌 다른 이유에서였다.

같이 수업을 듣던 여학생 한 명이 하루는 울상이 되어서 시무룩하게 있었다. 친구들이 그 이유를 물었는데 자신의 스마트폰이 망가졌다는 것이었다. A/S센터를 갔더니 원상회복을 시킬 수 없으니 보상을 받고 신규로 다른 폰을 사라고 했단다. 그런데 문제는 지금까지 구매한 음악들, 그리고 친구들과 찍은 사진들을 모두 잃게 되는 상황이어서 다른 폰도 못 사고 울상이었던 것이다. 순간 내 귀가 솔깃해졌다. 슬쩍 살펴보니 기종도 다행(?)스럽게 삼성 갤럭시 스마트폰이었다.

나는 한국에 있을 때 취미로 '루팅' 이라는 것을 했다. 루팅은 쉽게 말해서 스마트 폰의 화면이나 메뉴를 마음대로 바꾸어 사용하는 것인데, 조금만 실수를 해도 스마트폰이 고장 나기 때문에 폰에 대해 많은 지식이 필요했다. 잘 못 되면 다시 초기 상태로 돌려야 하기 때문에 그 기계에 대해 많이 알아야 하는 것이다. 내가 루팅을 주로 연습했던 폰이 삼성 갤럭시 스마트폰이었다. 그래서 그 스마트폰을 보여 달라고 해서 조심스럽게 살펴보니 전형적인 블루스크린(파란색 화면만 나오고 아무런 내용이 표시되는 않는 고장) 오류였다. 어차피 A/S센터에서 고칠 수 없다고 했으면 내가 한번 손을 봐도 되겠냐고 물어보자 그 친구는 의아해 하는 표정으로 허락을 했다.

뚝딱 뚝딱… 한 10분 정도 걸려서 스마트폰을 정상 상태로 만들었다. 기존에 있던 음악은 물론, 주소록, 사진들까지 원상태로 복구 시켜서 주었더니, 그 여학생은 거의 울먹거리는 수준으로 나에게 고마워했다. 그 사건으로 인해 거기에 있던 친구들의 입소문을 통해 '한국에서 온 교환학생이 전자기기 천재였다' 는 말이 퍼지기 시작했다.

두 번째 계기는 수학시간이었다. 반 전체를 두 명씩 짝지어 수학문제 풀기 토너먼트를 했다. 두 명이 같이 문제를 풀어 먼저 푸는 사람이 이기고, 이긴 사람들끼리 또 문제 풀기를 해서 계속 위로 올라가는 게임이었다. 그런데 선생님이 내는 문제는 어려운 게 아니었다. 간단히 계산만 하면 되는 문제였다. 그래서 나는 화이트보드 위에다 직접 계산을 하면서 문제를 풀었다. 다른 학생들은 계산기를 사용했는데도 항상 나보다 느렸다.

미국에서 계산기 사용은 필수다. 심지어 대학 입학시험인 SAT시험을 볼 때도 계산기를 사용할 수 있다. 계산기보다 내 계산 속도가 빠르다 보니 결국 최종 2인에 꼽혔다. 그 때 마침 수업종료 벨이 울려서 결승은 할 수 없었지만 결승을 한다고 해도 보나마나 내가 이겼을 것이다. 다른 학생들도 인정하는 분위기였다. 그 다음부터 나는 수학천재로 불렸다. 근데 재미있는 건 "쟤는 계산기도 안 쓰고 계산을 해, 천재야"라고 얘기를 하는 것이다. 단지 계산기를 사용하지 않고 숫자 계산을 한다는 이유로 한국에서 가장 싫어하던 수학에서 천재소리를 들게 된 것이다.

그런데 생각해 보면 이 명예(?)는 모두 세종대왕님께 돌려야 할 것 같다. 예를 들어 12x19를 계산 한다고 생각해 보자. 우리는 '십이 곱하기 십구' 라고 읽으면서 머릿속에 숫자가 그대로 그려진다. 그런데 영어로는 '투웰브 바이 나인틴' 이다. 읽을 때 숫자와 곧바로 매칭이 잘되지 않는다. 우리나라 사람들은 누구나 쉽게 구구단을 외운다. 이것 역시 읽기 쉬운 숫자 발음 때문이다. 여러 모로 영어 문화권에서는 암산에서 어려움을 느낄 수밖에 없나 보다.

## 2. 파티! 노는 것이 공부다

### 나가서 좀 놀아라!

"공부 좀 그만하고 나가서 놀아라!" 한국의 고등학생들이 가장 듣고 싶은 말이 바로 이 말이 아닐까 생각한다. 그런데 미국에서는 흔히 들을 수 있는 말이다. 한번은 내가 성적이 떨어져서 다음 시험을 잘 보려고 방에만 박혀서 공부한 적이 있다. 이를 걱정한 호스트 부모님은 나가서 친구들과 어울리고, 친구들도 데리고 와서 놀라고 하셨다. 너는 공부만 하러 미국에 온 게 아니라 미국을 경험하러 온 거니까 사교 활동도 중요하다는 의견이셨다. 호스트형제인 다니엘 역시 거의 매일 운동과 노는 일에 시간을 보냈다. 미국에서는 공부만큼 친교 활동을 더 중요하게 생각하는 경향이 있다.

한국과 너무 달라 처음에는 어이가 없고 당황스럽기도 했다. 이왕 미국에 왔으니  좋은 성적을 내보자 하는 욕심이 있었는데, 그런 내 모습이 반대로 이상해 보였나 보다. 학교의 다른 학생들에게 물어보니 자기네 부모님들도 똑같다고 했다. '역시 이것도 문화의 차이구나' 하는 생각이 들었다.

한번은 수업시간에 한국의 고등학생들의 생활에 대해 얘기를 할 기회가 있었다. 한국에서는 아침 8시까지 학교에 가면 정규 수업이 끝난 다음 자율학습이라는 것까지 해야 학교를 나올 수 있기 때문에 보통 밤 9시경에 학교가 끝나며, 보충이 필요한 학생들은 그 다음에 학원을 가서 보통 밤 12시나 1시까지 공부를 하고 집에 돌아간다고 얘기했다.

그러자 선생님은 물론 학생들 모두 놀라며 "거짓말 하지 마라. 우리가 확인할 수 없다고 그렇게 과장하면 안 된다. 세상에 그렇게 하면서 사람이 어떻게 사냐?"고 반문하는 게 아닌가! 갑자기 내가 거짓말쟁이가 되는 분위기라 할 수 없이 자율학습 하는 사진을 인터넷에서 찾아 보여주고, 한국의 친구들에게 카톡으로 연락해 받은 내용을 번역 프로그램을 돌려 확인시켜 줌으로써 거짓말이 아니라는 것을 증명했다. 미국 친구들은 정말이라며 혀를 내둘렀고 나는 거짓말쟁이라는 누명은 벗었지만 왠지 모를 씁쓸함이 남았다.

### 졸업시즌과 졸업파티

이제 신나는 이야기를 해볼까 한다. 미국의 십대에겐 파티가 익숙하다. 5월 중순은 시니어들의 졸업이 있어 이때를 졸업시즌이라고 한다. 졸업시즌이 다가오면 12학년 시니어(Senior)들은 굉장히 분주해진다. 미국 학생들은 졸업하기 전에 Senior Picture을 찍어 친구들한테 나눠주는 것이 문화다. 미국은 고등학교를 졸업하면 바로 사회에 진출하는 경우도 많고 대학을 진학하더라도 지역이 멀리 떨어져서 만나기가 쉽지 않기 때문에 '나를 잊지 마' 라는 표현인 것 같다. 미국의 영화에서도 보면 종종 사회에 진출한 뒤에 졸업 앨범과 서로 교환한 사진을 보며 회상하는 모습이 자주 나온다.

졸업하기 전에는 졸업파티(Graduation Party)를 한다. 학교에서 주관하는 공식적인 파티가 아니라 졸업하는 개인들이 개별적으로 진행하는 파티다. 소규모든 대규모든 시니어들은 웬만해선 거의 졸업파티를 연다. 파티에서는 자기의 어릴 때부터 지금까지의 모든 추억거리들을 꺼내놓고 친구들과 공유하며 추억을 나누는데, 일생에 있어 가장 기념적인 파티라 할 수 있다. 친척 분들도 모두 와서 축하해주고 한데 모여 저녁식사도 한다.

이 행사에는 꼭 친한 친구들만 가는 것은 아니다. 평소에 친하게 지내지 않았더라도 서로 알고 있는 사이면 거리낌 없이 가서 축하해주는 자리다. 마침 나도 졸업파티 초대장을 받아서 기쁜 마음으로 참석했다. 화려함이나 즐길 거리는 다른 파티에 비해 적지만 시니어들이 가장 중요하게 생각하고 가장 오랜 시간과 정성을 들여서 준비하는 파티가 바로 개인이 준비하는 졸업파티인 것 같다.

### 가장 큰 파티, 홈커밍 파티

미국 학교생활에 있어서 가장 큰 행사라고 한다면 단연 홈커밍데이(Homecoming Day)와 프롬(Prom)이 아닐까 싶다. 홈커밍데이란 졸업생들이 다시 학교에 찾아오는 행사다. 이 날은 학교를 찾아오는 졸업생을 위해 성대한 환영 댄스파티가 열린다. 홈커밍데이가 가장 큰 행사인 이유는 다양한 부속 행사가 같이 열리기 때문이다. 학교와 그 지역 특색에 따라 차이가 있겠지만, 윈터셋에서는 홈커밍 주간(Homecoming Week)이라고 해서 선배들이 찾아오는 날을 기념해 일주일 내내 다양한 행사를 한다.

특히 옷차림이 특이한 코스튬(Costume) 행사는 일주일 내내 이어진다. 월요일은 Tropical day(열대의 날)이라고 해서 한여름 날의 옷차림을 하고 온다. 열대 지방에서나 입을 듯 한 옷과 치장을 하고 학교에 온다. 그 다음날은 Fake Injury Day(가짜로 부상당한 척 하는 날). 학생들이 입고 온 의상을 보면 '도대체 어디서 이런 옷을 구했을까' 궁금증이 생길 정도였다. 깁스를 하고 온 친구들도 있었고, 온 몸을 붕대로 감고 오는 친구도 있으며, 실제로 입원할 때 입는 가운을 구해서 입고 온 애들도 있었다. 이런 식의 학교행사가 5일 내내 벌어진다.

Tropical day에 맞게 차려입고 학교에 온 친구들.

평소에는 허용되지 않지만 이 Homecoming Week에만 예외가 되는 일도 한 가지 있다. 티핑(Tping:Toilet Papering)이라는 불법(?) 놀이다. 티핑이란 밤에 밖에 나가서 남의 집 지붕이나 차, 나무에 두루마리 휴지를 던져서 여기저기에 흰 화장지가 지저분하게 늘어지도록 하는 놀이다. 평상시에 이런 행동을 하다 걸리면 진짜로 잡혀간다고 하는데 이 날은 경찰도 눈감아준다. 물론 예외는 있다. 만약 신고를 하는 사람이 있으면 경찰도 어쩔 수가 없다고 하는데 우리 마을에 그런 분이 한 분 계셨다. 학생들하고 잘 어울릴 줄을 모르는 성격의 중학교 선생님이셨는데 친구들 사이에서도 깐깐하기로 악명이 자자했다. 그날도 경찰에 미리 연락해서 그 선생님 집 앞에는 경찰 두 명이

출동해서 지키고 있었다.

이날만큼은 눈감아 주는 분위기지만 미국은 법에 엄격해서 신고 된 경우 걸리면 당연히 처벌을 받아야 한다. 스포츠 팀에 속해 있는 학생은 스포츠 팀에서도 강제 퇴출당하고 부모님한테까지 연락이 간다. 그래도 하지 말라고 하면 더 하고 싶은 게 10대의 반항심리 아닐까? 소문에 의하면 20여 명 정도가 마스크 쓴 상태로 모여 그 중학교 선생님 집에 휴지를 던졌다고 한다. 친구들과 실제로 가보니 정말 앞마당에 있는 나무부터 지붕까지 모두 하얀색 휴지로 덮여있었다.

Tping을 위해 사 놓은 휴지.

**홈커밍 하이라이트 퍼레이드**

금요일에는 홈커밍 주간 폐막 전에 마지막으로 퍼레이드를 한다. 퍼레이드가 이 행사의 하이라이트인 셈이다. 퍼레이드 전에는 체육관에 모두 모여 그 시즌의 스포츠가 어떻게 진행되는지 간단하게 소개를 한다. 이 기간은 풋볼 시즌이기도 해서 홈커밍 주간에 하는 게임을 Homecoming Game이라고 하는데, 이때는 선배들도 보고 있다는 생각 때문인지 선수들의 투지가 평소보다 훨씬 높다. 이렇게 체육관에 모이는 것을 어셈블리(Assembly)라고 하는데, 어셈블리에서 풋볼 경기를 응원할 때 사용할 동작들을 간단히 보여주고 치어리딩, 스포츠 팀 등에 대해 소개를 한 다음 퍼레이드를 진행한다. 그런데 이번에는 한 가지가 더 추가되었다. 바로 교환학생 소개였다. 전교생이 모인 어셈블리에서 공식적으로 교환학생 한명 한명이 자기소개를 하는 자리였는데, 마지막 내 차례에 미국에 와서 너무 좋은 친구들을 많이 만나 기쁘다고 했더니 갑자기 와~ 하는 함성과 함께 박수가 터져 나왔다. 내가 이렇게 인기가 있었나?

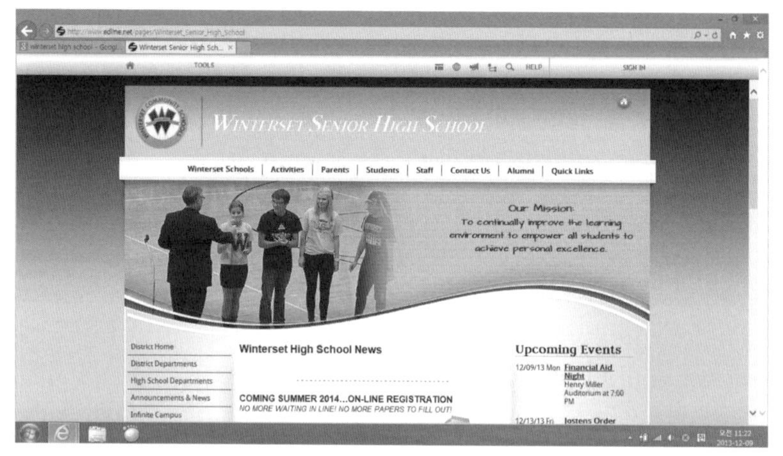


학교 홈페이지에 실린 교환학생 소개 모습.

사진의 왼쪽부터 교환학생으로 온 프랑스 여학생,스위스 남학생, 나, 스웨덴 여학생.

나는 이 퍼레이드가 상당히 기대되었다. 교환학생들을 위한 특별 서비스가 별도로 있다는 정보를 들었기 때문이었다. 퍼레이드의 백미는 컨버터블 자동차가 지나갈 때이고 그 차에는 그 해의 가장 특색 있는 인물이 선정되어 타게 된다고 했는데, 바로 우리 교환학생 4명이 그 차를 타게 되었다는 것이었다.

큰 공식 행사에서만 보아왔던 지붕 없는 클래식 컨버터블 자동차를 타고 손을 흔들며 구경하는 사람들 사이를 지나갈 때는 마치 우리가 승전 선수가 된 듯 뿌듯해졌다. 퍼레이드 행렬은 꽤 길었는데 맨 앞줄에는 우리학교 밴드 팀이 자리하고, 각종 스포츠 팀이 그 뒤를 따라 걸어간다. 그리고 그 다음에 우리가 탄 컨버터블이 지나가고, 그 뒤를 응원단이 뒤따른다. 상상해보라! 대중매체를 통해서만 보던 미국의 퍼레이드에 클래식 컨버터블카를 타고 행사의 주인공이 되어 그들과 함께 한다는 것은 정말 가슴 벅찬 일이다.

퍼레이드가 끝나면 이제 홈커밍 풋볼 게임의 시작이다. 홈커밍 풋볼게임은 여타 게임 때와 달리 분위기가 고조된다. 응원(Cheering)에도 훨씬 많은 인원이 동원 되고 밴드도 더 열심히 곡을 연주하며, 댄스 팀도 그날만을 위해 준비한 비장의 댄스를 선보인다. 대부분의 학부모님들도 같이 참가해서 경기를 지켜보면서 학교에 후원도 하고, 학생들과 어우러져 힘을 합쳐 응원전을 펼친다. 골이 터질 때 마다 학생들은 베이비 파우더를 하늘로 뿌리기도 한다. 또 호루라기, 각종 응원도구 등 평소에는 볼 수 없던 별의 별 응원 아이템들이 등장하기도 한다.

풋볼 경기가 끝나고 나면 홈커밍 댄스파티가 펼쳐진다. 홈커밍행사 마지막 날 저녁은 이렇게 여러 행사가 계속 이어져서 힘들다. 경기 후에 바로 댄스파티가 시작되기 때문에 경기를 끝낸 후 곧바로 옷을 갈아입고 댄스파티에 참석한 풋볼 선수들의 체력이 마냥 부럽기도 했다. 미국의 댄스파티는 한국에서 생각하는 조촐한 학교 행사와는 많이 다르다. 왈츠 같이 우아한 춤이나 출 것이라고 생각한다면 완전 오산이다. 여자들은 짧은 드레스를 입고 나오고, 남자들도 정장을 갖춰 입고 파티에 참석하는데, 파티장은 클럽 댄스 음악에 어울리는 음향과 조명시설을 완벽히 갖추고 있으며, 전문 DJ까지 초청을 해서 그야말로 화려한 클럽 파티처럼 진행된다.(내 파티복은 허리띠를 제외한 전체를 호스트 부모님께 선물로 받았다.)

이곳에서는 춤 못 춘 다고 절대 엉거주춤하게 있으면 자기만 손해다. 댄스파티다 보니 모두가 즐거운 분위기에서 잘 모르는 사이끼리도 그 자리에서 같이 춤추면서 친해질 수 있는 환경이 만들어 진다. 나도 그 자리에서 모르던 여자애들과 많이 인사를 했고 서로 친해졌다.

홈커밍 파티. 파트너에게 프로포즈를 하는 것으로 시작된다.
왼쪽에서 두번째가 필자다.

**고등학생의 가장 중요한 파티, 프롬 파티**

홈커밍 행사가 일주일 동안 진행되는 대규모 행사라고 한다면, 고등학생으로는 가장 중요한 행사로는 프롬(Prom)이 있다. 행사 기간은 짧지만 준비해야 할 것은 홈커밍 보다 훨씬 더 많다. 홈커밍이 누구나 참여 할 수 있는 행사라면 보통 프롬은 고등학교의 마지막 학년에 학교에서 주최하는 졸업파티의 개념이다. 우리 학교 프롬은 11학년(Junior)부터 참여가 가능해 11, 12학년 두 학년만 참가 하는 파티다. 다른 학년이 이 파티에 참석할 수 있는 유일한 방법이라면 11, 12학년의 학생과 파트너가 되는 것이다. 우리학교는 10학년을 교환학생으로 받았기 때문에 사실 나는 프롬 파티에 참석할 자격이 없었다. 하지만 교환학생들이 1년 밖에 못 있고, 문화를 경험하기 위해 온 것이라는 걸 잘 알고 있는 학교에서는 약간의 편법을 사용해 교환학생이 프롬 파티에 참가할 수 있는 명분을 제공해 주었다. 바로 11학년이나 12학년의 과목을 듣는 교환학생의 경우 파티에 참가할 자격을 부여해 준 것이다. 교환학생들이 최대한 미국의 학생문화를 겪어 볼 수 있도록 해주는 배려가 너무 고마웠다.

하지만 교환학생이 프롬 파티에 참석하기 위해서는 또 하나 넘어야 할 장애물이 있다. 바로 파트너 구하기이다. 파트너가 없으면 참가 자격이 있어도 참가를 할 수 없는데 보통 파티 두 달 전쯤에 파트너가 결정 되어야 한다. 그 이유는 홈커밍 파티도 파티복을 입기는 하지만, 그냥 정장 스타일의 쉽게 구할 수 있는 세미 파티복 정도로 보면 되는데, 프롬은 정식 파티복을 몸에 맞게 수선을 해서 빌려야 하기 때문에 시간도 오래 걸릴 뿐만 아니라, 인근의 학교들 프롬 파티가 비슷한 시기에 열리기 때문에 파티복을 주문해서 받는 데까지 2달 정도의 시간이 소요되기 때문이다. 빨리 파트너를 구해야 하지만 어떻게 구해야 할지가 더 고민이 됐다.

'교환학생으로 온 동양인과 누가 파트너를 하려고 할까?', '파트너 신청을 했다가 거절을 당하면 창피해서 어떻게 하지?', '거절당하면 다음부터 그 여학생을 어떻게 보지?', '거절당하고 다른 여학생에게 또 신청하면 안 좋게 보이는 건 아닐까?' 하는 생각들이 나를 괴롭혔기 때문이었다.

문자를 보내서 의견을 물어보면 거절당해도 덜 창피하지 않을까 싶었는데 파트너에 대한 예의가 아닌 것 같아서 포기했다.

결국 내가 선택한 방법은 손 편지였다. 그냥 말로 신청하는 것보다 운치 있어 보일 것 같았고, 그 자리에서 거절당해 받을 수 있는 창피함도 피할 수 있을 것 같아서였다. 평소에 괜찮아 보였던 여학생에게 다가가 손 편지를 전해주면서 읽어봐 달라고 했는데, 세상에! 그 자리에서 바로 허락을 해주었다. 뭐 솔직히 말하면 신청하기 전에 나름대로 사전 작업을 했었다. 아무리 프롬이라고는 하지만 평소에 말 한 번 건네지 않은 여학생에게 파트너가 되어 달라고 하면 성공할 가능성이 거의 없을 테니 말이다. 같이 가고 싶은 친구가 있다면 그 친구한테 호감을 주고 일단 친해지려는 노력을 해야 한다. 그래야 같이 춤 출 때도 덜 어색할 수 있고 파티를 하는 동안 서로 즐거운 시간을 보낼 수 있다. 물론 이런 정보들은 다른 친구들에게 조언을 구해서 얻은 생생한 정보다.

프롬파티. 파티에서 함께할 그룹과 프롬파티 입장하는 모습.

프롬은 학교에서 주관하는 파티다 보니 홈커밍 보다 훨씬 더 Formal한 행사다. 이 때문에 상대방에 대한 예의를 최대한 갖춘 만남이 이루어진다. 남학생들은 캐주얼한 복장이 아닌 제대로 된 턱시도를 빌려 입고, 여학생들도 정식 파티 드레스를 입는다. 함께 하는 식사도 제대로 된 레스토랑에서 하고, 파티 장소로 이동하는 수단으로 리무진을 빌려 이용하기도 한다. 학교에서는 상당히 멀리 떨어진 곳에 파티 장소도 섭외하고, 교통수단으로는 파티 버스를 빌리도록 권장하는데, 파티 버스는 인원이 많은 그룹에서 주로 빌리고, 파티가 끝난 다음 학생들을 태우고 다시 학교로 돌아간다.

프롬파티 하루 전날에는 자신의 장래 희망과 이름 등 몇 가지를 작성해서 프롬파티 행사 담당자에게 제출해야 한다. 그 이유는 프롬에 참여하는 다른 사람들에게 자기소개를 하기 위해서이다. 진행자에 의해 이름이 호명되며 소개가 진행되는 동안, 바닥에 깔려있는 레드카펫 위를 걸으며 파티에 참석한 사람들에게 손을 흔들어 주며 걸어가면 된다. 이후에는 홈커밍과 같이 댄스파티 순서로 진행된다.

댄스파티는 홈커밍의 댄스파티와 비슷하게 오후 8시부터 11시까지인데 사실 프롬에서의 댄스파티는 중요한 부분이 아니다. 12시부터 프롬 2부, 즉 포스트 프롬(Post Prom)이 기다리고 있기 때문이다. 11시 이후에 잠시 집에 가서 옷을 갈아입고 다시 학교로 돌아오는데 포스트 프롬은 사전에 신청서가 따로 있어서 부모님이 동의를 얻어 제출해야 한다. 한국에 비해 성(性)적으로 개방되어 있는 나라기 때문에, 프롬 행사가 있는 날에 애정행각으로 인한 사건이 발생할 수 있어 이를 미연에 방지하기 위한 일종의 예방조치라고 볼 수 있다.

즉, 포스트 프롬 참가자는 부모님의 사전 동의서를 제출하도록 함으로써, 프롬에 간다고 거짓말을 하고 자기들끼리 몰래 다른 데서 어울리는 일이 없도록 하기 위한 조치다.

이렇게 열리는 포스트 프롬 파티는 자유로운 분위기에서 새벽 3시까지 이어지는데, 파티가 끝나기 전까지는 학교 밖으로 나가는 것은 절대 불가능하다. 그래서 피곤에 지친 학생들은 간혹 바닥에서 잠을 자는 경우도 있다. 나도 포스트 프롬을 신청해 놓긴 했지만, 프롬이 끝나자 피곤이 몰려왔다. 그냥 집에 가서 그대로 침대에 쓰러져 자고 싶은 마음이 굴뚝같았지만 일생 단 한 번의 경험이 될지도 모르는 포스트 프롬을 포기 할 수는 없었다. 언제 이렇게 학교에서 밤을 새워 놀아 보겠는가!

그래서인지 포스트 프롬 파티에서는 낮보다 더 재미있는 일이 많이 생긴다. 파티장에서는 무료로 과자와 음료수가 제공되고, 남자들은 편을 나눠 농구경기나 배구경기를 하기도 한다. 체육관 2층에서는 탁구대가 있어서 탁구도 칠 수 있다. 그곳 바닥에는 고맙게도 쪽 잠을 청할 수 있게 매트도 깔려 있다. 우리학교는 Junior High School하고 연결이 되어 있어서 그곳의 체육관을 이용 할 수 있었는데, 그 곳에서는 서바이벌 게임이 열리고 있었다. 총에 맞게 되면 헬멧에 달려 있는 전구가 점멸하며 아웃 표시를 나타낸다. 정식 서바이벌 장비를 빌려온 것이다. 실내에서 서바이벌 게임을 같이 하는 사이 시간은 두시가 다 되어 갔다.

포스트 프롬의 하이라이트라고 할 수 있는 최면술 쇼가 드디어 막을 열었다. 최면술 쇼는 기대했던 것 이상으로 굉장히 재미있었는데 자원해서 나간 학생들 10명 중 몇 명은 최면술에 걸려 춤을 추고, 한

명은 toaster라는 말을 들을 때마다 옷을 벗어서 앞뒤로 뒤집어 입고, 또 다른 한명은 신발을 계속 갈아 신었다. 전체 학생들을 대상으로도 최면술을 걸었는데 나도 하마터면 최면술에 걸릴 뻔했다. 정말 신기한 경험이었다.

프롬 파티를 통해서 평소에 호감을 느끼고 있었던 이성끼리 연결되어 연인으로 발전하는 경우도 많다고 한다. 친구들과 더욱 가까워지는 계기도 된다. 그만큼 고등학생들에게는 가장 잊지 못할 추억이 되는, 그리고 가장 중요한 파티인 것이다. 학교마다 진행하는 방식은 차이가 있겠지만 교환학생이면 프롬만큼은 놓치지 않기를 권한다.

# 4장 미국가족의 일원으로 산다는 것

## 1. 호스트가족과 마찰이 생기다

### 빨간불이 켜진 호스트가족과의 관계

이번에는 내가 정말 힘들었던 경험을 얘기를 하고자 한다. 미국 생활의 절반이 지날 때쯤인 1월경부터 호스트가족과의 사이에 문제가 생겼다. 처음에는 시간이 지나면 해결될 거라고 생각했는데 완전히 오산이었다. 시간이 지날수록 문제가 심각해졌다. 문제는 또래인 다니엘과의 관계였다.

처음에 다니엘과 나는 정말 친했다. 학교에서는 수업이 달라 거의 얼굴을 마주칠 기회가 없었지만, 집에 자기 친구들이 놀러 오면 항상 내가 같이 어울릴 수 있도록 배려를 해 주었고 점심시간에는 함께 식사하면서 쉽게 적응하도록 도와 주었다. 집에 있을 때는 같이 마당에서 어울려 놀았고, 집이 넓어서 집 안에서 뛰어다니며 놀기도 했다. 12월에 있는 내 생일에는 자기가 직접 아르바이트 해서 번 돈으로 선물을 사 주기도 했다. 나와 동갑이었지만 정말 든든한 나의 형제이자, 후원자라고 생각했다.

다니엘은 한마디로 엘리트였다. 공부도 잘했을 뿐만 아니라, 모든 스포츠에도 만능이었다. 미식축구, 농구, 야구의 3종목 모두에서 Varsity에 소속되어 있을 정도로 뛰어났다. 그래서 친구들이 집에 자주 놀러 왔고, 그 친구들 역시 모범생에 엘리트들이었다.

그랬던 다니엘이 시간이 지나면서 점점 나를 피하기 시작했다. 나를 피하는 걸 넘어서 점차 나를 음해하기 시작했다. 부모님께 나를 이상한 사람으로 얘기하더니 나중에는 자기의 친구들에게 까지 나를 이상한 사람으로 만들었다. 다니엘과의 사이가 벌어지면서 모든 게 힘들어지기 시작했다. 학교에 갈 때 늘 다니엘의 차를 같이 타고 다녔는데, 어느 순간부터 정막만 흐르는 그 10분이 참기 힘들어졌다.

처음에는 이 상황을 해결해 보고자 호스트부모님과도 얘기 해봤다. 그러나 돌아온 대답은 "우리는 다니엘을 믿는다. 다니엘에게 상처가 될 일은 하지 않았으면 한다"는 것뿐이었다. 다니엘의 쌍둥의 여동생 레이철에게도 도움을 청했다. 다행히 레이철은 중립적인 입장에서 내 입장을 변호 해 주었지만 다니엘과 나 사이에 쌓인 감정의 골은 해결이 되지 않고 점점 깊어만 갔다.

### 어이없는 오해, 한 순간에 깨진 평화

다니엘이 왜 그러는 지 도대체 이해할 수가 없었다. 영문도 모른 채 불편해진 다니엘과의 충돌로 결국 교환학생 프로그램 운영 기구에서 나온 지역관리자와 상담을 해야 했다. 다니엘은 내가 자신이 목욕하는 모습을 훔쳐봤으며, 자기 화장실 문을 무단으로 따고 사용을 해서 사생활 침해를 받는다고 말했다고 했다. 학교에서도 다른 아이들을 이상한 눈빛으로 봐서 아이들이 싫어한다고 했다.

나는 황당했다. 정말 그렇게 믿고 하는 얘기인지 이해할 수가 없었다. 사건의 전말은 이랬다. 내가 교환학생으로 미국에 도착한 후 얼마 되지 않은 가을날이었는데, 그날따라 꽤 더웠다. 다니엘과 나는 정원에서 물싸움을 했고, 힘들어서 잠시 각자의 방으로 돌아가 쉬고 있었다. 그 때 갑자기 다니엘이 내방으로 쳐 들어와서는 물을 뿌리기 시작해서 다시 물싸움이 시작되었다. 그러다 다시 휴식. 이번에는 내가 다니엘의 방을 쳐들어가기로 마음을 먹었다. 다니엘의 방은 거실을 통해 들어가는 문과 화장실을 통해 들어가는 문이 각각 하나씩 있는데, 그 화장실은 거실 쪽에서도 들어갈 수 있는 문이 있었고, 나도 그 문을 이용해서 화장실을 사용했다. 그래서 화장실 문을 통해 다니엘의 방에 몰래 쳐들어가기로 마음먹고 조용히 화장실 문을 열고 들어가는데 안에서 다니엘이 샤워하는 물소리가 들렸다. 그래서 "Sorry" 하고 돌아 나온 게 전부였다.

화장실 문을 무단으로 따고 사용했다는 상황도 사실은 이랬다. 다니엘은 밤에 거실 쪽 화장실 문을 잠근 채 샤워를 하고는 그대로 자기 방으로 들어가는 게 습관이었다. 그래서 내가 밤에 화장실을 가기 위해서는 다니엘의 방을 통해 가야 했는데 그게 너무 미안했다. 그런데 화장실 문은 안에서 잠그더라도 밖에서 이쑤시개 같은 걸로 살짝 밀면 열리는 단순한 잠금 장치였다. 그걸 알고 나서는 밤에 화장실을 갈 때는 다니엘에게 불편을 주지 않으려고 이쑤시개로 화장실 문을 열고 들어가 볼일을 봤다. 4개월 정도를 그렇게 사용했고, 여기에 대해 다니엘은 단 한 번도 불평하거나 그러지 말라고 말한 적이 없었다.

그러다 갑자기 1월경에 그 문제를 언급한 것이다. 그것도 나에게 여러 번 말했는데 내가 전혀 고치지를 않았다고 하면서 말이다. 거짓말이었다. 이 일로 인해 교환학생 지역관리자가 집으로 방문하게 되었고 부모님이 함께 있는 자리에서 나는 대략적으로 상황을 설명했으나 호스트 부모님은 내가 거짓말을 한다고 단정 지었다. 그러시면서 당신들께도 내가 거짓말을 해 왔다며 아침에 배고프지 않다고 그냥 학교에 가서는 학교 식당에서 아침을 먹은 적이 몇 번 있었다는 예를 들었다. 아침을 안 먹고 학교에 갔다가 갑자기 허기져서 식당을 이용한 게 2번 정도 있었긴 했지만 그건 거짓말이 아니었다. 학교에 갔다가 갑자기 허기져서 그런 것뿐이었다.

부모님은 다니엘에 대한 신뢰가 대단하신 분들이었으니 내가 거짓말을 했다고 믿는 일은 당연한 건지도 모른다. 신뢰가 대단한 친아들의 얘기만 듣고 마치 내가 문제아인 양 몰아세우는 그분들을 설득하기란 너무 어려웠다. 문제의 잘잘못을 따지는 말이 계속 꼬리에 꼬리를 물고 이어졌고 곧바로 결론이 나지 않았다. 결국 오해는 풀릴 거라는 생각에 나는 참았다.

### 위로 여행

다니엘과 나 사이의 문제가 심각하다고 느끼셨는지 호스트 부모님께서는 다니엘을 데리고 여행을 떠나셨다. 마침 다니엘의 생일이어서 선물로 BIG 10 Conference Game의 입장 티켓을 사주셨는데 BIG

10은 미식축구로 유명한 10개 대학이 벌이는 경기로 오히려 아이비리그(Ivy League)보다 역사도 길고 규모도 크다고 한다. 워낙 스포츠광인 다니엘의 마음을 돌리기에 제격인 선물이었다. 입장권이 비싸서 부모님과 다니엘만 일리노이 인디애나폴리스로 구경을 갔고, 미성년자인 레이철과 나는 둘만 남아 집에 머물 수 없어서 고모 댁으로 가게 되었다. 나는 5일 동안 서로 떨어져 있는 것이 오히려 반가웠다. 레이철과는 원래 친하게 지냈기 때문에 불편함이 없었다.

고모 두 분이 한집에 같이 사셨는데, 우리는 고모네 집에 도착 한 순간부터 굉장히 바쁘게 보냈다. 우리를 위해 놀 거리를 굉장히 잘 짜 놓으셔서 일정대로만 따라 움직여도 바빴다. 저녁식사도 굉장히 푸짐하게 잘 먹었다. 저녁에는 미리 준비해 두신 팝콘과 음료수를 마시며 함께 영화도 보고, 그 집에 있는 XBOX 게임도 하면서 지냈다. 고모 댁 분위기는 호스트 집과는 다른 묘한 분위기가 있었다. 나는 지하실에 있는 침대에서 생활했는데, 그곳은 사실 완전히 놀이터였다. 게임기는 물론 대형 TV, 음료수가 가득 찬 대형 냉장고. 이 곳에 있으면 밖에 나가지 않아도 즐겁게 먹고, 놀고, 자기에 충분하다는 생각이 들 정도였다. 고모 댁에 머물며 또 다른 미국 내 가정 분위기도 엿 볼 수 있는 좋은 기회가 주어져 5일 동안은 복잡한 일을 잊고 즐거운 시간을 보낼 수 있었다.

### 좋은 게 좋은 것만은 아니다

다니엘과의 문제로 불편한 관계가 1달 이상 지속이 되는 동안, 나는 밤에 화장실 가는 것도 눈치가 보였지만 참고 지냈다. 힘들어도 이 집에서 교환학생 기간이 끝날 때까지 생활하고 귀국하리라 다짐했기 때문에, 귀국까지 두 달이 넘게 남은 상황이라 되도록 빨리 오해가 풀리기를 바라며 레이철에게 도움을 청해가며 가능한 조용히 지내려고 노력했다. 하지만 관계가 회복될 기미가 보이지 않았다. 그래서 할 수 없이 호스트가족이 주장하는 걸 인정하고 사과를 한 다음 조용히 정리하는 게 좋겠다고 마음먹었다. 그래서 진상조사서 비슷한 서류에 내가 발단이 된 것은 사실이며, 나로 인해 발생한 문제이니 미안하게 생각한다는 내용을 적었다. 나에게 그렇게 친절을 베푼 호스트가족이 나로 인해 피해를 받지 않았으면 하는 마음도 있었기 때문이고 이미 사건의 상황은 지역관리자가 있는 자리에서 다 얘기를 했으니 알아서 판단할 거라고 생각을 했다.

그런데 나중에 뉴욕에 있는 본부에서 지역관리자가 보고한 내용을 최종적으로 확인하라며 연락이 왔다. 거기에는 모든 게 내 잘못이며, 호스트가족, 특히 다니엘이 주장했던 내용만 그대로 적혀 있었다. 이 말대로라면 나는 교환학생을 중단하고 한국으로 돌아갈 수도 있다고 했다. 내 잘못으로 인해서 미국 가정에 피해를 입혔으며, 그로 인해 더 이상 교환학생을 할 수 없게 되어 귀국 조치가 내려질 수도 있다는 것이었다. 눈앞이 캄캄해졌다. 한국에 있는 부모님의 얼굴이 스쳐 지나갔다. 이대로 있을 수는 없는 노릇이었다. 만약 한국으로 다시 돌아가게 된다고 하더라도 억울하게 돌아갈 수는 없다는 생각이 들었다. 그래서 있었던 상황을 다시 자세히 글로 썼다. 한국인들은 상대방이 불편해 할 수 있는 상황을 미리 파악해서 불편하지 않도록 하는 걸 배려로 생각한다. 호스트 가족의 주장이 사실이 아니지만, 나로 인해 호스트 가족에게 피해가 가기를 원하지 않아서 내가 잘 못 한 걸로 인정한 것이다.

만약 내가 처한 상황에서 나의 행동에 문제가 있었던 거라면 어떻게 하는 게 맞는 행동이냐? 이런 오해가 생긴 다음에는 밤에 혹시 화장실 갈 일이 생길까 봐 신경 쓰여 저녁에 물도 잘 마시지를 못한다. 미국의 문화에서는 어떻게 행동하는 게 상대방을 배려하는 행동이냐? 왜 그런 오해를 하게 된 것인지 나는 도저히 이해할 수가 없다. 학교의 친구들도 본부에서 직접 만나서 확인을 해 봐 달라. 지역관리자에게도 상황을 설명했는데 왜 이렇게 보고를 했는지 이해를 할 수 없다는 내용을 구구절절하게 자세히 써서 보냈다.

결국 최종적으로 문화적인 차이로 인한 해프닝이며, 나는 아무 문제가 없었던 걸로 결론이 났다. 여기서 내가 절실하게 느낀 것은 미국에서 생활하려면, 한국식 사고로 생각해서는 안 된다는 점이었다. 철저하게 미국식 사고로 생각해야 한다.

또한, 교환학생이 문제가 생기면, 미국에서는 교환학생 보다는 미국의 호스트 가족을 먼저 보호하는 방향으로 해결 방안을 찾는다는 걸 알았다. 만약 내가 내 입장을 제대로 설명할 수 있는 영어 실력이 되지 않았다면 어쩌면 나는 오해를 받은 채 한국으로 돌아왔을 지도 모를 일이었다.

성준이의 팁 ⊞ 심각한 상황에서 'Sorry'는 잘못 인정

미국인은 먼저 사과를 잘한다. 길을 가다가 어깨만 살짝 부딪혀도 "I' m Sorry" 라고 습관적으로 말한다. 그래서 미국인은 사과를 잘하며 겸손한 사람들이 많다는 생각을 하기 쉽다. 하지만 큰 문제가 되지 않을 때에만 쉽게 사과를 할 뿐 상황이 달라지면 그렇지 않다.

어떤 사고에 대해 진상을 규명하는 상황이라면 먼저 "Sorry"라고 말하는 사람이 잘못을 인정하는 것이 된다. 한국식의 '좋은 게 좋은 것' 이라는 사고방식으로 먼저 "그래 내가 미안하다"라고 했다가는 그걸로 잘못을 인정하는 셈이 된다. "Sorry"라는 말은 흔히 사용하는 말이지만, 중요한 결정이 내려지는 순간에는 절대적으로 조심해서 사용해야 하는 단어라는 걸 기억해야 한다.

## 정말 떠나야 하는 걸까?

다니엘과의 일로 서로간의 골이 깊어진 무렵에 호스트 집에는 여러 가지 문제가 복합적으로 발생했었다. 아이오와 대학교에서 기숙사 생활을 하는 제니퍼의 Room mate가 제니퍼의 물건을 훔친 일이 발각되어 부모님은 수차례에 걸쳐 제니퍼가 있는 곳을 다녀오셔야 했다. 거기다 할아버지께서 병환으로 쓰러지시더니 할머니도 얼마 되지 않아 같이 입원을 하셨다. 레이철도 발을 다쳐서 먼 곳에 있는 병원으로 치료하러 가야하는 일까지 모든 집안 일이 복합적으로 발생 했는데, 그 와중에 다니엘과 나의 문제까지 불거진 것이다. 더욱이 호스트 어머니께서는 할머니 할아버지 병간호를 하러 다니시느라 몸이 많이 안

좋아지기까지 하신 상태에서 말이다.

사실 이런 이유 때문에 내가 먼저 사과하고 일을 조용히 마무리하려 한 부분도 있다. 하지만 이렇게 집안 식구들이 힘들어 하고 있는데 거짓말로 문제를 일으킨 다니엘이 괘씸하다는 생각이 들었다. 이런 저런 문제로 지역관리자는 나에게 호스트를 옮기는 게 좋을 것 같다고 했다. 지역관리자는 호스트 부모님도 나에게 문제가 없다는 데는 동의하는 것 같은데 다니엘이 상처를 받는 것을 원하지 않아서 그렇게 얘기를 했던 것이라고 설명해주셨다. 그리고 집안에 생긴 복잡한 문제 때문에 더 이상 나를 돌보는 게 힘들어져서 내가 호스트를 옮기기를 바란다고도 했다. 나도 다니엘과 지내는 게 불편했기 때문에 다른 호스트가 있다면 옮기겠다고 했다.

### 새로운 호스트 구하기는 하늘의 별따기

사실 호스트를 옮기는 것이 현실적으로 간단한 일이 아니었다. 다니던 학교를 계속 다니려면 그 인근에서 호스트를 구해야 하는데 호스트를 지원하는 자원봉사자가 항상 대기하고 있는 것이 아니기 때문이다. 만약 인근에서 호스트를 구하지 못하면 다른 지역의 호스트를 알아봐야 하는데 그렇게 되면 학교를 옮겨야 하는 상황이 생긴다.

그래서 내가 힘들더라도 다니엘과 참고 같이 지내보려고 했는데, 상황이 이렇게 된 이상 새로운 호스트가족이 나타나길 기도하는 수밖에 없었다. 호스트 부모님은 내가 떠날 사람이라고 생각해서인지 더 이상 나에게 관심을 갖지 않는 듯 했다. 유일하게 레이철만 변함없이 나를 대해주었다. 학교도 레이철의 차를 타고 다녔다. 난 지금도 레이철이 참 고맙다. 레이철은 자신이 발을 다쳐 운전을 잘 할 수 없다는 핑계를 대어 내가 레이철의 차를 주차하고 빼는 일을 도와주도록 부모님께 허락을 받았다. 집안에서 무면허자가 운전 연습을 하는 건 불법이 아니라고 하면서 웃으면서 나에게 도와달라고 했다. 겉으로 표현은 안 했지만 힘들어 하는 내가 조금이라도 위안을 받으라고, 내가 차를 좋아한다는 걸 알고 있는 레이철이 자신의 차를 기꺼이 내준 것이다.

호스트를 옮기겠다고 했지만 나는 집안 분위기가 다시 좋아진다면 어떻게든 남은 두 달을 버텨볼 생각도 가지고 있었다. 그러나 프롬파티가 가까워지면서 완전히 생각을 고쳐먹었다. 당시 프롬파티에 함께 갈 파트너의 허락까지 받아 놓은 상태였고, 일생일대 단 한 번의 기회가 될지도 모른다는 생각 때문에 포스트 프롬까지 모두 참가할 생각이었다. 그런데 호스트 부모님께서는 나를 포스트 프롬에 보낼 수 없다고 반대를 하시는 것이다. 이유는 새벽 3시에 픽업하러 학교에 갈 수 없으니, 직접 학교에서 돌아올 차편을 구하지 못하면 가지 말라는 것이다.

포스트 프롬에는 꼭 참석하고 싶은 간절한 마음에 태워다 줄 친구를 구했는데, 차편이 있어도 이러 저런 이유로 포스트 프롬 참석 허락을 해주지 않으셨다. 다니엘이 프롬에 간다고 했다면 이렇게 하시지 않으셨겠지? 아마 이 반대도 다니엘 때문에 그러셨으리라 생각한다. 다니엘은 나와 같은 10학년이었기 때문에 프롬에 참가를 할 수가 없으니 다니엘이 마음 상하지 않도록 내가 파티에 가는 것을 허락하지 않으셨단 생각이다. 결국 이 일로 인해서 나도 굳은 마음의 결정을 내리게 되었다.

## 2. 새 호스트가족과 만나다

### 새 가족이 되어 준 친구, 데빈

지역관리자한테 전화를 해서 그 사이에 있었던 사정을 이야기하고 최대한 빨리 호스트를 바꿔달라고 부탁을 했다. 지역관리자는 계속 알아보고 있지만, 쉽지 않은 일이니 힘들더라도 참고 기다리라고 했다. 아… 정말 지내기 힘든데… 그래서 작전을 바꿨다. 마냥 기다리느니 내가 직접 수소문 해보는 게 좋겠다는 생각을 했다. 그렇다고 대놓고 호스트를 옮기기 위해서 알아본다고 떠들고 다닐 수는 없었다. 그러면 그 이유를 친구들이 꼬치꼬치 물어볼텐데 나는 그 속사정을 얘기하고 싶지 않았기 때문이었다. 어차피 다니엘과는 계속 같은 학교를 다녀야 하는 처지라 괜히 또 다른 문제를 만들 수도 있을 지 몰라서 조용히 친구들을 살펴보기 시작했다.

평소 같은 수업을 들으며 참 괜찮은 녀석이라고 생각했던 친구가 눈에 들어왔다. 그래서 그 친구에게 다가가서 '차도 없는데 집이 너무 멀어서 학교 다니기가 불편하다. 가까운 곳으로 호스트를 옮기고 싶은데 혹시 너희 부모님께서 자원봉사를 하시면 같이 지낼 수 있는

지 알아봐 줄 수 있냐' 고 부탁을 했다. 그 친구는 선뜻 좋다고 하면서, 마침 자기네 집에 방이 하나 남는데 부모님에게 물어보겠다고 했다. 그 친구가 바로 데빈(Devyne)이었다.

그날 오후에 데빈으로부터 부모님께서 허락하셨다는 연락을 받았다. 곧바로 지역관리자에게 연락을 했고 이름을 얘기했더니 지역관리자가 가지고 있는 리스트에 있던 가정이라서 진도가 빨리 나갔다. 필요한 절차를 밟는데 이틀의 시간이 걸렸다. 그 사이 나는 이미 짐을 모두 싸 놓은 상태였고, 결정이 나자마자 호스트 부모님께 작별 인사를 드린 후 레이철의 차에 짐을 실어 이사를 했다.

인사를 드릴 때 일부러 더 자신 있고 씩씩한 목소리로 말씀 드렸는데 사실 다니엘이 들었으면 하는 바람에서였다. '내가 너 아니면 할 수 있는 게 없을 줄 알았냐? 나도 내 스스로 모든 일을 다 처리해 나갈 수 있다. 겨우 거짓말이나 하는 너 같은 어린애랑은 달라. 잘 봤냐?' 하는 심정이었다. 포스트 프롬은 새로운 호스트 부모님의 도움으로 무사히 갈 수 있었다.

### 정말 그랬던 거니? 다니엘?

희안하게도 호스트를 옮기고 나서 오히려 내 주위에는 더 많은 친구들이 몰려들었다. 두 달을 남겨놓고 집을 옮긴다는 게 당시에는 정말 힘들었는데 지나고 나니 더 좋은 결과를 낳은 것이다. 프롬이 끝나고 시간 여유가 조금 있어서 데빈과 이런 저런 얘기를 하던 중 다니엘에 대한 얘기가 나왔다. 다니엘의 집에서 있었던 일은 다른 사람들에게는 말하지 않으려고 했었는데 데빈이 '왜 호스트를 옮기게 되었냐' 고 물으면서 자연스럽게 다니엘의 집에서 있었던 일을 얘기하게 되었다. 데빈의 부모님도 그 점을 좀 궁금해 한다고 했다. 그래서 전체적으로 얘기를 했더니, 데빈의 입에서 결정적인 한마디가 흘러 나왔다.

"결국 다니엘의 엘리트 의식 때문에 발생한 일이군."

데빈의 설명은 이랬다. 학교 친구들 사이에서 다니엘은 똑똑하고 스포츠도 잘하는 엘리트로 평가를 받고 있으며, 그 때문에 주위에 그와 비슷한 부류의 친구들이 형성되어 있다고 했다. 자신들의 엘리트 의식 때문에 다른 학생들과 약간의 벽이 있는데 누가 자신들 보다 뛰어나다는 말을 듣는 걸 싫어한다고 했다. 아차차! 그 말을 듣자 모든 일이 퍼즐 조각처럼 맞춰지면서 이해가 되기 시작했다.

다니엘이 나에게 거리를 두기 시작했던 시점이 내가 학교의 학생들로부터 천재니 뭐니 하는 얘기를 듣던 시기와 일치했던 것이다. 아이폰을 사용하는 다니엘은 자기 나름대로 파워유저(Power User)라고 생각하고 있었는데, 내가 학생들로부터 스마트 폰 천재 소리를 들으니 자존심이 상했던 것 같다. 물리 과목에서 105.6%를 받아 개교 이래 최고의 점수를 받았던 시기도, 수학을 계산기 없이 푼다는 얘기가 돌던 시기도 1월 이었으니 다 엇비슷한 시기였다.

그런 점이 학교에서 최고의 엘리트라고 자부하던 다니엘의 마음에 상처가 된 것 이었을까? 게다가 호스트 부모님까지 완전히 내게 등을 돌린 시점은 내가 FBLA Iowa 주 대회에서 2등을 하고 돌아온 다음부터가 아니었던가!

결국 나라는 존재가 엘리트인 다니엘의 자존심에 상처를 입혔고, 그로 인해 다니엘은 나를 싫어하게 되면서 음해하기 시작했다는 생각이 들자 갑자기 다니엘이 안쓰럽다는 생각이 들었다. 그렇게 행동하지 않았다면 나 역시도 다니엘이 대단한 녀석이라고 생각했을 텐데 말이다. 그래서 다니엘이 나에게 했던 행동들을 용서해 주기로 했다. 그런데 다니엘! 세상에는 나보다 잘난 사람이 훨씬 많단다!

## 자랑스러운 학부모 컨퍼런스

호스트를 옮긴 다음에 예상치 못한 학부모 컨퍼런스가 있다는 연락을 받았다. 학부모 컨퍼런스는 선생님들이 학부모님들과 1:1로 만나서 자녀의 수업태도와 성적, Class 평균 성적 등 여러 가지를 공유한다. 나는 호스트를 새로 옮긴 지도 얼마 되지 않았고 새로 옮긴 호스트 부모님은 나를 너무 높게 평가하시는 것 같아 혹시라도 학교에서 좋지 않은 내용이 나오면 어떻게 하나 은근 걱정이 되었다. 원래 부모님이 학교에 오신다고 하면, 수업시간에 딴 짓 하다가 걸린 일, 잘못해서 혼났던 일처럼 안 좋은 일만 생각이 난다더니 내가 바로 그랬다.

호스트 아버지께서 컨퍼런스에 다녀오셔서 나를 불렀다. '큰일 났다!' 내심 걱정을 했는데, 선생님들이 내 칭찬을 굉장히 많이 했다고 하시면서 연신 싱글벙글 하셨다. 성적부분에서도 굉장히 잘 따라오고 있고 같이 수업하는 게 재미있다고 하셨단다. 특히 Composition선생님께서 나를 정말 좋아하고 같이 수업하는 게 즐겁다고 하셨다는데 그 말을 듣고 사실 기분이 굉장히 좋았다. Composition 선생님이랑 사실 사이가 별로 안 좋다고 생각해 왔기 때문이었다. 지난 텀 성적도 그다지 좋지 않았고, 사실 수업시간에 다른 과목 숙제 생각하다가 걸린 적도 있었는데 나를 좋게 봐 주신다는 게 더 기분이 좋았다. 앞으로 선생님들 수업에 좀 더 집중해서 더 좋은 성적을 거둘 수 있도록 하겠다는 다짐을 했다.

### 기대되는 저녁 식사시간

새 호스트아버지는 전직 요리사다. 아버지라는 말보다 아빠라는 호칭이 더 익숙할 정도로 너무 좋으신 분이다. 지금은 은퇴하셨는데 굉장히 큰 호텔에서 주방장으로 계셨다고 했다. 은퇴를 하신 다음에는 하루를 주로 책을 읽으시며 보낸다. 며칠에 한 번씩 아침에 디모인(Des Moines)에 잠깐 다녀오시는데, 돌아오실 때면 요리 재료를 한 아름 사 가지고 오신다. 그리고 항상 저녁 식사 준비는 직접 하신다. 그 날이 되면 하루 종일 저녁만 기다려진다. 매번 다른 메뉴가 준비되는데 요리 솜씨가 정말 환상적이어서 '어서 빨리 저녁이 되었으면…….' 하는 생각뿐이다.

새로 옮긴 호스트 집은 다운타운에 있어서 학교와는 걸어 다녀도 될 정도의 거리다. 그래서 학교가 끝나고 별다른 일정이 없는 날은 차를 기다리지 않고 그냥 걸어서 집에 돌아오기도 하는데, 그렇게 걸어오다가 집 근처에 다다랐을 때 집에서 흘러나오는 음식 냄새에 정신이 아찔해 진다. 그 냄새를 맡으면 배가 고프지 않다가도 갑자기 뱃속에서 신호를 마구 보낼 정도다.

너무 맛있는 음식을 먹기만 하는 것이 죄송스러워 요리할 때 조금이라도 도와드리려고 하면 아빠는 정중히 거절하신다. 아빠가 요리할 때는 엄마도 간섭하지 않으신다. 늘 혼자서 요리를 하시는데 내가 온 다음에는 아빠가 요리하시는 걸 더 즐기시는 것 같다고 엄마가 귀뜸해 주셨다. 그 동안 데빈이나 데빈의 형과 누나는 아빠의 요리에 익숙해져서 정말 완벽하지 않으면 별 반응이 없었는데, 내가 오고 나서는 저녁때마다 나의 감탄사와 리액션이 아빠를 기분 좋게 만드는 것 같다고 말이다. 그 말을 들은 다음부터는 식탁 매너와 상관없이 더욱더 적극적으로 맛에 대한  느낌을 그대로 표출하게 되었다.

### 나는 아빠의 대화 친구

호스트 아빠는 나와 얘기하는 것을 정말 좋아하셨다. 이 집에서의 내 역할은 아빠와 대화 상대가 아닌가 할 정도였다. 특히 아빠는 북한에 대해 관심이 많으셨는데, 내가 온 다음부터는 더 많은 관심을 가지면서 나에게 질문을 하셨다. 처음에는  알고 있는 수준에서 대답을 해 드렸는데 점점 더 질문의 수준이 깊어졌다. 그래서 아빠와 대화를 할 때는 나도 노트북을 준비해서 대화중에 막히는 내용이 있으면 바로 네이버에 접속해서 뉴스나 관련 정보를 검색해보고 이 내용을 영어로 말씀을 드리는 식으로 대화를 진행했다.

보통 대화는 주로 저녁식사를 끝낸 후에 많이 나눴는데, 이런 대화는 나에게도 많은 도움이 되었다. 북한에 관한 내용을 인터넷에서 보고 그 내용을 영어로 바꿀 때면 잘 모르는 전문 용어들이 나오기도 해서 새 단어를 익히기도 했고, 잘못된 내용을 전달하면 안 되기 때문에 나도 북한에 대한 내용을 2중, 3중으로 검색해본 다음 얘기를 전해야 해서 북한에 대한 나의 지식도 깊어졌다. 한번은 이런 저런 대화를 한 다음에 내 방으로 돌아오는데, 뒤에서 아빠가 부르더니 "네가 우리 집에 와줘서 너무 영광이다"라는 말씀을 하셨다. 그 말을 듣고 하마터면 눈물이 나올 뻔 했다.

## 3. 요모조모 미국생활

### 신발은 버린다?

미국 학생들은 자기의 일은 자기 스스로 한다. 기본적으로 방청소와 빨래는 당연히 자기가 해야 하는 일이고, 식사를 함께 할 경우에는 식사 준비를 돕거나 식사 후 정리를 돕는다. 자신이 함께 참여된 일은 항상 분담해서 같이 한다고 이해하면 쉬울 것 같다. 그래서인지 집에는 건조가 되는 세탁기가 여러 대 있어서 입었던 옷을 쉽게 빨고 말릴 수가 있다. 밖에서 입었던 옷은 벗어서 세탁기에 넣고 돌리는 게 일상화 되어 있다.

이렇게 생활하다 보니 티셔츠가 많이 필요한데 따로 살 필요는 별로 없는 것 같다. 학교 행사나 스포츠 행사에 참가하면 그냥 주는 게 티셔츠다. 1년 동안 있으면서 무료로 받은 티셔츠가 한 20벌을 되는 것 같다. 그러니 자주 갈아 입어도 항상 티셔츠는 남았다.

그런데 신발은 빨지 않는다. 내가 신발 빠는 모습을 보더니 다니엘이 나에게 신발을 왜 빨고 있냐고 물었다. 나는 당연히 오래 신었으니까 지저분해져서 빠는 거라고 했는데 돌아온 대답은??? 신발은 사서 신을 만큼 신고 지저분해지면 버린다는 것이었다. 충분히 빨아서 신을 수 있는 신발을 버린다는 게 난 이해가 되지 않아 학교 친구들에게도 물어봤는데 그들도 신발을 버린다고 했다. 이건 윈터셋 지역만의 문화일까? 궁금하다.

### 사라진 로망

나는 미국의 학교 하면 막연히 떠오르는 로망이 있었다. 그것은 노란색의 네모난 스쿨버스였다. 그런 스쿨버스를 타고 친구들과 학교를 다니면 얼마나 재미있을까 하고 생각한 적이 있었다. 그래서 미국에 오면 꼭 한번 타봐야겠다고 내심 기대를 많이 했다. 학기 초에는 스쿨버스를 탈 기회가 없었다. 학교로의 통학을 호스트 가족의 자가용으로 한 탓에 버스를 탈 일이 없었다. 그리고 이곳에서는 내가 생각했던 것처럼 스쿨버스가 학생들의 통학을 위해 다니지도 않았다.

그러던 중 농구 경기가 원정경기(Away game)로 열려서 다른 학교로 가야 할 상황이 있었는데, 이때 선수들은 스쿨버스를 탄다고 했다. 비록 JV지만 나도 선수다. 드디어… 스쿨버스를 타게 되었다. 내심 엄청 기대를 했다. 사실 왜 기대 했는지도 모르겠다.

시리즈로 읽었던 마법의 스쿨버스(Magic School Bus)라는 책 때문이었을까? 아니면 영화를 통해 미국의 아이들이 타고 다니는 스쿨버스가 좋아 보여서였을까?

그런데… 나의 로망이 무너졌다. 막상 타보니 그냥 오래된 버스였다. 학생들 체격에 비해 간격이 조금 좁았으며 심지어 좌석에는 안전벨트도 없어서 당황했다. 경기가 끝나고 돌아 올 때는 더 심각한 상황이 생겼다. 경기도 져서 기분이 별로였기에 타자마자 맨 뒷자리로 가서 앉아 친구들과 수다를 떨면서 기분을 풀고 있었는데, 차가 출발하자 찬바람이 많이 들어와서 살펴보니 창문이 살짝 열려 있었다. 한참 추운 겨울이었기 때문에 친구들이랑 같이 닫으려고 몸부림을 쳤는데 창문은 망가졌는지 꿈쩍도 하지 않았다.

우리는 경기를 끝내고 나온 터라 대부분 반팔 차림에 유니폼만 대충 걸치고 있었기 때문에 열린 틈으로 버스 안으로 쏟아져 들어오는 영하의 바람을 견딜 수 없었다. 결국 옷을 꺼내 입기도 하고 농구부원들끼리 바짝 붙어 앉아서 큰 소리로 떠들면서 추위를 견뎌야 했다. 혹시 나와 같이 미국의 스쿨버스에 로망이 있는 사람이라면, 기대를 안 하는 것이 좋을 것 같다.

### 담배와 술, 마약

미국으로 갈 때 부모님은 담배와 술, 마약 같은 것 때문에 걱정을 하셨다. 그런데 자기 의사만 분명하게 표현할 수 있으면 별 문제가 되는 것 같지는 않다. 미국 학생들 중에는 담배와 술을 하는 사람들이 꽤 많았고, 개인적인 파티가 있을 때면 삼삼오오 모여서 담배를 피우고 술을 마셨다.

심한 경우에는 대마초를 피우는 학생들도 더러 있었다. 그러나 모든 학생들이 그런 것은 아니다. 한국에도 모범생이 있고 문제아가 있듯이 미국도 그럴 뿐이다. 그런데 담배와 술을 같이 하지 않는다고 해서 못살게 굴거나 하지는 않는다. 담배와 술을 같이 하겠냐고 물어볼 때 명확하게 거절을 하면 더 이상 권하지 않는다. 정색을 하면서 말하면 오히려 권한 쪽에서 민망해 할 수 있으니 그냥 싫다고 가볍게 거절하면 된다. 나도 몇 번 권유(?)를 받았지만 싫다고 웃으면서 말했더니 그 다음부터는 권하지 않았고 나는 담배나 술을 하지 않는 학생으로 인정하는 것 같았다.

**토네이도를 경험하다**

하루는 일기예보에서 토네이도가 몰려온다고 했다. 한국에 있을 때도 가끔씩 미국에서 발생한 대규모 토네이도에 대한 소식을 뉴스에서 접하기는 했지만, 내가 있는 Iowa로 향해 오고 있다는 소식에 긴장이 되었다. 호스트 아빠는 토네이도가 만들어지는 구름이 몇 개 보인다며 손가락으로 하늘을 가리켰다. 하늘 중앙에는 눈으로 볼 때 구름이 살짝 내려와 있는 듯한 부분이 보였다.

토네이도.

회오리치는 것으로 보이는 부분이 좀 아래로 내려와 있다는 느낌이 살짝 들 정도여서 일단은 안심이 되었다. 심각하지 않은 토네이도였으면 좋겠다는 생각이 들었다. 그러더니 시간이 지나자 점점 커지는 모습을 눈으로 볼 수 있었다.

토네이도가 실제로 이렇게 클 줄 몰랐고 내가 미국에 있는 동안 토네이도를 볼 수 있을 것이라고는 상상도 하지 못했던 일이었다. 처음에는 바람만 불기 시작하면서 주변에 있던 나뭇가지들, 낙엽, 각종 쓰레기 등이 바람을 따라 공중을 떠다니기 시작했다. 그러다가 갑자기 굉장히 강한 바람과 함께 비가 쏟아지고 그 다음으로 아래는 좁고, 하늘로 향한 위는 넓은 고깔 모양의 거대한 회오리바람이 보이기 시작했다. 위로는 하늘의 검은 구름과 맞닿아 있고, 아래로는 지상 위까지 드리워진 그 광경은 얼마나 인간이 나약한가를 깨닫게 해주는데 충분했다.

다행히도 이번의 토네이도는 회오리의 끝부분이 지상에 닿지 않아서 피해는 거의 없었다고 했다. 만약 회오리의 아랫부분이 지상에 닿아 거대한 흡인력으로 빨아들이기 시작하면 토네이도가 지나간 자리에는 아무것도 남지 않는다고 한다. 눈앞에서 펼쳐진 규모의 회오리도 집 몇 채는 날릴 규모라고 했는데 지상까지 내려오지 않아서 다행이었다.

아무런 피해는 없었지만 TV를 통해서만 보았던 토네이도를 눈앞에서 보고 경험하니 참으로 신기했다. 이번에 온 토네이도로 인해 호스트가족 모두가 지하실에서 자게 될 뻔 했는데 다행히 이튿날 등교하는데는 지장이 없었다. 이런 일이 자주 있냐고 물어보니 가끔씩 있는 일인데, 이 지역에서는 그렇게 큰 피해를 입지는 않았다고 한다. 막상 닥쳐도 우리 집은 지하실에 있으면 별 문제가 없게 설계되어 있으니 걱정하지 말라고 했다. 이렇게 큰 토네이도를 눈앞에 보고 있으면서도 태연할 수 있었던 이유를 알 수 있었다. 그러고 보니 내가 가 본 집들의 지하실이 모두 창고가 아니라, 놀이 공간처럼 꾸며져 있는 이유도 조금은 이해가 됐다. 여차 하면 대피장소이자 생활 장소로도 쓰일 수 있는 곳이었던 것이다.

### 미국의 십대, 그들만의 오락기구

미국은 한국과 달리 컴퓨터 게임을 거의 하지 않는다. 한국에서는 유명한 리그 오브 레전드(League of Legend)라는 게임이 미국 내에서는 그다지 유명하지 않다는 사실에 많이 당황스러웠다. 어찌 보면 당연한 이야기 일지도 모른다. 미국은 대도시가 아니면 인터넷 속도가 무척 느리다. 첫 번째 호스트 집의 인터넷은 한국에서는 상상도 하지 못할 인터넷 속도였다. 인터넷 서핑만 간신히 될 정도여서 게임 하는 것은 상상도 할 수 없었다. 다운로드 속도가 빠르게 나올 때는 0.97MBps인데 한국에서 3G 스마트폰의 무선인터넷 속도가 4MBps이니 얼마나 느린 지 알 수 있다. 다운타운에 있는 집들은 그나마 빠르지만 한국 수준의 인터넷 속도는 아예 처음부터 기대를 안 하는 것이 좋을 듯하다.

그럼 미국의 십대들은 무엇을 하고 놀까? 대부분 비디오 게임기라고 불리는 XBox 360이나 플레이스테이션(일본 Sony사에서 만든 비디오 게임기)이 주를 이룬다. 한국과 달리 미국의 십대들은 자주 친구 집에 모여 논다. 그 때 거의 비디오 게임을 많이 하게 된다.

생일날 받은 선물들.

미국은 저작권에 상당히 민감해서 게임 하나에 몇 십 달러씩 지불하면서도 모든 게임을 정품으로 산다. 그래서 생일 같은 날에는 주로 비디오 게임팩을 선물한다. 첫 번째 호스트형제였던 다니엘도 아르바이트로 모은 돈으로 내 생일선물로 XBox용 게임을 주었다. 고맙긴 하지만 한국에서는 XBox게임을 해 본적도 없어서 참 난감했다. XBox를 플레이스테이션 보다 좋아 하는데, XBox LIVE라고 해서 XBox게임 안에서 다른 사람과 서로 만나서 함께 게임을 할 수 있는 시스템이 구축이 되어 있기 때문인 것 같다. XBox LIVE는 느린 인터넷 환경에서도 연결이 가능했다.

미국에서는 인터넷 게임을 좋아하면 nerd(컴퓨터만 아는 멍청하고 따분한 사람)라고 도리어 무시 하는 것 같다. 다운타운에 사는 사람들은 많지 않고, 대부분 교외에서 사는데 인터넷 환경이 열악하니 인터넷 게임을 하고 싶어도 할 수 없는 것이 현실이다. 그래서 더 인터넷 게임을 하는 사람들을 무시하는 경향이 생기지 않았나 싶다.

**성준이의 팁 ⊞ 미국에서는 정품, 정식 다운로드만**

미국에서는 저작권에 엄격하다. 불법 행위를 하지 않도록 조심해야 한다. 특히 교환학생의 경우에는 더 조심해야 한다. 한국에서는 노래를 인터넷에서 다운 받아 듣는 경우도 있고, 게임이나 영화를 토렌트(Torrent)를 통해서 다운받아 사용하거나 보는 일이 많은데 따지고 보면 모두 불법이다. 이런 행동은 미국에서는 매우 중대한 범죄로 취급 받기 때문에 미국에서 생활하는 동안에는 정품을 정상적인 경로를 통해서 구입 한 후 사용해야 한다.

불법행위를 했을 경우 집이나 학교에서의 생활에도 엄청난 불이익을 받을 수 있다. 특히 스마트 폰 사용에 더 주의해야 하는데, 미국 학생들은 아이폰(IPhone)을 많이 사용하고 스마트 폰의 앱은 물론 음악들도 모두 정상적인 경로로 구매해서 사용한다. 한국에서는 아이폰을 사용할 때 해킹을 해서 무료로 앱을 사용할 수 있는 일명 '탈옥(Jail Brake)' 이라는 방법을 쓰기도 하는데, 미국에서 절대로 탈옥을 해서 사용하면 안 된다. 갤럭시 스마트폰의 경우는 탈옥과 비슷한 개념으로 '루팅' 이라는 기법이 있는데, 이는 탈옥의 수준을 벗어나 화면이나 메뉴의 구성까지도 마음대로 바꿔서 사용할 수 있다. 루팅은 불법이 아니지만 미국 사람들은 루팅에 대해 잘 모르기 때문에 탈옥으로 오해 받을 소지가 있어서 주의해야 한다.

### 아침은 대충, 점심은 학교에서, 저녁은 만찬!

TV나 영화에서 아침에 빵과 베이컨, 그리고 계란 오믈렛을 먹는 장면을 종종 볼 수 있다. 이를 '아메리칸 스타일' 이라고 부른다. 그래서인지 미국에 가면 매일 계란과 베이컨으로 아침을 먹을 줄 알았다. 물론 그렇게 아침을 먹는 가족도 있겠지만 다니엘네 집에 있을 때는 호스트 부모님 두 분 다 직장에 다니셔서 아침은 시리얼로 대충 때우는 것이 일상이었다. 특히 만 16살 때부터 운전을 할 수 있는 미국은 부모님이 아침을 챙겨주는 일이 매우 드물어 보였다. 수업이 있는 시간에 맞춰 학교에 가면 되기 때문에 등교 시간이 자유로워 부모님이 굳이 챙겨주지 않아도 스스로 알아서 챙겨 먹고 나가는 것이 보편적인 아침 풍경이다.

점심식사는 학교에서 구내식당을 이용한다. 초반에는 뷔페식으로 차려진 학교 급식을 보고 감동을 받았다. 원하는 음식들을 선택 할 수 있고, 급식에 매일 치킨 너겟이 나오고, 과일에 피자까지 나오다니! 그렇게 천국일 수가 없었다. 그런데 시간이 지나면 지날수록 학교 급식이 지겨워졌다. 비슷한 식단이 반복되고 음식의 질도 점점 떨어지는 것 같은 기분이 들었다. 밥하고 김치, 국을 주던 한국 학교의 점심이 그리워졌다. 우리 음식은 매일 먹어도 질리지 않았는데……

집에서 저녁식사를 하게 되면 식사 준비와 뒷정리의 역할 분담이 분명하다. 남녀의 구별이 없고 교환학생도 예외가 아니다. 집에서 식사를 하게 되면 먼저 어떤 일을 담당하면 되는 지 물어보고 일을 분담한다. 한국에서 하듯이 다 차려진 밥을 먹고, 다 먹고 나서 바로 자기 방으로 들어가면 절대로 안 된다. 첫 호스트가족은 부모님이 맞벌이를 하셔서 저녁은 주로 외식으로 해결했다. 멕시칸 식당을 자주 갔는데 이것저것 시켜서 나누어 먹다 보니 항상 저녁을 푸짐하게 먹었다. 처음에는 식당에 가는 게 조금 부담스럽기도 했다. 혹시 나도 밥값을 나누어 내야 하는 게 아닌가 하는 생각이 들었기 때문이었다. 그래서 조심스럽게 밥값을 나누어 내고 싶다고 말씀 드렸더니, 아버지께서는 웃으시면서 너도 가족인데 왜 밥값을 따로 내려고 하느냐며 그럴 필요가 없다고 하셨다.

## 감동적인 저녁 식사 초대

미국학교에서 첫 번째로 수업에서 들었던 과목은 엔지니어링이었다. 한국의 기가과목 정도로 생각했는데 대학 수준의 물리 과목이어서 결국 일주일 만에 다른 수업으로 바꿔야만 했던 아픈(?) 기억이 있는 과목이었고, 그래서 선생님께도 조금은 죄송하다는 생각을 가지고 있었다. 어느덧 시간이 흘러 세 번째 텀 막바지쯤 되었을 무렵, 엔지니어링 선생님께서 나를 찾아오셨다. 선생님과 친한 지인이 한국계 미국인인데, 이번에 그분의 한국인 친척 분들이 한국에서 오신다고 했다. 그런데 엔지니어링 선생님께서 학교에 한국인 교환학생이 한명 와 있다고 했더니 같이 참석하면 좋겠다며 저녁식사에 초대를 했다는 것이다. 게다가 한국음식으로 준비한 저녁이란다. '이게 얼마만인가? 미국에서 드디어 한국음식을 먹게 되는구나!' 나는 너무 기뻐서 어쩔 줄을 몰랐다.

윈터셋은 물론이고 아이오와 주에서 만난 한국인도 거의 없다. 우연히 이발소를 하시는 한국인 아저씨를 만났던 걸 포함해서 다른 지역의 교환학생까지 합쳐봐야 채 열 명이 안 되는 정도였다. 한국인뿐만 아니라 동양인 자체가 거의 없다보니 한국 식당도 없고, 한식을 먹을 기회도 아예 없었다. 그랬던 내게 한국 음식을 먹을 기회가 생기다니 너무 기대 되는 저녁이었다.

드디어 초대받은 날이 다가왔다. 초대하신 분의 안내를 받아 친척분들과 인사를 나눴는데 마음은 이미 식탁 언저리에 가 있었다. 차려진 음식들은 천으로 덮여 있었지만 냄새만으로도 무슨 음식인지 알 수 있었다. 잡채, 갈비, 김밥, 김치, 새우까지 평소 내가 좋아하는 음식들이 모조리 차려져 있었다. 교환학생 생활을 하면서 추석이나 설을 지내지 못해 명절 음식이 굉장히 그리웠는데 오늘 그 한(?)을 다 푼 것이다. 외국에서 먹는 한국음식이라 그런지 더 감동스러웠다.

한국음식으로 준비된 저녁식사 초대.

식사를 하면서 나도 무언가 보답을 해드리고 싶어서 통역을 해야겠다는 생각을 했다. 한국에서 오신 친척 분들은 대구에서 오신 분들인데 영어를 거의 못하셨고 미국에 사시는 분들은 한국어를 거의 못하셨는데, 유일하게 영어와 한국말을 다 할 줄 아시는 주인 할머니께서 기력이 쇠하신 탓에 식사 후 일찍 방으로 들어가셨기 때문에 내가 할 수 있는 일이 생긴 것이다. 한참 동안 대화를 통역해 드리고, 한국에서 오신 분들이 미리 써 온 편지를 영어로 번역해서 다시 써 드렸더니 선생님의 지인께서는 그 편지를 읽으면서 눈물을 글썽이시며 나에게 고마워 하셨다. 며칠 더 미국에 머물 계획이라는 한국 분들의 말에 혹시 문제가 생기면 나에게 전화를 하라고 번호를 알려드리고, 가까운 곳은 차로 다닐 수 있도록 네비게이션의 조작법도 알려드리는 등 나도 최선을 다해서 음식에 대한 보답을 했다.

아직도 한국을 떠나 오랜만에 먹은 김치의 꿀맛이 잊혀지지 않는다. 반년 만에 한국식 밥과 반찬을 먹으니 이제까지 어떻게 저 음식들을 먹지 않고 버텼나 싶었다. 한국 음식에 대한 그리움을 해소했다는 기쁨도 있었지만 그 분들이 서로 의사소통을 하는데 내가 도움이 될 수 있었다는 사실이 더 만족스러웠던 하루였다.

## 함께 즐기기 좋은 미국 명절

미국에서의 생활 중 하이라이트는 역시 명절이라고 할 수 있을 것 같다. 우리나라처럼 미국의 명절은 지역에 관계없이 거의 비슷하게 지낸다. 대표적인 명절을 꼽자면 Thanksgiving day(추수 감사절), Christmas(크리스마스), Halloween day(할로윈), New Years Day(새해맞이)이다.

Thanksgiving은 우리나라의 추석 같은 개념이다. 한국은 추석에 친척들이 모두 모여 음식을 먹지만 미국의 Thanksgiving은 포트럭(Potluck)이라고 해서 친척들이 각자 맡은 음식을 준비해서 모인다. 우리 호스트가족의 Thanksgiving은 소박하게 외할머니 댁하고만 점심을 먹었다. 우리가 준비해 갔던 음식은 칠면조 요리하고, 그린 라이스(Green Rice)라고 하는 음식이었고, 할머니 댁은 여러 가지 사이드 메뉴를 만드셨다.

미국의 명절을 호스트가족과 보내며 많이 놀랐던 것은 미국의 식탁 예절이다. 미국사람들은 공식적인 자리에서의 식사 예절을 매우 중요하게 생각한다. 사소한 것에도 행동의 제약이 있어 조금 불편하긴 했다. 예를 들면 손을 뻗으면 잡을 수 있는 음식이라도 바로 앞에 없으면 옆 사람에게 pass해 달라고 부탁을 해야 하는데 이런 점은 오히려 좀 귀찮게 느껴졌다.

하지만 미국식 식사예절이니 꼭 지키는 것이 좋다. 미국의 추수감사절은 이름처럼 한 해의 성과를 감사하는 매우 정중하고 예의 바른 행사라는 생각이 들었다. 신나는 파티가 많은 미국에서 이런 정중한 분위기의 명절은 오히려 의외라는 생각이 들었다.

크리스마스는 또 분위기가 완전히 다르다. 미국에서는 크리스마스가 가장 큰 행사인데 몇 주 전부터 서로 교환 할 선물을 준비하느라고 분주하다. 일단 크리스마스 시즌이 되면 미국의 아이들은 위시 리스트(Wish List)라고 해서 받고 싶은 선물들 목록을 죽 적는다. 그 목록을 부모님이나 할아버지 할머니께서 받아 보시고 목록 안에서 몇 가지를 선물로 사주는 것이다.

물론 자녀들도 부모님께 드릴 선물을 준비해야 한다. 크리스마스가 되기 일주일 전에 위시 리스트를 서로 교환하는데 위시 리스트를 교환하고 나면 영화에서 흔히 볼 수 있는 것처럼 크리스마스 트리 밑에 선물을 쌓아 두기 시작한다. 그리고 크리스마스 저녁이 될 때까지는 그 누구도 선물을 열어 보지 않는다.

크리스마스 당일이 되면 아침부터 분주하다. 다음해의 행운을 확인한다는 의미의 복권이 있는데 아침에는 모두 모여 복권을 확인하는 행사를 갖는다. 여러 종류의 복권을 한 명이 여러 개씩 확인하는데, 호스트엄마는 복권 3개에 당첨되어 총 43$를 획득하기도 했다. 오후에는 평소와 비슷한 일상을 보내다가, 저녁이 되면 모두 모여서 드디어 선물을 여는 시간을 갖는다. 선물을 개봉 할 때는 순서를 정해서 하나씩 뜯는다. 뜯으면서 선물을 준 사람에게 서로 고맙다는 말을 전하기도 하고, 선물을 준 사람은 선물에 대한 설명과 의미를 전해주는 시간을 갖는다.

나는 내 선물에 크게 기대를 하지 않았는데 예상 밖으로 큰 선물들을 받게 되었다. 50$에 해당되는 아이튠즈 기프트 카드도 받고, 후드티, XBox게임팩 등 꽤 고가의 선물들이었다. 그 중에는 재미있는 선물도 있었는데, 동전의 크기에 따라 금액을 인식해서 얼마의 금액을 저금하고 있고, 전체 저금한 금액이 얼마인지를 알 수 있는 투명한 병 모양의 저금통이었다. 재미삼아 가족들이 동전들을 하나씩 넣어보는 바람에 뜻하지 않게 동전까지도 선물 받는 행운을 가질 수 있었는데, 한국에 있는 동생이 집에서 보이는 동전들은 모두 다 자기 저금통에 넣는 저금왕이기 때문에 나중에 한국에 돌아가서 동생에게 주면 정말 좋아할 것 같다는 생각을 했다.

나는 교환학생인데다 어느 정도의 금액의 선물을 적어야 할 지 몰라서 일부러 위시 리스트를 쓰지 않았는데도 내가 좋아할 만한 것들로 골라 사주셔서 너무 고마웠다.

크리스마스 풍경.

### 윈터셋의 할로윈 풍경

미국에서 정말 성대한 행사를 하는 날은 뭐니 뭐니 해도 할로윈(Halloween day)이다. 미국에서 할로윈은 아이들에게 엄청나게 큰 행사다. 다양한 코스튬을 입고 사탕을 얻으러 돌아다니는 모습을 실제로 보니 그 모습을 구경하는 것만으로도 재미있었다. 고등학생들은 코스튬은 안 입더라도 친구 집에서 같이 사탕도 먹고 영화도 보면서 지낸다.

미국에서 시작된 명절인 만큼 할로윈 준비를 열심히 하는데 직접 호박을 조각하고, 집도 무섭게 꾸민 다음 찾아올 아이들을 기다리기도 한다. 할로윈 복장을 한 아이들은 집집마다 방문하면서 "장난을 칠까요? 아니면 사탕을 주시겠어요?(Treat or Trick)" 라고 외치며 동네를 돈다.

할로윈에 호박으로 호박랜턴 만들기.

우리 집에서는 매년 할로윈 행사 때마다 호박 장식을 조각 했다. 다니엘과 여자친구, 레이철과 남자친구, 그리고 나, 이렇게 5명이 창고에서 같이 어울려 호박을 조각 했다. 미국에서는 할로윈에 쓸 호박을 따로 판다. 주황색의 호박을 조각칼로 파서 그 안에 전등을 넣으면 마치 도깨비 같은 형상이 나타나는데, 생각보다 어려운 작업이라서 시간과 노력을 상당히 쏟아야 한다. 거의 두 시간 가까이 작업을 해서 우리는 모두 완성을 했다. 완성을 한 때는 이미 캄캄한 밤이 되었기에 우리는 호박안에 초를 넣고 불을 붙여 호박랜턴을 만들었다. 내가 만든 호박랜턴이어서 인지는 몰라도 촛불을 켜서 집밖에 두니 굉장히 멋있었다.

우리 동네에는 사탕 받기만으로는 성이 안차는 학생들을 위해서 마을 외곽에 공포 체험관을 운영한다. 공포 체험관이 생각보다 줄이 길어 굉장히 기대하고 들어갔는데 좀비 분장을 한 사람들이 기어 다니면서 우리 다리를 잡으려 하는 것 말고는 별로 공포스러운 게 없었다. 실망한 우리들은 의기투합을 해서 Roseman bridge에 가기로 했다.

영화에 나오면서 유명해진 Covered Bridge는 마을 곳곳에 있고 각 다리마다 이름이 붙여져 있는데 그 중 Roseman bridge라는 다리는 사람들의 발길이 뜸한 다리로 무서운 전설이 있는 곳이었다. 백 년 전쯤 교도소에서 탈출한 죄수가 밤에 이 다리에 숨었는데 그 이후로 아직까지 행방이 묘연해 밤에 그 다리에 가면 흔적도 없이 사라진다는 전설이 생겼다. 할로윈 밤에 가기에 더 없이 좋은 곳이었다.

가는 길에서부터 상당히 섬뜩한 기분이 들었다. 비포장 길이었고 가로등도 하나 없는 곳이라 자꾸 공포 영화 속의 장면이 떠올랐다. 드디어 도착한 Roseman bridge. 함께 간 레이철과 남자친구도 밤에 여기에 오는 것은 처음이라고 했다. 우리는 용기를 내서 다리를 건너가 보기로 했다. 다리 밑에선 물이 흐르는 소리가 났고, 다리 위를 걸을 때면 삐걱거리는 소리가 났다. 계속 가다가는 다리가 무너질지도 모른다는 기분이 들어 중간쯤 가다가 되돌아 나왔다. 어차피 다리 반대편은 산속이라 다 건너 가봐야 볼 것도 없으니 돌아가자고 했지만 솔직히 그 삐걱거리는 소리에서 느껴지는 공포감 때문이었다. 게다가 귀신에 홀린 연기를 한 레이철 덕분에 모두 잔뜩 겁을 먹은 상황이었다. 잠깐이었지만 공포체험관보다 훨씬 무서웠고 그렇게 미국에서 보낸 잊지 못할 할로윈이 지나갔다.

# 5장 교환학생으로 가길 잘했어

## 1. 교환학생만의 특혜를 누려라

### 교환학생모임, 옥수수밭 미로에 가다

교환학생 지역관리자는 교환학생들에게 미국에서의 특별한 경험을 제공하려고 여러 가지 노력을 했는데 그 중 하나가 아이오와주에 있는 교환학생들을 따로 불러서 특별한 행사를 갖는 것이었다. 교환학생의 모임은 AFS(American Foreign Exchange Students)라는 불렀는데 교환학생들 간의 교류의 장을 만들어주는 모임이다. 이 모임은 교환학생과 호스트가족만 참여할 수 있는 행사들을 주최하곤 했다.

이 행사 중에서 'Corn Maze(옥수수밭 미로)' 라는 곳을 놀러 갔을 때가 가장 기억에 남는다. Corn Maze는 아이오와의 주요 생산물인 옥수수밭을 이용해서 미로를 만들어 놓은 곳이다. 이 미로를 40분 안에 탈출해서 나오면 특별한 선물을 주었는데, 미로 속 20군데의 체크포인트의 도장을 모두 찍어 와야 한다. 옥수수 밭을 이용해서 만든 미로다 보니 사람들이 정해진 미로로 가지고 않고 그냥 뚫고 지나가는 부정(?)한 방법을 사용할 가능성도 있어 체크포인트를 만들었다고 한다.

미로 밖에서 본 Corn Maze는 상당히 커 보였는데, 막상 미로 안에 들어가서 체크 포인트 몇 곳을 찾다 보니 거리가 서로 많이 떨어져 있지 않다는 것을 알게 되었다. 처음 미션을 받았을 때는 40분 안에 이 미로를 탈출할 수 있을까 하는 생각이 들었었는데 나와 다니엘, 레이철이 머리를 맞대고 의논하면서 진행한 결과 35분 만에 모든 체크 포인트의 도장을 찍어서 탈출할 수 있었다. 지역관리자는 모든 도장이 다 찍혀 있는 것을 확인하더니 꽤 놀라는 표정을 지었다.

옥수수 밭 미로 찾기 행사가 끝나고 녹인 마시멜로와 초콜릿을 쿠키 사이에 껴서먹는 스모어(Smores)를 먹었는데 미로 안에서 전력질주 한 뒤라서인지 단 것을 별로 안 좋아하는 내게도 정말 꿀맛 같았다. 우리가 받은 상품은 Casey' s General Stores(미국의 유명한 편의점)에서 쓸 수 있는 유명한 조각 피자 교환권이었다.

### 어설픈 스키장도 나름 재미있네

아이오와 주는 평지라 산을 보기 어렵다. 산이라고 해봐야 낮은 둔턱 정도다. 그런데 스키장이 있단다. 교환학생 모임에서 스키장을 가기로 했는데 그 이유가 더운 나라에서 온 학생들에게 특별한 경험을 주기 위해서라는 것이었다. 기대 반 호기심 반으로 버스에 올랐다. 두 시간 정도를 달려서 드디어 스키장에 도착. 이런... 스키장에 간다고 해서 나름 호스트 아빠의 라이딩 고글도 빌리고, 스키복 대신에 방수바지까지 입고 왔는데, 그냥 우리나라의 눈썰매장 정도였다. 스키 좀 탄다고 자부했던 나였기에 헛웃음이 나왔다. 스키장 하면 떠오르는 멋진 리조트와 호텔급의 시설들은 애초에 기대할 수도 없는 그런 곳이었고, 비닐하우스와 스키를 빌려주는 1층짜리 건물이 전부여서 편의시설은 아예 없었다. 그런데 막상 타보니 슬로프 여기저기에 약간씩 모굴(moguls, 굴곡)을 만들어 놓아서 재미를 느낄 수 있었다. 북유럽 쪽에서 온 학생들의 스키 실력이 장난이 아니었다. 내가 스키 좀 탄다고 할 수 있는 수준을 넘어섰다. 그 학생들과 같이 다니며 스키 타는 맛이 제법이었다. 베트남에서 온 학생은 스키가 처음이라서 스키를 잘 타는 여학생 한명과 내가 붙어서 스키도 가르쳐 주었다. 나름 재미있는 시간이었다.

스키장에서 베트남 학생과 함께.

**의미 깊은 시청투어**

한번은 시청을 방문하는 행사가 있었다. 미국까지 왔으니 공공기관 한 곳은 제대로 살펴봐야겠다는 생각에 참가 했는데 Iowa주에 대한 지식이 별로 없던 나는 이 날 아이오와의 많은 부분에 대해 알게 되었다.

시청에 있는 도서관도 한국의 공공 도서관과는 분위기가 많이 달랐다. 높은 책장이 빼곡히 자리 잡은 공간에 멋진 천장이 있는 도서관으로 사서가 사다리를 옮겨가며 책을 찾아주는 그런 곳이었다. 그 광경을 보면서 해리포터에 나오는 도서관이 생각났다. 또 이 도서관은 미국의 대통령 선거 때 첫 번째로 개표방송을 하는 장소라고 했다

아이폰의 파노라마 기능으로 찍은 시청의 도서관.

그 도서관을 둘러본 후 돔으로 되어 있는, 시청에서 가장 높은 곳으로 올라갔다. 이 돔은 지름이 5m이고 금색이었는데 실제 금을 사용한 것이라고 했다. 보수 작업을 20년마다 한 번씩 하는데, 한번 할 때 마

다 2억 달러 정도가 든다고 했다. 한국 돈으로 2천억 원 정도라니! 그런 설명을 들으면서 차라리 금 말고 다른 것으로 장식하고 그 돈으로 더 중요한데다 쓰면 좋지 않을까 하는 생각이 들기도 했다.

### 미국의 놀이동산

마지막 모임은 Adventure Land에서 가졌다. 그 때가 4월경이었는데, 년 초에 각자의 나라로 돌아간 학생들도 있어서 시청 투어 때 보았던 몇 명이 보이지 않았다. Adventure Land는 그 지역에서는 워낙 유명한 곳이었고, 학교 친구들도 굉장히 재미있는 놀이공원이라고 적극 추천하는 곳이어서 기대를 가지고 갔다.

한국의 롯데월드보다 규모가 훨씬 큰 곳이어서 바쁘게 다녀야겠다고 마음먹고 평소 제일 타보고 싶었던 자이로드롭으로 향했다. 한국에서는 줄이 너무 길어서 타보지 못했던 자이로드롭이었는데 다행히 이날은 Adventure Land의 시즌 개장 첫날이라 사람이 별로 없어 오래 기다리지 않고 바로 탈 수 있었다. 인기가 많은 롤러코스터도 거의 기다리지 않고 쉽게 탈 수 있었다. 롤러코스터는 360°를 두 바

어드밴처랜드에서 가장 인기 많은 롤로코스터. 사진보다 실물이 훨씬 거대하다.

퀴 회전하는 허리케인(Hurricane)과 정상까지 올라가 아주 빠른 속도로 뚝 떨어지는 드래곤(The Dragon), 이렇게 두 가지를 타봤는데 확실히 규모가 커서 그런지 한국에서 탔던 어떤 롤러코스터들 보다 짜릿했다.

학생들은 몇몇씩 짝을 지어 놀이기구들을 타러 다녔다. 나는 스페인과 덴마크에서 온 여학생들과 함께 놀이기구를 타러 다녔는데, 스페인에서 온 학생은 확실히 모든 놀이기구에 열정적으로 도전하는 성향을 보였다. 롤러코스터를 보면서도 전혀 무서워하지 않고 오히려 재미있어 하는 모습을 보면서 투우의 나라답게 굉장히 열정적이라는 생각이 들었다. 덴마크에서 왔던 여학생은 정 반대였다. 같은 학교에 다니고 있는 둘은 가장 친한 친구라는데 그렇게 다른 성격을 가져도 친구가 될 수 있다는 사실이 신기했다. 그날 셋이 하루 종일 어울리면서 많이 친해졌는데 노는데만 정신이 팔려서 페이스북 친구로 등록을 해놓지 못해 지금은 연락은 안 되어 많이 아쉽다. 일단 페이스북으로 친구 등록을 해놓으면 나중에라도 연락 할 수 있어서 유용한데 그날은 왜 그랬는지 모르겠다.

## 2. 헬로우! 뉴욕

### 하와이? 뉴욕? 어디로 갈까?

교환학생으로 행복한 고민을 해야 할 때가 있다. 교환학생에게는 몇 가지 선택권이 주어지는데 하와이나 뉴욕 중 하나를 선택해서 여행할 기회가 바로 그것이다. 물론 비용은 개별 부담이지만 미국의 시골에서만 지내다 유명한 곳을 경험할 수 있는 둘도 없는 기회다.

처음에는 휴양지인 하와이를 가 볼까 하는 생각이 더 컸다. 윈터셋에 사는 사람들은 여름 휴가 때 하와이를 많이 가는데 다녀온 사람들의 의견을 모아보니, 교환학생이 하와이에서 경험할 수 있는 게 별로 없는 것 같다는 결론이 나서 뉴욕으로 마음을 돌렸다.

인터넷을 통해 교환학생 기구에 여행 접수신청을 하고 한국 부모님께 신용카드 정보를 받아서 결제까지 혼자서 다 해냈다. 처음으로 인터넷을 통해 스스로 결제하는 것이었는데 막상 해보고 나니 별로 어려운 게 없었다.

비행기 예약도 몇 번 전화 문의를 한 후 인터넷을 통해 직접 했다. 교환학생으로 미국에 있는 동안 가장 크게 느낀 점은 학생들이 직접 처리해야 하는 상황이 많다는 점이다. 한국에선 대부분 학교와 부모님이 결정하고 알아서 진행해주시는데 반해 미국은 학교와 부모님이 결정하는 사항이 별로 없었다. 이런 점은 학생의 입장에서 여러모로 도움이 되는 일이기에 한국도 점점 바뀌면 좋겠다는 생각이 들었다.

뉴욕 여행은 왕복 비행기 표 값까지 해서 대략 800$ 정도 들었다. 뉴욕에 가면 한국 학생들도 제법 있을 거라는 생각이 들었지만 외국 학생들도 많을 테니 이번 기회에 친분을 쌓아서 나중에 외국으로 여행을 가면 도움도 좀 받고 하면 좋겠다고 생각을 했다. 하지만 막상 뉴욕 숙소에 도착해보니 한국인 학생들이 생각보다 많았다.

전체 인원 100여 명 중 스무 명 정도가 한국 학생이었다. 이렇게 많은 한국 사람들을 본 게 거의 일 년 만의 일이었다. 외국 학생들과 친교를 쌓으려던 나의 계획은 지우개로 지운 듯이 사라져 버렸다. 타국에서 만난 한국인끼리는 만난 지 얼마 되지도 않았는데도 오랜 친한 친구처럼 느껴져서 좋았다. 뉴욕에서 처음 만난 친구들과 얘기를 하다 보니 '아! 이번 여행은 참 재미있는 여행이 되겠구나' 하는 생각이 들었다.

### 아름다운 도시, 뉴욕

내가 뉴욕에 도착한 시간은 오후 세시 반 이었는데, 오전에 도착한 학생들도 있었고 저녁 비행기로 도착하는 학생들도 있었다. 첫 날 일정은 따로 없어서 쇼핑몰 구경도 하고 호텔 수영장도 갔다. 그곳에서 만난 동갑내기 친구 재권이와 나보다 한 살 어린 수빈, 나와 같은 방을 썼던 성민이형, 이렇게 네 명이 수영장을 갔는데 한 발 앞서 온 학생들이 얼마나 많은지 다음을 기약하고 돌아서야만 했다.

첫날은 친구들과 서로에 대한 소개도 하고 방을 같이 사용할 룸메이트를 배정 받는 시간으로 하루를 보내고 두 번째 날부터 본격적인 뉴욕 여행이 시작되었다. 우리가 묵은 호텔은 시내에서 조금 떨어져 있어 시내까지 버스로 한 30분가량 걸렸다.

대부분의 한국 학생들은 1번 버스에 탔고 나는 어쩌다 2번 버스에 타게 되었는데 오히려 다행이라는 생각이 들었다. 이번 여행은 한국 학생들이 너무 많아 가끔씩은 떨어져 있는 것도 좋을 것도 같았기 때문이었다. 그 날은 인원점검을 위해서 버스를 탄 사람들끼리 함께 이동하도록 되어 있었기 때문에 외국 학생들과 얘기를 많이 할 수 있었다. 덕분에 볼리비아에서 온 가브리엘, 오스트리아에서 온 마리오, 그리고 나, 이렇게 3명은 여행 내내 굉장히 친하게 지냈다. 한국 학생들끼리는 만나자 마자 나이와 학년을 따져서 나이 서열을 가리는데 외국 학생들과는 그런 게 없다는 것도 재미있는 점인 것 같다. 그냥 한두 살 차이는 서로 친구다.

버스를 타고 뉴욕 시내로 바로 가는 줄 알았는데, 버스는 선착장에서 우리를 내려주었다. 그 곳에서 유람선을 타고 뉴욕으로 들어가는 코스였다. 뉴욕의 중심인 맨하튼은 수중 터널이 있어 차량을 이용해서 들어 갈 수도 있지만, 유람선으로 가는 방법도 있다. 우리는 관광이 목적이라 허드슨 강의 풍경을 감상할 수 있도록 유람선으로 가는 방법을 선택한 것이다.

유람선을 타고 강 한 가운데에 들어서자, 강물 위에 우뚝 서 있었던 푸른색 동상이 우릴 바라보고 있었다. 그 유명한 자유의 여신상이었다. 자유의 여신상을 배경으로 사진을 찍으려고 했으나 마음처럼 쉽지가 않았다. 우리 인원이 많기도 했거니와 대부분이 강의 전망이 뛰어난 맨 위층에 모여 있었던 탓이었다.

모두 사진을 찍느라 바쁜 상황에서 변수가 된 것은 바람이었다. 서 있던 몸이 날아갈 정도의 바람이 불어서 당시 모자를 쓰고 있던 나는 한 손으로 모자를 잡고 있어야 했기 때문에 사진을 찍기가 힘들었다. 그런 상황에도 어찌 어찌 해서 뉴욕을 배경으로 독사진도 찍고, 한국

학생들끼리 모두 함께 선상 위에서 자유의 여신상을 배경으로 기념사진을 남겼다.

자유의 여신상에서 눈을 떼고 뉴욕을 바라보니 도시가 아름답다는 생각이 들었다. 최신식 고층빌딩은 시내 중심 쪽에 모여 있었는데, 강변을 따라 늘어서 있는 오래된 건물들과 그 빌딩들이 묘한 조화를 이루고 있었다.

### 월 스트리트에 서서

뉴욕에 입성해 처음 들른 곳은 영화 〈맨인블랙(Man in Black, 검은 양복을 입은 남자 두 명이 주인공으로 외계인의 지구 침략에 대응하는 내용을 그린 영화)〉에 나왔던 맨인블랙 본사 건물이었다. 그 건물을 보자 영화에서 봤던 기억이 났다. 그 근처에서 사진을 굉장히 많이 찍었다. 순찰을 돌던 NYPD(뉴욕 경찰)와도 함께 사진을 찍고, 지나가던 잘생긴 행인과도 찍고, 길 한가운데에 있던 황소 조각상을 배경으로도 사진 찍고, 아무튼 미국에 있는 동안 제일 특이한 사진을 많이 찍은 것 같다. 여행에서 남는 것은 사진이라고 했던가? 그래서인지 내가 사진을 찍으려고만 하면 나도 모르는 사이에 옆에

사진만 찍으려면 몰려드는 학생들.

외국인 친구들이 한두 명 꼭 달라붙었다. 친하든 친하지 않든 사진을 찍으려는 포즈만 취하면 여지없이 모여든다. 그 바람에 독사진이 별로 없다.

월 스트리트(Wall Street)와 브로드웨이(Broadway)가 만나는 곳에서 있는 청동 황소 조각상은 매릴린치의 상징으로 많은 관광객의 사랑을 받는다고 했다. 황소의 코 부분은 몸통의 청동 색깔에 비해 유난히 밝은 색을 띠었는데 황소의 코를 문지르면 행운이 온다는 말이 있어 오가는 사람들이 하도 만져서 그렇게 된 것이라고 한다.

더욱이 황소는 월 스트리트에서는 'UP'을 뜻하는데, 황소는 뿔로 받을 때 아래에서 위로 쳐올린다 해서 주가가 오르는 장세를 'Bull Market'이라고 부른다. 반대로 곰은 'DOWN'을 의미해서 위에서 아래로 주가가 내려가는 장세를 'Bear Market'이라고 한다. 월 스트리트라는 이름은 맨하탄 섬에 거주 했던 네델란드인들이 인디언들로부터 자신들의 구역을 보호하기 위해 세운 벽(wall)에서 따온 것에서 생겨났다고 한다.

그 유명한 월 스트리트여서 기대를 잔뜩 했는데 생각만큼 눈에 띄게 번화하지도, 인파가 많이 지나다니지도 않는 거리였다. 얘기해주지 않으면 그 길이 월 스트리트인지도 모르고 지나칠 정도였다. 앞서 걸어가던 학생이 벽 사진을 찍고 있는 모습이 보여서 뜬금없이 벽 사진을 왜 찍는가 싶었는데, 그 벽에 '14번가 월 스트리트'라고 쓰인 동판을 보고서야 이 길이 월 스트리트라는 걸 알았다.

나중에 친구들에게 '월 스트리트가 생각보다 별로였지 않았냐?'고

물었더니, 오늘 월 스트리트를 지나갔었냐고 반문하는 애들이 대부분이었다. 그 만큼 외양상으로는 특별한 볼거리가 없던 미국 도심의 평범한 길이었다. 세계의 경제를 좌지우지하는 금융권의 중심이라는 것이 믿기지 않을 정도였다. 물론 내가 지나간 길이 월 스트리트에서 덜 번화한 곳이었을 가능성이 있기는 하지만 말이다.

월스트리트 표지판.

뉴욕의 거리 관광 중 가장 인상적이었던 곳은 예전 쌍둥이 빌딩이 있던 자리다. 현재 그 자리는 9.11 메모리얼 파크(9.11 Memorial Park)로 조성되어 있다. 빌딩이 있던 자리를 9.11 테러를 기억하고 희생자의 넋을 위로하기 위해 추모 공원으로 만든 것이다. 공원 내에는 네모 모양으로 폭포를 만들어 놓고, 그 주위에다 희생자의 이름을 명판에 새겨 놓았다. 명판을 보던 중 특이한 점을 하나 발견하게 되었는데 몇몇 사람들 이름 위에만 하얀 꽃 한 송이가 놓여 있는 것이었다. 가이드한테 물어보니 그 꽃은 그 사람들의 생일을 기념하기 위한 것이라고 했다. 나는 프리덤 타워(Freedom Tower)라고 불리는 건물이 무너진 무역센터 건물 자리에 새롭게 세워진 건물로 알고 있었는데, 그 자리에는 추모 공원 및 기념관이 세워져 있고, 그 옆의 새로운 자리에 세워져 있다는 사실을 이번에 알았다. 이곳에서는 왠지 숙연해져서 웃는 얼굴로 사진도 찍을 수가 없었다.

## 미국은 여행도 독립적으로

미국에선 십대들의 여행도 상당히 독립적이었다. 학생들끼리 다닐 수 있는 자유 시간을 아주 많이 주어서 너무 좋았다. 짜인 일정에 맞게 줄줄이 가이드를 따라다니면서 설명을 듣는 것 아니라, 가이드는 주변에 있는 볼거리를 간략히 설명해 주고 우리끼리 알아서 찾아다니며 구경하는 방식이었다. 보통 한 장소에 도착하면 두세 시간의 자유 시간이 주어졌는데, 마음 맞는 몇 명과 한 팀이 되어서 서로 의논해서 가보고 싶은 곳만 골라서 가고, 배고프면 원하는 식당에 들어가서 밥을 사먹기도 하면서 자유로운 여행을 즐겼다.

꽤 복잡한 차이나타운에 가서도 점심시간을 포함해서 자유 시간을

브루클린 브릿지에서 한국학생들끼리 YOLO 모자를 쓰고.

3시간 반이나 가졌는데 주변에서 쇼핑도 하고 밥도 먹는 시간이었다. 사방에서 들려오는 중국어 때문에 마치 중국에 온 듯한 착각이 들기도 했다. 중국음식으로 점심을 해결하고 차이나타운 인근의 쇼핑센터에서 한국 학생들끼리 YOLO 모자를 같이 사서 썼다.

YOLO는 "You Only Live Once"의 축약어로 삶은 오직 한번뿐이라는 의미를 가진 말이다. 원래 이 말은 드레이크(Drake)라는 래퍼가 부른 Motto에서 따온 말인데, '최선을 다해 인생을 살아라' 라는 의미로 시작되었다가, 점차 '한번뿐인 인생 하고 싶은 걸 하면서 즐겨라' 라는 의미로 변질되면서 어른들은 YOLO=Stupidity(멍청함)이라고 인식하기도 한다고 했다. 하지만 우리는 말 그대로의 원래 뜻이 좋았다.

차이나타운 주변에서 아이스크림을 먹으며 휴식을 취한 뒤, 천천히 다음 계획을 세우기 시작했다. 그렇게 해서 정해진 곳은 브루클린 브릿지(Brooklyn Bridge). 다리의 양 가장자리로 차들이 다니고, 가운데를 사람들이 걸어 다닐 수 있도록 인도를 만들어 놓은 다리로 브루클린과 맨하튼을 연결하는 다리다.

관광 코스로도 유명한 곳인데 다리를 건너는 데만 걸어서 30분이 넘게 걸린다고 해서 우리는 1/3지점까지만 가 보았다. 경치를 구경할 수 있도록 전망대가 마련되어 있었는데 주말 치고는 사람들이 별로 없었다. 도로 위를 서행하는 차량들이나 인도를 걷는 우리들의 속도나 별반 차이가 나지 않아 이 다리를 건널 때면 자전거를 이용하는 편이 훨씬 빠를 것 같았다.

사람들이 걸어 다니는 이곳저곳에서는 관광객을 대상으로 캐리커

처를 그려주거나 생수를 팔기도 했다. 특히나 전망대에서 보는 허드슨 강과 뉴욕의 마천루가 그려내는 풍경은 세상 어느 곳에 가도 볼 수 없는 이곳만의 풍경이다.

### 코리아타운에서 냉면을

다음 목적지는 미국에서 가장 유명한 백화점, 메이시(Macy' s)로 잡았다. 아이오와에서는 Macy' s 백화점이 없었는데 TV광고에서 메이시 백화점이 들어온다는 소식을 듣고 굉장히 좋아하던 여학생들 모습을 보며 'Macy' s 백화점이 굉장히 유명한 곳인가 보구나' 하는 생각만 했었다. 미국 내에서도 뉴욕의 Macy' s 백화점이 가장 크고 유명해서인지 같이 간 여학생들이 너무 좋아했다. 교환학생의 주머니 사정이야 뻔해서 그냥 구경만 해야 하는데도 말이다.

백화점 주변에서 또 자유시간이 생겼다. 백화점에서 다시 만난 재권이와 수빈이, 그리고 성민이형과 한 팀이 된 우리 넷은 함께 이곳저곳을 다니다 주변에 엠파이어 스테이트 빌딩이 있다는 이야기를 듣고 그쪽으로 향했다. 기념사진도 찍었지만 꼭대기 층까지 올라가지는 않았다. 예감에 왠지 입장을 위한 대기 줄이 굉장히 길 것 같았고, 입장료도 비쌀 것 같은 느낌이 들었는데 역시나! 나중에 다른 친구 말을 들어보니 올라갈 때 두 시간 넘게 기다렸고, 입장료는 5만 원 정도라고 했다.

우리 한국 교환학생 팀은 전망대 대신 주변의 코리아타운으로 향했다. 때마침 저녁시간이라 오랜만에 한국 음식을 먹어보자는 의견이 모아졌는데, 식당에서 메뉴판을 보다가 눈이 동그래져서 서로 얼굴을 쳐다봤다. 아무리 타지에서 파는 한국 음식이라지만 냉면이 1만 5천원, 갈비탕이 2만원씩이나 하는 거였다. 너무 비싸다는 생각이 들었지만 어쩔 수 없이 평소에 가장 먹고 싶었던 냉면을 주문했다. 이윽고 기다리던 냉면이 나왔고 마파람에 게 눈 감추듯 한 그릇을 후딱 해치웠다. 그렇게 훌륭한 맛은 아니었지만 그래도 한국 음식을 먹었다는 사실에는 다들 만족해했다. 하지만 서비스가 엉망이었는데도 무조건 팁을 강요하는 종업원의 모습에 이러면 손님들의 발길이 끊어질 텐데 하는 아쉬움도 남았다.

## 야밤 호텔 탈출 대작전

개별 여행을 마치고 호텔에 도착했을 때는 밤 10시경 이었다. 가이드는 다음날 기상시간과 우리의 Curfew(통행금지시간)를 알려주고, 호텔 바깥으로 나가지 말라는 경고와 함께 우리에게 또 자유 시간을 주셨다. 하지만 우리의 curfew는 11시, 가이드로부터 내일 일정과 숙소에서의 주의사항을 듣는데 30분 이상이 걸려 정작 남은 시간은 20분 정도 밖에 없었다.

하고 싶은 일은 많은데 20분이란 시간은 턱 없이 부족했다. 결국 새벽에 호텔을 탈출하기로 마음먹고 헤어져서 방으로 돌아갔다. 우리들의 방은 호텔의 한 층에 모두 모여 있었는데 호텔의 복도가 일직선으로 되어 있고 복도 중간에서는 Security 선생님이 한 분이 감시를 하고 계셨다. 경계는 삼엄했다. 일단 복도에만 나가면 묻지도 따지지도 않고 바로 들어가라고 하시니 호텔 탈출은커녕 다른 방으로의 이동도 할 수 없는 상황이었다. 그저 자기 방에 조용히 있는 수밖에 없었다.

'오늘은 이대로 포기하고 잘 수밖에 없겠구나......' 생각하고 있을 때 옆방 친구 재권이가 전화했다. 잠깐 충전기 좀 빌리러 가도 되겠냐는 것이었다. 그때 갑자기 좋은 아이디어가 떠올랐다. 충전기를 빌려줄 테니 방 키를 가지고 오라고 한 다음 그 키를 받았다. 재권이가 돌아간 후 얼마쯤 뒤에 나는 같은 방을 쓰던 성민이 형과 같이 복도의 음료수 자판기까지 갔다가 돌아갈 때 미리 받은 키로 재권이 방으로 들어갔다. 우리가 있던 방은 복도의 끝 쪽에 있었기 때문에 잘 구분이 안 된다는 점에 착안한 방법이었는데 성공이었다.

그 방에서 우리는 호텔 탈출 계획은 포기한 채, 새벽까지 얘기를 나눴다. 수빈이가 호스트 때문에 고생했던 일을 얘기할 때는 남의 일 같지 않았는데, 수빈이는 아무도 호스트를 바꿔주려고 하지 않아서 끝까지 버틸 수밖에 없었다는 말에 마음이 아팠다. 그렇게 우리는 새벽까지 얘기하다 다음날 일정 때문에 잠깐 눈을 붙였다.

**뉴욕관광, 바쁘다 바빠!**

다음날은 더 바쁘게 움직였다. 사실 보는 것 보다는 무심코 지나치는 것이 많다고 느꼈기 때문이다. 그 날 UN건물과, 미국에서 가장 유명한 NBA 경기장이라고 하는 Madison Square Garden은 지나가면서 구경했다. 그 날 우리의 관심은 센트럴 파크, 워싱턴 파크, 센트럴 스테이션 등등 영화에서 많이 보던 장소들이었다.

우선 워싱턴 파크에 먼저 갔다. 워싱턴 파크에서는 역사적인 유래에는 관심이 덜했고, 어떤 신사분이 직접 가지고 온 피아노로 멋지게 연주하는 모습에 취해서 한동안 감상했던 기억이 더 난다. 옆에는 누구나 칠 수 있도록 피아노 한대가 놓여 있었는데 내가 먼저 슬쩍 자리에 앉아 이루마의 'River flows in you' 라는 곡을 연주했다. 이 곡은 미국에서 언제고 연주할 기회가 있을지 몰라서 한국에서 나름대로 연습해 놓았던 곡인데 이런 곳에서 그 진가를 발휘할 줄 누가 알았으랴! 내가 먼저 나서서 피아노를 치자 다른 학생들 몇 명도 용기를 내서 피아노를 연주했다.

미국에서는 피아노를 칠 줄 알면 잘치고 못 치고를 떠나서 피아니스트라고 한다는 말이 맞는 것 같다. 한명 한명이 피아노를 칠 때마다 주위의 사람들이 아낌없는 박수를 보내 주었다.

센트럴 파크에서는 사람들이 돗자리를 펴고 자유롭게 일광욕을 하는 모습이 인상적이었다. 남녀노소 상관없이 몇 백 명이나 되는 사람들이 돗자리 하나씩을 펴고 줄지어 엎드려 있는 모습을 보니 좀 웃기기도 했고, 그 바쁘다는 뉴욕의 이면에는 이렇게 여유로운 모습도 있구나 하는 생각이 들었다.

센트럴 파크에는 볼거리가 많았다. 길거리 공연을 하는 사람들도 있었고, 동전을 던져 소원을 비는 분수대 등 유명한 명소들이 많았다. 〈나홀로 집에〉라는 영화에서 본 기억이 나서 조금은 낯익은 장소들을 숨은 그림 찾기 하듯 찾아보는 것도 재미있었다. 여기서 우리는 처음으로 단체사진을 찍었다.

백여 명이 넘는 학생들이 함께 찍는 사진이라 오래 걸릴 줄 알았지만 생각보다 서로 호흡이 잘 맞아서 짧은 시간 안에 끝낼 수 있었다. 아마도 다음 목적지에 대한 기대 때문에 빨리 가보고자 하는 마음이 공통적으로 있었기 때문이 아니었을까 싶다. 다음 목적지가 바로 세계에서 가장 큰 Candy shop이었기 때문이다.

Dylan' s Candy Shop은 세계에서 가장 큰 Candy shop으로 3층 건물 전체를 사용하고 있었다. Candy shop답게 데코레이션도 모두 사탕모양으로 되어있고 매장 안에는 단 내음이 공간을 가득 채우고 있었다. Candy shop을 나와서 애니메이션 〈Madagascar〉에서 주인공 사자와 꼬부랑 할머니의 격투 장면이 있었던 센트럴 스테이션의 실제 모습을 살짝 보고 난 다음, 개인적으로 정말로 가보고 싶었던 타임 스퀘어로 향했다.

오후에 도착한 타임스퀘어는 이미 사람들로 가득 차 있었지만 타임스퀘어만의 독특한 매력을 풍겨내고 있었다. 밤이 되자 사방이 화려한 조명으로 밝혀진 가운데 코스튬을 입은 사람들로 넘쳐났다. 잡지 화보를 찍는 모델, 심지어 뉴욕에서 가장 유명하다는 발가벗은 카우보이도 보았다. 타임스퀘어에서 사진도 찍으면서 오래 구경하고 싶었지만 사람들이 너무 많이 다니다 보니 가만히 서있는 것도 힘들었다.

결국 사람들에게 조금씩 떠밀리며 안쪽으로 들어가게 되었는데 그곳에는 뉴욕 맥도날드, 토이저러스 같이 한국에서도 낯익은 가게가 있었다. 하지만 규모가 달랐다. 토이저러스에 딱 들어갔을 때는 '와~ 역시 뉴욕에 있는 것은 뭔가 다르긴 다르구나' 하는 생각이 들었다.

헐크의 코스튬을 한 사람과 한 컷!

4층짜리 건물을 가득 메운 장난감들을 보며 왠지 모르게 다시 어린 시절로 돌아간 것 같은 기분이 들었다. 뭔가 기분이 좋았다. 2층으로 올라가보니 동생이 정말 좋아하는 미니언 캐릭터 인형(〈슈퍼 배드〉라는 애니메이션 영화에 등장하는 캐릭터)이 있었다. 보자마자 달려가서 딱 하나 남아있던 인형을 집어 들었다. 내가 가져 간 지 10초도 되지 않아 그 인형이 다 팔린 것을 보고 아쉬운 발걸음을 돌리는 사람을 보았다. 그때의 그 성취감이란! 이렇게 즐거운 시간을 보내며 뉴욕의 마지막 밤이 깊어가고 있었다.

뉴욕 여행 교환학생 단체사진.

### 뉴욕에서 다시 윈터셋으로

바쁘게, 또 너무도 알차게 보낸 4일간의 뉴욕여행을 마치고 다섯 시간의 비행 후에 윈터셋에 도착했다. 공항에는 호스트엄마가 마중을 나와 계셨다. 집으로 돌아가면서 뉴욕의 이런 저런 이야기도 들려드리고 뉴욕에서 사온 선물도 드렸더니 굉장히 좋아하셨다.

선물은 뉴욕에서 파는 Name plate라는 것이었는데, 주마다 특색이 있는 자동차 번호판에 사람들의 이름이 적혀있는 기념품이었다. 여행 마지막 날까지 무슨 선물을 드려야 할까 고민에 고민을 하던 중 이 선물로 최종 결정했는데 호스트 부모님의 이름이 흔한 이름이 아니라 찾는데 좀 힘이 들긴 했다. 하지만 '기필코 이 이름들을 찾아내고 말리라' 는 집념을 발휘해 두 분의 이름을 결국 찾아냈다.

준비한 선물을 드리고 데빈과 시간을 보내던 중 호스트부모님이 방으로 들어오셨다. 한국으로 돌아가기 전 마지막 날 저녁은 나만을 위한 요리를 준비해 주겠다고 하시면서 무얼 먹고 싶으냐고 물어보셨다. 아! 벌써 윈터셋을 떠나야 할 시간이 다가온 것이다. 조금 마음이 울컥했지만 가장 맛있게 먹었던 스파게티를 해달라고 대답했다.

정말 요리를 잘 하시는 호스트 아빠라서 기대를 하기는 했지만, 이제까지 먹었던 스파게티와는 완전히 다른 차원의 스파게티가 놓여있었다.

아침에 신선한 토마토를 직접 사와서 소스를 만드시고, 미트볼에다가 내가 좋아하는 치즈까지! 심지어 면도 너무 쫄깃해서 어느 호텔에서 먹었던 스파게티와도 비교되지 않게 훌륭한 맛이었다. 심지어 양도 무척 많아서 정말 배가 터질 때 까지 먹고 또 먹었다. 두 달을 남겨 두고 새로운 호스트가족이 되어주신 것도 감사한데 이렇게 애정을 듬뿍 주셔서 정말 두 분께 너무 감사했다.

**또 하나의 가족!**

어려운 일을 겪은 다음에 만나는 사람과 더 친해지는 법이라고 했던가? 다니엘과의 문제로 옮기게 된 데빈네 가족은 모든 식구가 나랑 너무 잘 맞았다. 데빈네 집의 지하실도 레이철의 고모 댁과 마찬가지로 완전히 놀이 공간으로 꾸며져 있었는데, 주말이면 대학생인 데빈의 형이 집에 오기 때문에 항상 같이 지하실에 모여서 놀았다.

데빈네 집에는 딱 하나의 규칙만 있었는데, 일요일부터 목요일까지는 밤 11시가 되면 무조건 자야한다는 것이었다. 숙제가 있어서, 또는 시험이라서 좀 더 있다가 자겠다는 말은 통하지 않는다. 숙제나 공부는 학교를 다녀와서 저녁시간에 하는 것이기 때문에 밤 늦게까지 붙들고 있어서는 안 된다는 것이 그 이유였다. 대신에 금요일과 토요일은 밤을 새워도 된다. 공부를 해도 되고 밤새 놀아도 된다.

지하실에는 대형 TV, 게임기, 컴퓨터는 물론 침대도 하나 있고, 푹신한 소파도 있어서 놀다가 그곳에서 그냥 잠들곤 했다. 형도 아빠처럼 한국에 대해 관심이 많아서 얘깃거리가 부족한 적이 없었다. 이곳에서 머문 두 달여의 시간이 정말 빠르게 지나갔다.

내가 한국으로 돌아와야 될 즈음에 부모님께서 나를 부르셨다. 혹시, 한국의 가족이 미국에 올 일이 있으면 같이 집에 들러줄 수 있냐며, 당신들도 만약 외국을 간다면 한국을 가보고 싶다. 이미 우리가 가족이 되었으니 만약에 한국에 가게 되면 한국의 가족과 함께 여행을 다니는 것도 재미있을 것 같다고 말씀하시는 것이 아닌가? 덧붙여서 만약 미국에서 더 공부할 생각이 있으면, 우리 집에 와 있어도 되고, 다른 곳에 있으면 데리러 갈 테니 우리 집에 와서 며칠 놀다가라며 미국에 다시 올 때는 꼭 연락하라는 것이 골자였다. 그 말을 듣는데 하마터면 눈물이 날 뻔했다.

이렇게 나의 교환학생 생활은 잊지 못할 추억을 남기며 지나갔다.

학교 친구들이 써 준 손 편지들.

Happy Birthday to you!
Hope you are have a WONDERFUL
Time in America! Happy $16^{th}/18^{th}$ Birthday!
Your the best exchange student ever!

Happy Birthday!
I hope you have a wonderful Sweet
16 Sungjun! I love you!

-love Rachel

레이철이 생일에 써준 손 편지. 미국 학생들은 마음을 전할 때
아직도 손 편지를 많이 이용한다.

International Student Exchange

교환학생 지역관리자의 손 편지.

## 손 편지 내용

Sungjun,

I have enjoyed getting to know you our this past year. you are a bright kid and I' m sure your future will provide great achievement.

I hope you have enjoyed your time in the United States as a foreign exchange student with ISE.

Even though there was some difficulties with your first host family, I know you will be missed greatly by both of them.

Cherish the memories you have from those families, school, and all of the friends you' ve made.

Those are experiences many are not fortunate to have.

Gonna miss ya kiddo!

Anne Wooters

**HIGH SCHOOL OFFICE**
624 Husky Drive – Winterset, IA 50273-0030
Phone – 515.462.3320 – Fax – 515.462.2178

Mr. Lee Schipull, Principal
Mr. Randy McDonald, Assistant Principal/Activities Director

May 27, 2014

To Whom It May Concern:

I am writing to you on behalf of SungJun Kim. Currently I am teaching the Advanced Computer Applications class for which SungJun is enrolled. This class focuses on advanced features and applications of Word, Excel, and PowerPoint. SungJun is a hard working and bright student. He manages his time well and always completes his work on time or early. His work is very accurate with little to no errors. He is a pleasant student and respects his teachers. I have enjoyed having him in class.

I am also SungJun's club Advisor for FBLA (Future Business Leader's of America). SungJun has been an active participant in the organization. He helps out when ever possible. He recently participated in state competition and his team placed 2nd in Global Business. His team qualified to go on to National FBLA Competition in Nashville, TN this summer. He presented himself very professionally in the competition and was in integral part in his team's success.

I wish SungJun all the best in his future. He has been a great role model for our younger students and will be successful in his future educational endeavors.

Sincerely,

Joyce Howland
Business & Technology Instructor
Winterset High School

**BOARD OF EDUCATION**

C. Jeff Nicholl, President — Michael Motsinger, Vice President — Brenda Clifton, Director — Karen Brookhart, Director — Kelly Cain, Director

FBLA Club의 지도 선생님 추천서.

Winterset Senior High School

Athletic Award

This certifies that

SUNGJUN KIM

has been awarded the PARTICIPATION award

in

BASKETBALL

for the season of 2013-2014

Coach

Principal

Athletic Director

농구를 이수한 확인서.

# Part 2

## 성준이 엄마가 공개하는 영어 교육법

# 1장 성준이의 놀라운 영어실력 비결은?

## 1. 성준이는 이런 아이였다

### ▶▶▶ "왜?" 라는 질문이 많은 아이

성준이는 한마디로 "왜?" 라는 질문이 많은 아이입니다. 아마도 호기심이 많은 아이였기 때문이 아니었을까 싶습니다. 아빠나 저나 그런 질문에 항상 대답해주려고 노력했지만 때로는 대답하기 힘든 질문들도 있었습니다. 그럴 때는 "생각 좀 해보고 대답해줄게"라고 한 후 나중에 대답을 해 주기도 했지만 "왜?" 라는 질문이 계속 이어지는 질문이 쏟아져 나오면 대답을 해주느라 곤욕을 느끼기도 했습니다.

예를 들면 이런 식이에요.

성준 : 엄마 공부는 왜 해야 돼?

엄마 : 네가 하고 싶은 일을 마음껏 하려면 많이 알아야 되니까 공부를 해야지.

성준 : 그럼 난 자동차에 관한 일을 하고 싶은데 왜 다른 공부까지 해야 돼? 그냥 자동차에 관한 공부만 하면 되지 않아?

엄마 : 자동차에 관한 일도 많잖아. 자동차 만드는 사람도 있고, 자

동차로 경주하는 사람도 있고, 자동차를 고치는 사람도 있고, 그리고 하는 일에 따라 과학지식이 많이 필요할 수도 있고, 수학지식이 많이 필요할 수도 있고, 또 전문가가 되려면 영어로 된 전문서적도 많이 봐야 하니까 영어도 필요할 수 있고……. 그러니까 다양한 분야에 대한 공부가 필요하지. 그런데 먼저 내가 어떤 일을 하고 싶은지 정확하게 판단하기 위해서는 여러 가지 사전 지식이 있어야 하니까 먼저 다양한 공부를 해봐야 알 수 있을 것 같은데?

성준 : 그렇겠네. 그럼 영어를 잘하면 왜 좋아? 나는 한국에서 살 건데?

엄마 : 미래의 일을 어떻게 지금 확실히 알 수 있겠니? 혹시 네가 외국에서 살게 될 지도 모르잖아? 그리고 한국에서 살아도 모두 한국말로 되어 있는 건 아니잖아? 영어로 되어 있는 것도 많고, 앞으로는 외국 사람들과 만나는 일이 지금보다 훨씬 많아질 거잖아. 생각해봐 네가 미국 사람들과 협상을 하는데, 그 사람들은 영어 밖에 모르고 너는 한국말과 영어를 할 수 있어. 그러면 그 사람들 앞에서 다른 사람과 한국어로 의논을 하면서 협상을 할 수도 있잖아? 그러면 누가 유리하겠어?

성준 : 당연히 내가 유리하겠지. 그럼 기분 나쁠 때는 내가 한국말로 욕해도 미국 사람들은 모르겠네.

엄마 : 욕은 표정이나 느낌으로도 전달이 될 거 같은데?

성준 : 그럼 웃으면서 욕하면 모르겠네. 하하하

성준 : 엄마 내가 책 보는 걸 좋아하잖아? 그런데 책을 많이 보는 게 좋은 거야?

엄마 : 당연히 좋은 거지?

성준 : 왜 좋은 건데?

엄마 : 책을 볼수록 네가 알아가는 말들이 점점 많아지지 않니?

성준 : 그런 거 같아. 그게 다야?

엄마 : 아니. 책을 통해서 우리가 경험하지 못하는 많은 일들을 간접적으로 알게 되니까 좋지.

성준: 간접적이 무슨 말이야?

엄마 : 다른 사람의 경험을 이야기를 통해서 너도 알 수 있게 된다는 뜻이야.

성준 : 그럼 왜 내가 다른 사람의 경험을 아는 게 좋은 거야?

엄마 : 세상은 너 혼자 살아가는 게 아니잖아? 그러니까 다른 사람들과 함께 살려면 서로 이해를 해야 사이좋게 지낼 수 있지 않겠어? 그리고 다른 사람은 어떤 경험을 한 사람인지 알게 되면, 좋은 것은 배우고, 나쁜 것은 하지 말아야겠다는 마음을 먹을 수도 있고, 그래서 좋을 거 같은데?

성준 : 그렇겠네.

이렇게 성준이는 자기의 궁금증이 해소되기 전까지는 계속해서 질문을 하는 아이여서 때로는 피곤할 때도 있었습니다.

### ▶▶▶ 좋아하는 일에 집중력을 보이는 아이

성준이가 좋아하는 장난감은 지금까지도 자동차입니다. 보통 남자 아이들은 나이가 들수록 자동차에서 로봇으로 좋아하는 장난감이 진화(?)한다고 합니다. 그 때부터는 본격적으로 돈이 든다고도 하고요. 로봇은 아무리 싸도 한 5만 원 정도 하니까요. 그런데 성준이는 오로지 자동차입니다. 오히려 장난감의 크기가 점점 작아져서 집 안이 온통 자동차입니다.

흔히 '핫휠' 이라고 불리는 자동차인데, 실제 자동차를 아주 작게 축소해 놓은 모형도 있고 존재하지 않는 가상의 차를 작게 만들어 놓은 자동차도 있습니다. 보통 1개에 1,500~2,000원 정도 하는 가격대의 자동차를 모으는 게 취미였습니다.

컴퓨터 게임도 주로 자동차에 관한 게임을 했습니다. 우리 집은 컴퓨터 게임은 주말에만 한다는 규칙이 있었고, 그것도 토요일과 일요일 합쳐서 2시간으로 정해져 있습니다. 실제로는 조금 더 시간을 줘서 3시간 정도를 하고는 했습니다. 이를 어기고 주중에 게임을 하다 걸리면 2주 동안은 게임을 할 수 없다는 조건도 있었고, 그래서인지 우리 아이들은 주말에 게임을 할 때 집중력이 대단합니다.

초등학교 6학년 때였던 것으로 기억합니다. 성준이가 평소에 즐겨하던 온라인 게임이 '카트라이더' 라는 게임이었습니다. 어느 날 갑자기 성준이가 게임 대회를 나가고 싶다고 했습니다.

처음에는 말도 안 되는 얘기라고 생각해서 웃고 넘겼었는데, 성준이가 며칠 동안 기운 없어 하는 모습을 보여서 '왜 그 대회에 나가고 싶어? 하고 물어봤습니다. 그랬더니 자기가 소속된 '길드' 가 있는데 그 곳에서도 자기의 실력이 상당히 높은 편에 속하고, 길드의 회원들이 자기에게 대회에 한번 참가해보라고 추천을 했다는 것이었습니다. 게임이 꼭 나쁜 것만은 아니며 자기는 게임을 하는 동안 키보드 타이핑 속도가 굉장히 빨라졌으니 장점도 있으니까 게임 하는 걸 나쁘게만 보지 않았으면 좋겠다는 주장이었습니다.

결국 아빠랑 타이핑 시합을 해서 이기면 대회에 나가는 걸로 합의를 했습니다. 게임 대회에 나가는 게 마음에 들지 않았던 저는 아빠가 컴퓨터를 잘 하니까 이렇게라도 포기를 시키려는 나름의 묘책이었습니다. 하지만 결과는 성준이의 승리였습니다.

'초등학생이 잘해 봤자' 라고 우습게 생각했는데, 분당 500글자를 넘게 타이핑을 하는 걸 보고 허락을 하지 않을 수 없었습니다. 그때 대회까지는 2주 정도 남아 있었는데, 이 기간 동안은 매일 2시간씩 연습하는 걸 허락했고, 아빠는 대회에 참가할 바엔 제대로 한번 해보라며 게임 전용 키보드를 선물로 주었습니다.

대회는 온라인상에서 일정기간 동안 게임의 승률로 예선전이 치러졌고, 여기서 통과된 사람들은 지정된 대회 장소에서 1차 본선이 진행이 되었습니다. 1차 본선에서도 통과된 선수들은 2차 본선에 참여하게 되고 이렇게 통과된 선수들이 최종본선에 참가를 하게 됩니다. 최종본선은 여러 날 동안 진행되며, 온게임넷이라는 케이블 TV에서 생중계를 했습니다. 이 대회는 프로게이머와 아마추어 게이머들이 함께 참여를 하는 대회였기 때문에 흔히 밥만 먹고 나서 게임만 한다는 프로게이머들과는 아예 상대가 되지 않을 거라고 생각했는데, 성준이가 2차 본선까지 진출을 하는 성과(?)를 보인 것입니다. 최종 대회 직전에 탈락하기는 했지만 사실 기대하지 못했던 성과였고 자신도 만족해 했습니다.

그 후 프로게임 구단에서 프로게이머로 스카우트 제의를 받기도 했었는데 2주 동안 매일 대회준비를 하다 보니 그냥 재미로 하던 것과는 달리 너무 힘이 들었다며 자기는 그냥 취미로 게임을 하는 게 더 오랫동안 재미있게 게임을 즐길 수 있을 거 같다며 거절을 했습니다. 이후 온게임넷에서 성준이와 우리 가족을 취재해 방송에 내보내기도 했고, 가족 대항 게임 TV방송에 초대를 받아서 참가를 하기도 하는 등, 성준이 덕에 가족들이 방송을 타기도 했었기에 재미있는 기억으로 남아 있습니다. 그 짧은 기간 동안 연습해서 그런 결과를 냈다는 것에 게임대회 주최 측에서도 놀라움을 표했고 이슈가 되기도 했지요. 이렇게 자신이 원해서 하고 싶은 일에는 대단한 집중력을 보이는 아이가 성준이입니다.

한번은 이런 일도 있었습니다. 성준이가 교환학생으로 미국에 가기 전이었습니다. 미국 학생들은 저마다 악기 하나씩을 다룬다고 하는데, 자기는 특별히 잘 다루는 악기가 없는 것 같다며 피아노를 연습해야겠다는 것이었습니다. 사실 성준이는 3년 넘게 피아노를 배웠는데 그다지 흥미를 느끼지 않았었고, 그래서 제대로 연주할 줄 아는 곡이 없었습니다.

그러더니 자기는 이루마의 피아노 연주가 좋으니 이루마의 연주곡 중 하나라도 연습해서 가야겠다면서 'River flows in you' 라는 곡의 악보를 구해서 원곡을 듣고 악보에 표시를 해가면서 연습을 하는 것이었습니다. 3년 넘게 피아노를 배운 것 보다 보름 정도 연습을 한 성과가 더 좋았던 것 같습니다. 가족 앞에서 멋들어지게 연습한 곡을 연주하는 걸 보면서, 다시 한 번 느낀 것은 '성준이는 자기가 하고 싶은 일에 대한 집중력이 대단하구나! 하는 것이었습니다.

### ▸▸▸ 호기심이 많은 아이

우리 어른들은 잘 모르는 말이지만, '루팅(rooting)' 이라는 용어가 있습니다.

성준이의 말에 의하면 루팅이란 스마트폰의 운영체제 프로그램을 수정해서 화면 구성과 기능을 자기 마음대로 고치는 행위를 말한다고 합니다. 성준이가 사용했던 스마트폰은 삼성 갤럭시 제품이었는데, 성준이는 자기의 스마트폰을 전 세계에 하나뿐인 스마트폰으로 구성을 바꿔서 사용했습니다. 인터넷에서 스마트폰의 구성을 바꿀 수 있다는 정보를 접하고는 모임에 가입해서 다른 사람이 올

린 자료도 받고, 자기가 만든 자료도 올리는 등 활동을 하면서 자기만의 스마트폰을 만들어 사용을 했습니다.

이렇게 하면 고장 났을 때 A/S를 받을 수 없다고 해서, '그러다 고장 나면 어떻게 하려고?' 라고 하니 기계적으로 고장 난 게 아니면 자기가 고쳐서 쓸 수 있으니까 걱정하지 말라는 것이었습니다. 그래서 고장 나서 못 써도 어차피 네가 불편한 거니 알아서 하라고 했습니다. 한동안을 게임도 안하고 루팅에 집중하면서 지내더니 이제 갤럭시 스마트폰은 자기 손바닥에 있다면서 다른 사람들이 자기가 올린 자료로 루팅을 배우고 있다면서 스스로 만족해하는 것 같았습니다.

성준이가 미국에 교환학생으로 가 있던 기간 중에 이런 성준이의 루팅 실력이 빛을 발휘한 적이 있었습니다. 한 여학생이 갤럭시 폰을 사용하던 중 고장 나서 멀리 디모인 시내에 있는 A/S센터를 방문했더랍니다. 하지만 A/S 센터에서는 자기네가 고칠 수가 없으니 새로 바꾸는 게 좋겠다고 했답니다. 그 여학생은 그 안에 있는 사진들과 구매해 놓은 음악들을 잃어야 한다는 사실에 안타까워했는데 성준이가 그 갤럭시 폰을 원래 사용하던 그 상태 그대로 살려서 건네주었다고 합니다.

미국의 엔지니어들도 해결하지 못한 문제를 해결한 이후로 성준이는 한국에서 온 천재로 학교에 소문이 나기도 했다고 합니다. 이렇듯 성준이는 자기가 관심이 있는 게 있으면, 자기가 만족할 때까지 스스로 알아보는 호기심 왕성한 아이입니다.

### ▸▸▸ 사교육을 모르는 아이

우리 부부는 한국에서 과도하게 이루어지고 있는 사교육을 그리 좋아하지 않습니다. 사교육이란 공교육에서 부족한 부분을 메워주는 보조 역할을 해야 한다고 생각하는데, 지금은 오히려 사교육이 공교육을 이끌어가고 있고 학교에서도 공공연히 아이를 학원에 보내기를 종용합니다. 그렇지 않으면 뒤쳐진다고 조언 하는 교사들도 많은 것이 사실입니다.

성준이는 이러한 국내의 보편적인 교육 풍토에서 보면 사교육에 청정한 아이입니다. 성준이가 자진해서 학원에 보내달라고 한 건 중학교 때가 처음이었습니다. 수업 보강도 해야겠고 친구들이 모두 학원을 다녀서 같이 놀 친구들이 없어서 심심하다는 것이 그 이유였습니다. 한 2~3달 정도 다니더니 학원을 그만두겠다고 했습니다.

자기는 학원하고 맞지 않는 것 같아서 학원에 돈을 내는 게 아깝다는 것이 그 이유였습니다. 원래 우리 가족은 무엇을 강요해서 시키는 편이 아니라서 스스로 판단해서 결정하라고 했고 성준이는 곧 학원을 그만두었습니다.

성준이가 학교 수업을 보충하기 위해 다닌 학원은 이게 전부였습니다. 성준이는 주로 예체능 쪽 학원에 다녔었는데 흔히 다니는 피아노, 태권도, 레고 같은 것도 배웠고 다른 아이들이 잘 하지 않는 탁구, 드럼 같은 것도 학원에서 배웠습니다.

하지만 학원에서 배운 것 보다는 자기가 좋아서 하는 축구, 농구 같은 운동을 더 잘하고 더 좋아합니다.

'너는 왜 학원에서 배우는 것에 별로 재미를 느끼지 못하냐' 고 묻는 질문에 성준이의 대답은 '배우다 보면 무언가 직접 해보고 싶은 욕심이 생기는데 학원에서는 그걸 가르쳐주지 않는다' 는 것이었습니다. 즉, 학원에서는 정해놓은 과정을 벗어나서 학생이 해보고자 하는 걸 시도하도록 놔두지 않는다는 것이었습니다. 이렇듯 성준이는 학원과 친해지기 힘든 성향을 가진 아이였고 그 성향에 맞게 사교육과는 거리를 두고 자란 아이입니다.

### ▸▸▸ 여행을 좋아하는 아이

성준이는 여행을 좋아합니다. 자기는 학원을 다니지 않으니까 그 돈을 모아서 여행을 가자는 것입니다. 남들은 본격적으로 공부하느라 바빠진다는 중학생 시기에 성준이는 오히려 여행을 더 많이 다녔습니다. 어차피 여행을 갈 바에는 차라리 해외 경험을 시켜서 시각을 넓혀주는 것이 좋겠다는 생각에 가능하면 해외로 여행을 다녔습니다.

중국 상해는 가족 배낭여행으로 다녀왔는데, 패키지 관광에서는 가기 힘든 곳들을 시간 제약 없이 다닐 수 있어서 좋았던 것 같습니다. 그곳에서 성준이는 한국의 자동차를 모방해서 만든 소위 짝퉁 자동차 찾는 재미에 한참을 빠져 있었는데, 한국보다 덜 발전되었으리라고 생각했던 상해의 발전된 모습에 깜짝 놀랐고, 중심가 곳곳을 관광 상품으로 개발해 놓은 중국의 상술에 또한 감탄해 하던 모습이 기억납니다.

중국 서안은 진시황제의 병마용을 보면서 그 크기에 놀라기도 했지만 병마용을 만들기 위해 얼마나 많은 사람들이 동원되고 죽어갔는지에 더 관심을 많이 보였습니다.

여행 경비를 줄이느라고 비수기에 간 베트남 하롱베이 여행에서는 오히려 좋은 여행 가이드를 만나 성준이가 많이 배우는 시간을 보냈습니다. 한 때는 청와대 통역관으로, 반기문 유엔총장의 비서로 활동하던 분이었는데 아프리카에서 병에 걸려 치료차 베트남에 머물게 되었다가 베트남이 좋아져서 아예 여행 가이드가 되었답니다. 다른 사람이 부러워하는 성공된 자리를 과감히 버리고 힘들지만 자기가 좋아하는 일을 만나서 행복해 하는 모습이 성준이에게는 다소 충격적이었던 것 같았습니다.

홍콩의 자유여행에서는 참 많이 걸었던 것 같습니다. 지도 한 장 들고 버스와 지하철로 이동하면서 여행을 했는데 동양의 다른 나라에서 보기 힘든, 서양과 동양이 조화된 모습에 흥미로워 했습니다. 홍콩에서 직접 국경을 넘어 중국 심천으로 건너갈 때는 미처 중국 돈을 준비하지 않아서 애를 먹었던 기억이 있고, 심천에서 다시 홍콩으로 넘어오는 길에는 화장실이 없어서 힘들었던 기억이 납니다. 성준이는 "아니 이렇게 큰 역에 어떻게 화장실이 없을 수 있지?" 라면서 물어 물어서 찾아간 외부의 상가 2층 화장실에는 이미 중국인들로 길게 늘어서 있어서 한참을 기다려야 했고, 화장실이 너무 지저분해서 좋았던 심천의 이미지를 망쳤던 기억이 있습니다. 그 와중에 성준이가 여기에서 휴대용 소변기 만들어서 팔면 대박 나겠다는 말에 우리 모두 웃었던 게 생각납니다.

정말 큰 마음먹고 간 서유럽 여행도 참 좋았습니다. 서유럽 여행은 영국 드라마인 〈Dr. Who〉를 열성적으로 좋아하는 동생 성운이가 영국의 빅벤(Big Ben)을 꼭 보고 싶다고 해서 여행 계획을 세우게 되었는데, 일정상 빅벤은 멀리서 봐야만 하는 상황이 생겼죠. 이때 성준이가 적극적으로 가이드에게 어필해서 아빠랑 둘이 빅벤 근처까지 갔다 올 수 있는 시간을 얻어서 소원을 성취한 일도 있었습니다.

서유럽은 프랑스, 스위스, 이탈리아, 영국 4개국을 방문하는 코스였는데, 볼거리는 이탈리아가 참 많았던 것 같고, 영국은 도처에 박물관이 있으며 모두가 무료로 운영되고 있는 박물관의 나라라는 게 놀라웠습니다. 하지만, 성준이에게는 좀 충격적이었던 것 같았습니다. 대영박물관에 있는 대부분의 유물들은 영국에서 발굴된 것이 아니라 다른 나라의 것이었기 때문이었습니다.

'왜 다른 나라의 유물을 영국의 박물관에서 전시 하느냐?', '모두 자기 나라로 돌려줘야 하는 거 아니냐?' 는 주장을 펴 가이드를 난처하게 만들기도 했습니다. 여행 경험 때문인지 성준이는 전 세계를 다니며 각국의 다양한 인종과 문화를 경험하는 것에 호감을 갖게 된 것 같습니다.

## 2. 사교육 없이 영어에 자유로운 성준이

### 성준이가 한국에서 한 활동

1. 2004년 (초1) : 엄마표 영어 시작
2. 2006년 (초3) : 겨울방학 때 미국 친척집에 2개월 놀러감
   미국 애틀란타 Village School에서 전과목 Excellent
3. 2009년 (초6) : 중앙일보 조인스 닷컴에 기사화
   (http://article.joins.com/news/article/article.asp?total_id=3899289)
4. 2009년 (초6) : 경기도 영어영재 선발
5. 2010년 (중1) : EBS Talk 'N Issue 영어강국코리아 1월 1일 신년특집
   엄마표 영어 성공사례 초대손님으로 출연
6. 2010년 (중1) : 청소년 국제교류 참가
7. 2010년 (중1) : EBS 생방송 교육마당 엄마표영어 성공사례 초대손님으로 출연
8. 2011~2013년 : 남양주시 청소년 수련관 영어 멘토 자원봉사 활동
9. 2011~2013년 : 주니어헤럴드 영자신문사 학생기자

### ▸▸▸ 10살에 혼자 미국 친척 집을 가다

초등학교 3학년 겨울방학 때, 성준이 혼자 2달 동안 미국 애틀란타 지역에 있는 친척 집에 놀러 간 적이 있었습니다. 성준이가 1학년 때부터 영어습득을 시작한 지 한 3년 정도 되어 영어로 의사소통이 된다는 것 하나만 믿고 보내기로 결정했는데 사실 걱정을 많이 했었습니다.

마침 한국에 볼 일이 있어서 오신 친척이 미국으로 귀국하는 길에

성준이도 함께 미국으로 갔습니다. 친척의 말에 의하면 첫날은 피곤해 하고 조금 긴장하기도 하는 것 같더니, 다음날부터는 자기 집인 양 사촌들과 함께 어울리는 모습에 마음이 놓였다고 합니다.

당시 한국은 겨울방학이었지만 미국 학생들은 학교에 다니기 때문에 사촌들이 학교에 등교 하고 나면 성준이만 집안에 남아 있어야 했습니다. 같이 놀아 줄 또래가 없는 탓에 가까운 곳에 있는 사립 초등학교를 찾아가 한국에서 온 조카가 있는데 잠깐이라도 현지 학교에 다닐 수 있는 지 알아봐 주셨습니다. 학교 담당자와 만나 한 달 정도 학교를 다닐 수 없겠느냐고 물어봤고, 그 학교나 교육청에서 모두 이와 같은 선례는 없지만 안 된다는 규정도 없으니 한 달 정도는 괜찮을 거 같다고 해서 성준이는 갑자기 미국 초등학교를 다니게 된 것입니다.

성준이는 학교 생활을 너무 재미있어 했다고 합니다. 첫날만 잠깐 주춤하더니 둘째 날부터는 전혀 거리낌 없이 학교생활을 했다고 하는데, 며칠이 안 되어 학교 친구를 집으로 초대해서 같이 놀더니 일주일이 지난 후에는 다른 친구의 생일 파티에 초대되어 1박 2일로 별장에 놀러 가기도 하는 등 친구들과 잘 어울려 지냈다고 합니다.

학교생활 중 성준이가 새에 관심을 보이자 이를 유심히 본 반 담당 선생님께서 애틀란타의 새에 관한 책을 선물로 주시기도 했습니다. 그리고는 '네가 발견하는 새에 대해 책에서 찾아보고 얘기해 달라' 고 하셨는데 찾아서 얘기를 해드리면, 이를 평가에 반영하기도 했다고 합니다.

한 달간의 학교생활을 마치고 헤어지는 날에는 우는 친구들도 있었고, 아이들이 쓴 편지와 선물들을 한 보따리 받았답니다. 학교에서는 한 달 동안 성준이가 학교에서 생활을 하면서 제출한 모든 자료와 시험지, 그리고 성적표를 보냈는데, 놀랍게도 모든 과목을 Excellent(만점)로 받았습니다. 이렇게 두 달 동안의 미국 생활을 마치고, 항공사의 미성년 보호 서비스를 이용해서 10살의 성준이는 혼자 한국으로 돌아왔습니다. 이것이 성준이가 가진 미국에서의 첫 경험이었는데, 좋은 기억들이 많아서 성준이는 미국에서 공부하기를 꿈꾸게 된 것 같습니다.

### ▶▶▶ 중앙일보 기사에 실리다

성준이의 미국 경험이 아는 사람들을 통해 입에서 입으로 전해지다가 우연히 6학년 때 중앙일보 조인스닷컴에서 연락이 왔습니다. 성준이의 미국 생활과 어떻게 성준이가 미국에서 만점을 받으며 적응할 수 있었는지, 성준이는 영어공부를 어떻게 했는지에 대해 취재하고 싶다는 것이었습니다. 그래서 '엄마표 영어로 미국 초등학교에서 만점(Excellent)' 라는 제목으로 기사가 났는데, 여기에는 성준이가 공부한 방법에 대해 간단하게 소개도 되어 있고, 미국 성적표도 공개되어 있습니다.

# 엄마표영어로 미국 초등학교에서 만점(Excellent)

남양주 백봉초등학교 6학년 김성준(13세) 어린이

성준이가 미국 사립초등학교에서 11과목 모두 Excellent를 받은 것은 이미 3년 전의 일이다. 미국에 사는 친척의 도움으로 3학년 겨울 1달 동안 정규 사립학교에 다닐 수 있는 기회가 있었다. 우려와는 다르게 너무나도 자연스럽게 미국학생들과 어울릴 수 있었던 성준이는 한 달이 지나 한국에 돌아올 때 미국 친구들이 써 준 편지들과 받은 선물들이 많아, 별도로 가방 하나를 선물로 채워서 돌아왔다. 미국에 갈 때는 한국에 출장 온 친척과 함께 동행했지만 돌아올 때에는 항공사에서 어린이 보호 서비스를 이용 혼자서 돌아왔으며 비행기 안에서도 옆자리 미국인 아저씨와 이런 저런 얘기를 하고 비행기에서 틀어 준 비디오를 보느라고 13시간의 비행여행이 지루하지 않았단다.

**엄마의 영어환경 조성 노력이 관건**

성준이가 영어를 잘할 수 있었던 것은 엄마인 신은미씨가 집에서 항상 영어와 접할 수 있도록 환경을 조성해 놓았기 때문이다. 방이나 거실에서나 항상 좋아하는 어린이 영화를 원어로 항상 볼 수 있게 해 놓았고, 여기 저기서 손만 뻗으면 원어로 된 책을 읽고 들을 수 있으며, 컴퓨터로는 영어로 진행되는 게임을 할 수 있도록 배려했다.

**원어비디오가 좋은 이유**

신은미씨는 원어비디오의 예찬론자다. 절제 있는 비디오 시청은 오히려 평상시 TV 시청 시간보다 적었기 때문에 비디오중후군에 걸릴수 있다는 우려는 하지 않는다. '원어 비디오 한편에는 약 8천 개 정도의 단어가 나옵니다. 이를 책으로 환산할 경우 약 7~80쪽 정도 분량의 동화책이 되며 I 나 You 같은 단어는 한편에 수백 번이 나옵니다. 아이가 태어나서 "엄마"라는 말의 의미를 알고 사용하게 되기까지 1만번 정도를 들어야 한다고 하며, 언어학자들 역시 무언지 상태에서 1만번 정도를 들으면 그 단어의 의미를 알고 사용할 수 있게 된다고 합니다.

그렇다면, 원어 비디오 2~30편 또는 2~30번 정도만 반복해서 보게 되면 I 나 You의 의미는 따로 설명하지 않아도 자연스럽게 알게 되고, 엄마가 영어를 못해도 아이에게 영어 교육 환경을 만들어 줌으로써 영어실력이 향상되는 것이 Mom's English 원어비디오의 장점입니다.'라고 한다.

**엄마표영어 교육법 = 우리말 배우기 과정**

원어비디오만 보여주면 될까? 아니다. 신은미씨는'원어비디오는 영어를 말로 배우는 과정의 첫번째 과정입니다. 원어비디오를 통해서 영어 옹알이를 시작하고 나면 간단한 단어를 말하고, 이어서 아주 간단한 문장으로 의사표현을 할 수 있게 됩니다. 그 다음부터는 약간의 학습과정이 필요합니다. 단어를 눈으로 익히는 과정입니다. 이 과정은 대부분 Picture Book과 Audio Book으로 시작하며, 지금은 컴퓨터 프로그램도 좋은 도구가 됩니다. 다음으로 점차 수준이 높은 Chapter Book과 Audio Book을 눈으로 보고 따라 읽는 과정을 거칩니다. 그 이후에는 간단한 문장으로 일기 쓰기를 시킵니다. 이는 엄마들이 아이들에게 우리말을 가르치는 과정과 완전히 동일합니다. 엄마가 영어로 말하는 것을 대신해서 원어비디오나 Audio Book이 그 역할을 대신한다는것이 다를 뿐입니다. 이 방법이 엄마표영어 교육법입니다"라고 한다.

영어교육 전문가들은 학습으로 들어가는 부분을 너무 강요하다 보면 역효과가 발생하여 영어를 학습으로 느낄 수 있다고 한다. 또한, 학습 부분은 되도록 한가지의 교재를 반복하여 아이들이 쉽게 느끼도록 만드는 게 중요하며, 시리즈 단계로 학습에 들어가는 경우에는 하나의 시리즈로 끝까지 가는 것이 중요하다고 한다. 아이들이 지루해한다고 해서 시리즈를 바꾸게 되면 결국 끝까지 끝내는 성취감을 맛볼 수가 없다. 이는 여러가지 참고서로 공부하는 것보다는 한가지 참고서로 여러 번 공부하는 것이 좋다는 공신(공부의 신)들의 일치된 말에서도 알 수 있다.

신은미씨는 엄마표 영어교육을 시작하는 시기로 초등학교 입학 1년 전을 추천한다. 우선 한가지 언어로 말을 하고 사물을 표현할 수 있는 인지 능력이 형성된 다음에 제2외국어를 시작하는 것이 좋기 때문이다.

**엄마표영어 교육 = 콩나물 키우기**

요즘 성준이는 영어 원서 그림책을 한글로 번역하거나, 한글 그림책을 영어로 번역하는 작업을 취미로 하고 있다. 같은 학교 3학년인 동생 성훈이도 형과 크게 다르지 않다. 성준이와 성훈이는 같이 놀 때 주로 영어를 사용한다. 화가 나면 오히려 영어가 먼저 입에서 튀어나오는 모습을 쉽게 볼 수 있으며 학원을 다니지 않아 오히려 둘이 영어로 얘기하며 즐기는 시간이 많다고 한다.

현재 신은미씨는 남양주와 안산에서 "아이보람"이라는 엄마들의 모임을 만들어서 이끌고 있다. 오프라인에서 만나는 아이보람의 회원들만 수백 명이며 멀리서는 분당이나 이천에서도 남양주까지 찾아와 이 오프라인 모임에 참석하는 회원들도 있다. 초등학교에서 요청이 올 경우, 엄마표영어 교육법을 강의하러 가기도 한다. 먼 지방에서의 요청도 있지만, 이는 아직 엄두를 못 내고있다

모임을 이끌면서 아이들의 특성에 따라 교육방법을 좀더 체계화하여 책도 준비 중에 있으며 "아이보람식 영어교육법"으로 3건의 저작권 등록을 마친 상태이기도 하다. Google에서 "아이보람"을 검색해 보면, 현재 함께하고 있는 수백 명의 아이들 동영상을 만나 볼 수 있다.

영어교육은 콩나물 키우기와 같다. 콩나물을 키울 때 매일 시루에 물을 주지만, 그 물은 모두 시루 밑으로 빠져 나간다. 하지만 매일 주는 물에 젖은 콩나물은 무럭무럭 자란다. 오히려 시루 밑을 막게 되면 콩나물은 자라지 못하고 썩게 된다. 이처럼 매일 매일 영어라는 물에 아이들을 젖게 하면, 처음에는 아무런 효과가 없어 보이지만 어느덧 아이들은 영어를 흡수해 영어에 자유로운 아이로 커 나가게 된다. 엄마의 기대치와 욕심에 따른 학습으로 영어가 빠져 나오지 못하게 막으면, 콩나물이 썩듯이 아이들은 영어에서 멀어지게 된다는 점을 엄마들은 심각하게 생각해 봐야 한다.

<본 자료는 정보제공을 위한 보도자료입니다.>

조인스닷컴(Joins.com)

중앙일보에 나온 기사.

### ▶▶▶ 경기도 남양주시 영어영재로 선발

성준이가 6학년 때 처음으로 남양주시에서 영어영재를 선발해서 별도로 교육을 진행했었습니다. 별도로 공인 시험을 보거나 어디에서 테스트조차 받아본 적이 없던 터라 떨어져도 그만이라고 생각하면서 지원을 했는데 합격을 했습니다. 1주일에 한 번씩 모여서 영어교육을 받는 과정이었는데 다행스럽게도 집에서 가까운 학교에 교육장이 준비되어서 쉽게 다닐 수 있었습니다. 그 곳에서도 성준이의 영어 실력은 두각을 나타내어 지도 선생님으로부터, '너는 나의 자랑스러운 첫 번째 제자' 라는 말을 듣기도 했습니다.

### ▶▶▶ EBS교육방송 〈Talk' N Issue〉 출연

Talk' N Issue는 아나운서 출신의 오영실씨와 영어 전문가 썬킴이 진행하는 영어 관련 토크쇼입니다. 매주 영어와 관련된 다양한 이슈거리를 찾아서 진행하는 방송이었는데 이 방송 프로그램의 작가로부터 연락을 받았습니다. 어떻게 연락처를 알았냐고 물으니, 우연히 기사를 검색하다가 성준이가 미국에서 생활했던 기사를 보고 기사에 나와 있는 학교를 통해 연락처를 받았다고 했습니다.

방송국에서는 다음해 1월 1일 신년 특집으로 학원을 다니지 않고도 영어에 자유로운 아이들과 부모님을 초청한 방송을 기획하고 있는데 성준이가 대상으로 적절해 보인다는 것이었습니다. 일단 인터뷰를 해야 한다고 해서 인터뷰를 진행하고 보조 영상으로 사용되기 위한 목적의 성준이 생활에 대한 촬영이 시작되었습니다.

이 때 가슴 아픈 에피소드가 한 가지 있습니다. 방송국에서 성준이의 학교생활을 촬영하고 싶다고 학교에 연락을 했는데, 학교에서는 기말 시험이 얼마 남지 않았기 때문에 아이들의 마음이 풀어질 수 있으니 촬영을 할 수 없다고 거절한 것입니다. EBS방송국에서는 초등학교를 졸업하기 전에 친구들끼리 좋은 추억을 만들 수도 있고 촬영 시간도 1시간이 넘지 않을 거라고 했는데도, 아이들 시험 성적이 떨어질 수 있으니 안 된다고 했다는 것이었습니다.

방송국에서 촬영을 하겠다고 하면 거절한 학교가 없었기에 작가들도 처음에 당황했다고 하면서, 교육청에 요청을 넣어 학교 촬영을 진행할까 생각하다가 자칫 성준이에게 피해가 갈 수 있겠다는 생각에 학교 촬영을 빼기로 결정을 했습니다. 그래서 결정된 촬영 장소가 영어영재반이 개설되어 있는 인근의 초등학교였습니다.

EBS Talk'N Issue 출연한 캡처화면.

방송국에서 영어 영재반 운영 담당자에게 연락을 하고, 그 학교의 교장선생님도 흔쾌히 승낙하셔서 촬영이 진행되었는데, 그 학교에서는 촬영에 필요한 모든 조치를 사전에 완료시켜 놓았기 때문에 오히려 촬영 시간이 단축될 수 있었습니다. 시험 기간이 임박하여 성적에 영향을 미칠 수 있다는 이유로 정작 성준이가 다니는 학교에서는 촬영을 못하고, 그 옆 초등학교에서 촬영한 것은 여전히 씁쓸한 기억으로 남습니다.

단축된 촬영시간 덕에 담당 PD와 이런 저런 얘기를 할 시간을 얻을 수 있었는데, PD가 들려준 얘기 중에 기억에 남아있는 몇 가지를 적어 보겠습니다. '오리지널 강남 학부모란 돈 있는 할아버지와, 교육에 무관심한 아빠와 교육에 열성적인 엄마로 구성 된다' 는 말이 있다고 했습니다.

저학년의 아이들이 있는 부모가 스스로 많은 재산을 모으기는 힘드니 아이에게 드는 많은 교육비를 지원할 정도의 재력을 가진 할아버지가 있어야 하며, 아빠가 교육에 관심이 많으면 엄마와 의견 충돌이 발생할 수 있어서 가정불화가 생기기 쉬우니 아빠는 교육에 관심이 없어야 하며, 엄마는 아이의 교육에 올인 할 수 있는 열성을 가지고 있어야 하는데, 이 세 가지가 동시에 충족되어야 오리지널 강남 학부모라고 할 수 있다는 것이 PD의 얘기였습니다.

또 한 가지는 강남의 아이들 중에는 한 명당 수 백 만원씩 들여 원어민과 거의 붙어서 살게 하며 영어교육을 시키기 때문에, 수 십 만원 정도하는 영어전문 학원에 보내서는 그 애들과 애초에 경쟁이 될 수 없다는 것입니다. 그 애들과 경쟁이 될 영어 실력을 갖추기 위해서는 오로지 엄마표 영어밖에 없는 것 같다는 것이, 영어로 유명해진 사람들을 찾아 전국을 다니며 촬영하면서 얻은 결론이라고 했습니다. 과장되게 얘기하는 것 같으면서도 맞는 얘기인 것 같지만, 재미있게 들으면서도 한편으로는 우울해지는 얘기였습니다.

이런 과정을 거쳐 1월 1일 신년 특집으로 두 명의 아이가 선정되어 방송되었습니다. 성준이에게는 방송국이라는 곳이 처음이었고 실수 없는 방송을 위해 긴장하는 스탭진을 따라 성준이도 같이 긴장을 해서인지 자기 실력을 제대로 발휘하지 못해 안타깝기도 했습니다. 기억에 남는 것은 왜 국제중학교 같은 곳을 지원하지 않았냐는 썬킴의 질문에 자기는 '아직 하고 싶은 것도 많고, 더 놀고 싶기도 하기 때문에 국제중학교 진학을 원하지 않는다. 국제중학교는 입학하는 순간부터 치열한 공부 경쟁에 들어간다고 하는데, 나는 아직 해보고 싶은 게 많다' 는 것이었습니다.

### ▶▶▶ 청소년 국제교류에 참여하다

경기도에서는 지역별로 외국의 학생들과 국제교류를 진행하고 있습니다. 대외적으로는 많이 알려져 있지 않은 이유는 교육청에서 진행하는 것이 아니라 시청에서 진행하기 때문이기도 한 것 같습니다. 성준이가 중1때 국제교류가 있다는 것을 알고는 자기도 국제교류를 하고 싶으니 우리 집에서 외국 학생의 홈스테이를 할 수 있도록 허락해달라고 했습니다. 사실 성준이가 신청을 하면 선정될 가능성이 높을 것이라는 생각은 하고 있었는데 우리 집에서 홈스테이를 해야 한다는 부분이 걸려 며칠 고민을 하다가 허락을 했습니다.

성준이는 학교를 통해 신청을 했고 예상대로 선정이 되었습니다. 청소년 국제교류는 약 보름간 진행되는데 외국의 학생이 한국에 와서 1주일 정도 체류하고, 한국 학생이 1주일 정도 외국으로 나가게 됩니다. 성준이와 교류 상대가 된 학생은 조나단(Jonathan)이라는 이름의 학생으로 한국으로 치면 국제고등학교에 다니고 있었으며, 190Cm에 가까운 큰 키를 가지고 있는 형이었습니다. 성준이와는 나이를 떠나서 서로 잘 통했습니다.

우리 집에서 며칠 머물면서 함께 가까운 계곡으로 가서 물놀이를 하며, 한국 사람들이 즐겨먹는 삼겹살을 함께 구워 먹었는데, 자기가 사는 곳은 계곡이 없어서 이런 물놀이는 처음이라 너무 재미있고, 삼겹살도 자기네 바비큐와 비슷하지만 더 맛있다며 정말 잘 먹었습니다. 한국 학생 중에서는 성준이가 가장 어린 나이에 속했는데 같이 국제교류에 참여한 형, 누나들이 상대방과 의사소통이 잘 안될 때면 성준이에게 전화해서 통역을 해 달라고 하기도 했고, 파트너들과 개별적인 시간을 가질 때도 성준이가 주로 통역을 하는 등 비공식 통역사의 역할을 하기도 했습니다. 지금도 그 때 만난 형들과 연락을 하며 친하게 지내고 있고 성준이를 많이 챙겨줍니다. 국제교류를 통해서 성준이는 또 한 번 제도권 교육을 벗어나, 세계적인 시각을 가지게 된 것이 아닌가 생각합니다.

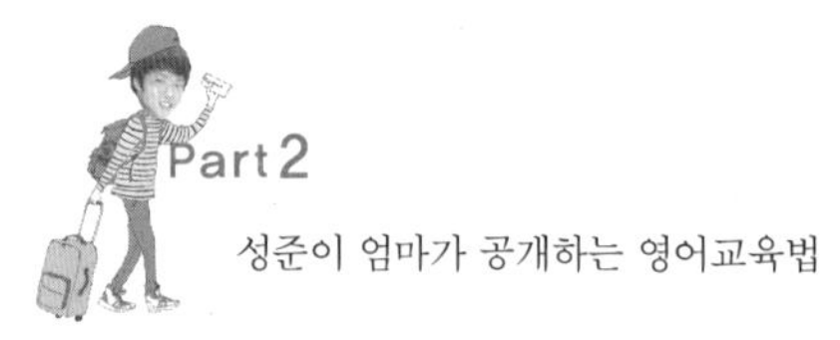

## ▶▶▶ EBS교육방송 생방송 〈교육마당〉 출연

생방송 〈교육마당〉출연, 방송이 끝난 후 진행자들과 함께.

Talk N Issue의 방송이 나가고 몇 개월 뒤에 다시 EBS에서 연락이 왔습니다. 사교육을 받지 않고 영어를 유창하게 구사하는 학생을 찾다가 성준이를 발견했다며, 성준이의 출연을 물어 왔습니다.

'사교육 없이 직접 가르친다-엄마표 영어교육' 이라는 방송 주제였으며 엄마표 영어교육 사례자로 초대석에서 대담을 하는 것이었고, 국민 아나운서라고 불리는 손범수 아나운서와 정현경 아나운서가 진행하는 방송으로 생방송으로 진행되었습니다. 연락을 받았을 때 처음에는 선뜻 출연 요청에 응할 수가 없었습니다.

가장 큰 이유가 생방송이기 때문에 실수가 있어도 그대로 방송으로 나간다는 점이었고, 성준이가 Talk N Issue에서 긴장하는 바람에 자기의 실력을 제대로 발휘하지 못했던 경험이 있어서 이번에는 잘 할 수 있을 거라는 확신이 서지 않았기 때문이었습니다. 괜히 출연했다가 성준이에게 안 좋은 방송 트라우마라도 생기면 어쩌나 하는 걱정 때문에 조용히 성준이랑 상의를 했습니다. 그런데 성준이는 자신 있게 지난번은 처음이었으니까 그랬지 이제는 자신 있으니 방송에 나가자는 것이었고, 대신 출연료는 자신의 용돈으로 쓰게 해달라는 조건을 걸었습니다.

지난번 Talk' N Issue를 녹화방송으로 촬영할 때와 생방송교육마당의 촬영 스튜디오 분위기가 전혀 달랐습니다. Talk' N Issue에서는 작가들 하고만 얘기하다가 방송시간이 다 되어 스튜디오에 들어가 곧바로 촬영이 진행되었습니다. 생방송교육마당은 사전에 손범수, 정현경 아나운서와 이런 저런 얘기들을 나누면서 방송을 어떻게 진행할지에 대해 얘기했습니다. 그리고 촬영장 스태프들도 화기애애한 분위기로 매우 편안한 분위기였습니다. 성준이도 궁금했는지 나중에 그 이유를 물어봤는데, 생방송의 경우 딱딱하거나 긴장된 분위기에서 촬영을 하면 오히려 실수도 많아지고 방송사고가 나기 쉽기 때문에 되도록 편안한 분위기속에서 촬영하는 반면 녹화방송은 스튜디오 스케줄이 빼곡하게 짜여있기 때문에, 스태프 모두가 시간을 맞추기 위해서 긴장한 상태가 될 수밖에 없다는 것이었습니다.

성준이는 지난번과 달리 상당히 여유롭게 자기의 실력을 마음껏 내보였고, 촬영이 끝난 후에 손범수 아나운서는 영어실력과는 별개로 성준이는 자기에 대한 자신감이 있고 말하는 능력이 뛰어난 걸로 보이니 그 능력을 개발해 보라는 조언을 받기도 했습니다.

### ▶▶▶ 영어 멘토로 활동하는 중학생

남양주시에서 운영하는 청소년 수련관이 있습니다. 이곳은 꽤 큰 수영장도 있고, 청소년을 위한 다양한 행사를 할 수 있도록 시설이 잘 되어 있는 곳입니다. 이곳에서는 고등학생 형 · 누나들이 멘토가 되어 초등학생의 길잡이 역할을 하는 멘토 · 멘티 사업이 운영되고 있습니다. 성준이는 자신의 다양한 영어 경력이 인정되어 중학생으로는 유일하게 멘토로서 자원봉사를 하게 되었습니다.

처음에는 중학생이 되면 누구나 채워야 하는 자원봉사 점수 때문에 안정적으로 오랫동안 자원봉사 활동을 할 수 있는 곳이 없을까 찾아보다가 청소년 수련관에서 멘토 자원봉사자를 뽑는다는 말에 솔깃했었는데, 대상이 고등학생이라 포기를 했었습니다.

그런데 성준이가 전화라도 해서 물어나 봐야겠다면서 전화하더니, 자기는 경기도 영어영재며 영어 실력을 인정받아서 방송에도 출연했었고 영어멘토 자원봉사를 하고 싶다며 지원 자격을 중학생으로 낮춰 줄 수 없느냐고 묻는 것이었습니다. 담당자의 대답은 지원 자격에 제한은 없지만 아무래도 고등학생은 되어야 멘토 역할을 할 수 있을 거 같아서 그렇게 공지를 한 것이니, 영어실력이 뛰어나다면 마다할 이유가 없으니 한번 방문해 달라는 것이었습니다. 그렇게 해서 성준이의 영어멘토 활동은 시작되었습니다.

매주 금요일 오후 5시부터 1시간에서 1시간 반 정도 진행되는 영어

멘토 활동을 위해 성준이는 학교가 끝나면 가방을 메고 버스를 타고 청소년 수련관으로 향했습니다. 영어멘토 활동은 중2때 시작해서 교환학생으로 떠나기 전인 고등학교 1학년 중반까지 했으니까 약 2년 반 정도의 기간 동안 활동을 한 것인데, 몸이 아플 때를 빼고는 거의 봉사를 나간 것 같습니다.

초등학교와 중학교는 시험기간이 약간 다릅니다. 성준이의 시험기간은 대부분 초등학교의 시험이 끝난 시기였는데 본인의 시험기간에도 봉사활동을 다녔습니다. 오히려 초등학교 시험기간에는 학생들이 빠지기 일쑤였지만, 자기는 멘토이기 때문에 시험기간이라고 자기가 빠지면 영어 수업을 진행 할 수 없으니 빠질 수가 없다는 것이었습니다. 어느 때는 아이들이 나오지 않아서 수업이 없다는 연락을 받지 못하고 그냥 갔다가 허탕치고 돌아오는 일도 있었습니다.

이렇게 지속적으로 자원봉사 활동을 하다 보니 자원봉사자를 대상으로 주는 남양주시 도시개발공사 대표의 상을 받게 되었습니다. 이때도 재미있는 에피소드가 있었는데, 자원봉사자 중에 상을 받을 수 있는 대상이 원래는 고등학생 이상 성인이라는 나이 제한이 있었다는 것이었습니다. 청소년 수련관에서 봉사 활동을 하는 성준이는 비록 중학생이었지만 가장 열심히 그리고 꾸준히 활동한 자원봉사자였기 때문에 어떻게든 성준이에게 상을 주어야겠다고 생각한 청소년 수련관에서 연령 항목을 삭제해 성준이의 활동을 보고 했고, 그렇게 해서 성준이가 상을 받을 수 있게 된 것입니다.

멘토 자원봉사 활동을 하면서 성준이는 몇 가지를 배운 것 같습니다.

한 가지는 자신이 멘토 활동을 하면서 아이들을 가르치다 보니까 선생님이 학생을 가르치는 일이 얼마나 힘든 일인지 조금은 이해를 할 수 있게 되었다는 것이고, 두 번째는 자신이 맡은 일에 대한 책임감에 대해 좀 더 깊이 느낄 수 있는 기회가 되었다는 것입니다. 끝으로는 '열심히 했더니 규정과 상관없이 어떤 형태로든 보상이 되는구나' 하는 것입니다. 아무튼 중학생으로 선생님이라는 호칭을 들으면서 활동한 영어 멘토 자원봉사 활동은 성준이가 한 번 더 성장하게 되는데 중요한 역할을 하게 된 듯합니다.

### ▶▶▶ 주니어 헤럴드 영자신문사 기자로 2년을

중학교 2학년 때 성준이가 여름 방학 때 갈 캠프를 알아보더니 주니어 헤럴드사에서 진행하는 캠프를 가고 싶다고 했습니다. 주니어 헤럴드는 초 · 중학생을 대상으로 영자 주간 신문을 발행하는 곳이었고 헤럴드코리아의 자회사였습니다.

헤럴드코리아는 영자신문사로 이미 유명한 곳이었기 때문에 그래도 수준이 있겠다 싶어서 신청하려고 했는데 알고 보니 주니어 헤럴드의 학생기자를 모집하는 것이었고, 학생기자로 선발된 아이들을 대상으로 기자로서의 기본교육을 시키기 위해 캠프를 여는 것이라 단순한 여름방학 영어캠프가 아니었습니다.

자기소개서 및 에세이를 영어로 제출해서 서류심사를 통과한 학생들을 대상으로 원어민과 전화로 영어능력 면접을 통과해야만 하는 등

까다로운 조건을 만족해야 학생기자로 합격을 할 수 있기 때문에, 외국에 오래 거주한 경험이 있거나 국제 중 같은 곳에 다니는 학생들이 많이 지원을 한다는 것을 나중에서야 알게 됐습니다.

주니어헤럴드에 실린 성준이 기사 모음.

특히 주니어 헤럴드는 매년 한 번씩 모집을 해서 1년간 활동할 학생 기자를 선발하지만, 정해진 모집인원을 무조건 채우는 것이 아니라 인원이 부족하더라도 자격이 된다고 판단되는 학생들만 선발하기 때문에 기자로 선발된 학생들의 자부심이 꽤 높습니다. 그렇게 선발된 학생기자들은 의무적으로 한 달에 최소 1편의 기사를 작성해서 송부해야 하고, 신문사에서는 이들을 추려서 한번에 2~3개 정도의 기사를 게재하는데 성준이가 작성한 기사는 6번이 실렸습니다.

주니어 헤럴드의 학생기자는 1년 동안 활동하는데, 가능하면 다시 지원하는 지원자를 뽑지 않는다는 규정을 가지고 있어 모집할 때 이 규정을 명시해서 선발합니다.

하지만 앞으로의 교환학생 지원을 염두하고 있었던 성준이는 학생기자로 꾸준히 글쓰기 연습을 하는 것이 미국 교환학생 생활에 도움이 될 것 같다고 판단했는지, 주니어 헤럴드 담당자에게 이 부분을 어필해서 1년 더 학생기자 활동을 할 수 있었습니다. 그렇게 총 2년간 학생 기자 활동을 하고 정말로 자기가 원하던 교환학생을 가게 되었습니다.

# 2장 엄마표 영어공부 실전 로드맵

## 1. 성준이가 영어를 익힌 방법

### ▶▶▶ 다양한 엄마표 영어교육법이 있지만

성준이가 영어를 습득한 방법을 한마디로 표현하면, '모국어 습득 방식의 영어 습득법' 이라고 할 수 있습니다. 이를 엄마 입장에서 표현하면 '모국어 습득 방식의 엄마표 영어 교육법' 이 될 것입니다. 최근 영어 교육은 사교육이 큰 효과가 없다는 인식들이 퍼져나가고 있고, 인터넷에서도 '엄마표 영어' 라는 말이 하나의 용어처럼 통용되고 있으며, 엄마들이 주축이 되어 효과적인 영어교육을 시키자는 열풍을 조용히 일으키고 있습니다. 성준이가 영어를 습득한 방식이 바로 '모국어식 엄마표 영어 교육법' 입니다.

제가 '엄마표 영어교육법' 이라고 하지 않고, '모국어식' 이라는 표현을 붙여서 사용하는 데는 이유가 있습니다. '엄마표 영어' 라는 말이 점차 대중화되면서 이 사람 저 사람, 심지어는 영어 학원에서도 '엄마표 영어' 라는 표현을 사용하게 되었고, 그러면서 용어상의 혼돈도 발생을 하고 있기 때문입니다. 현재 '엄마표 영어' 라는 표현을 사용하고 있는 방법들을 살펴보면, 크게 4가지 정도로 나누어 볼 수 있습니다.

| 종 류 | 내 용 |
|---|---|
| 모국어식<br>엄마표 영어교육법 | 성준이의 교육 방법입니다.<br>우리말 배우는 과정을 영어 습득 과정에 그대로 접목시켜서, 모국어를 배우듯이 영어를 습득해가는 방법입니다. |
| 책 중심<br>엄마표 영어교육법 | 영어 원서를 읽게 함으로써 영어를 습득하도록 하는 방법입니다. 한국에는 많은 원서 서점이 생기면서 이곳을 통해서 주로 전파 되고 있는 방법입니다. |
| 직접 가르치는<br>엄마표 영어교육법 | 영어에 능통한 엄마가 아이를 학원에 보내지 않고 직접 영어를 가르치는 방법입니다. 다양한 영어 놀이와 대화하기 등의 방법으로 엄마가 직접 가르칩니다. |
| 엄마를 관리자로<br>참여 시키는<br>영어 학원 | 아이들이 다니는 영어 학원에서 주기적으로 엄마를 참석시켜 아이를 관리하는 방법과, 아이들이 과제를 제대로 하는지를 체크하도록 지도하는 방법입니다. |

모두가 장단점이 있으며, 각기 다양한 성공사례도 있습니다. 하지만 책만을 강조하는 엄마표 영어교육법과 학원의 엄마표 영어교육법은 성공사례가 많지 않아 보입니다. 엄마가 직접 영어를 가르치는 방법은 영어에 능통한 엄마가 할 수 있는 방법이기 때문에 일반 엄마들이 따라 하기에는 어렵습니다.

원서를 읽는 방법은 글자와 단어에 대한 사전 지식이 있어야 읽을수록 그 속에 있는 의미를 이해할 수 있게 되고 추가적인 단어 습득에도 도움이 됩니다. 하지만 글자와 단어에 대한 사전 지식이 불충분한 상태에서 책을 아이들에게 강조한다면, 책이라는 도구 자체에 재미와 흥미를 가지고 있지 않은 아이들에게는 효과를 보기 힘듭니다.

그럼에도 불구하고 이렇게 책을 중심으로 한 영어교육법이 한국에서 자리를 잡을 수 있었던 배경에는 몇 가지 이유가 있는 것 같습니다. 우리나라 부모는 누구나 책에 대한 환상을 가지고 있습니다. 책은 모든 지식 습득의 시작이자 끝이라는 생각이 그것입니다. 그래서 책을 강조하면 우리나라 부모에게는 무조건 어필이 됩니다. 그래서 책을 중심으로 한 방법이고 성공사례가 있다고 하는 말에 부모들은 가장 유혹을 받게 됩니다.

여기에 인터넷을 중심으로 빠르게 성장한 원서 판매 업체가 원서에 대한 다양한 정보를 제공하고 있고, 영어교육 전문가를 자처하시는 많은 분들이 책의 중요성을 강조하고 있으니 이런 주장이 쉽게 전파될 수 있었던 걸로 보입니다. 하지만, 처음부터 무조건 책으로 시작해서 성공했다는 사례는 거의 드문 것 같습니다.

### ▶▶▶ 왜 모국어 습득 방식의 영어교육법인가?

따라서 일반 엄마들이 가장 쉽게 접근할 수 있는 방법이며, 가장 효과적이며 실패 확률이 적은 방법이 모국어 습득 방식의 엄마표 영어교육법이 될 거라고 생각됩니다.

모국어 습득 과정을 살펴볼까요? 아이들이 처음 태어나서는 우리말에 대해 백지 상태입니다. 그러면서 엄마와 아빠, 가족들이 하는 말을 그냥 듣습니다. 점차 주위에서 자기를 보면서 하는 말에 주의를 기울이면서 듣다가 옹알이를 하게 됩니다. 옹알이를 거쳐 '엄마, 아빠, 맘마' 와 같은 한 단어로 된 우리말을 불분명한 발음으로 따라 말하기 시작하면서, 그 단어의 의미를 조금씩 알아가게 됩니다. 이를 언어학자들은 외마디 언어기, 또는 한 단어 언어기라고 말합니다.

그 다음에는 '엄마 맘마' 와 같이 배고픔 등을 표현하는 아주 간단한 문장을 배워 나갑니다. 이를 복합 단어 언어기라고 합니다. 이렇게 표현하는 단어의 수를 늘려가면서 표현력도 늘어나가게 됩니다. 이때부터 엄마들은 단어 중심의 간단한 그림책을 읽어주면서 아이들에게 단어를 가르칩니다.

이 기간이 지나면 단어 카드를 만들어 냉장고에 붙여 놓고 단어를 가르치고 한 글자씩 읽는 것을 가르치면서, 글자가 조금씩 많아지는 그림책을 읽어줍니다. 그 동안에도 아이들이 계속적으로 우리말 소리에 노출이 되도록 많은 시간을 보냅니다.

다음으로 그림책을 아이들이 읽을 수 있도록 가르치고, 아이들이 글을 읽기 시작하면 조금씩 단어의 수가 많아지는 그림책과 동화책을 읽도록 지도합니다. 이때쯤 되면 아이들은 엄마와 가족들과 말로 의사소통이 상당히 높은 수준까지 가능해지며, 발음도 완성도가 높아지는 시기입니다.

그 다음 과정으로 아이들이 글씨를 쓰는 것을 가르칩니다. 이때가 대략 유치원 입학 전후 정도 되는 시기입니다. 본격적으로 초등학교에 입학하면서 복잡한 글쓰기를 배우게 하고, 문법 체계도 배우게 됩니다. 이를 학령기라고 합니다. 이때부터는 본격적으로 책을 통해 자신이 알고 있는 지식과 경험을 높여가게 됩니다. 책 읽기가 가장 효과를 발휘하는 시기가 이 때부터입니다.

중간의 과정에 약간씩 차이가 있을 수는 있지만, 대부분의 아이들이 이와 유사한 방법을 통해서 우리말을 배워나갑니다. 그리고 엄마라면 누구나 자녀들이 말을 배웠던 과정을 회상할 수 있습니다. 이렇게 아이들이 우리말을 배웠던 과정과 유사하게 영어에 접목시키는 교육 방법이 '모국어식 엄마표 영어교육법' 입니다. 이제 성준이가 진행한 영어 습득 과정을 조금 자세하게 설명하도록 하겠습니다.

### ▸▸▸ 엄마가 설정한 영어교육 규칙 4가지

저는 이 방법을 진행하는데 있어서 지켜왔던 몇 가지 규칙을 가지고 있었습니다.

**규칙 1. 소리에 먼저 익숙해져야 한다.**

영어 역시 우리말과 마찬가지로 말이기 때문에 말로서 습득해야 합니다. 그렇기 때문에 우리말과 다른 영어의 소리에 귀가 익숙해져야 합니다. 귀가 영어에 익숙하게 될 때 까지는 소리에 익숙해지도록 하는데 만 집중을 했습니다. 들려야 말할 수 있습니다. 들리면, 상대방의 말을 흉내 내면서 의사소통을 시작할 수 있습니다. 따라서 듣는 연습을 통해 말에 익숙해지는 과정이 영어 습득의 첫 걸음입니다.

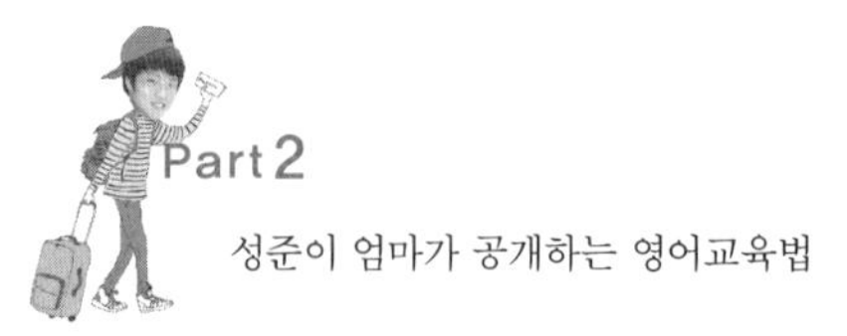

**규칙 2. 공부나 학습이라는 것을 인지하지 못하도록 해야 한다.**

우리나라에서 아이들은 공부와 학습이라는 것 자체에 대한 거부감이 형성되어 있습니다. 따라서 이제부터는 이 방법으로 공부를 해보자 하는 식으로 아이들에게 얘기를 할 경우에 재미보다 먼저 공부라는 인식이 머릿속에 자리하게 되고, 그럴 경우 효과가 무척 감소하게 됩니다. 아이들은 스펀지와 같아서 재미있는 내용은 단 한번 경험한 것으로도 오래도록 기억하는 경향이 있습니다.

전문가들이 연구한 결과에 의하면 아이들이 학습에 집중할 수 있는 시간은 고작 15분 정도라고 합니다. 즉 15분 이상 학습을 계속할 경우 효과가 급격히 떨어진다는 것입니다. 하지만 노는 아이들을 지켜보세요. 자기가 재미있어 하는 놀이는 한 시간도 좋고 두 시간도 좋습니다. 정말 집중하는 모습을 볼 수 있습니다. 이런 아이들의 특성을 잘 활용해야만 합니다. 영어 습득과정을 아이들이 공부로 느끼지 않도록 하고, 재미있는 놀이나 취미 활동 중의 하나로 만들어 주는 것이 매우 중요합니다. 그렇게 될 때 아이들에게 3시간 정도의 영어 노출이 거부감 없이 자연스럽게 받아들여 질 수 있습니다.

**규칙 3. 성과나 수준을 확인하지 말아야 한다.**

엄마들은 자꾸 성과나 수준을 확인하고 싶어 합니다. 영어 습득에 있어 중요한 점이 영어를 영어로, 그리고 말로 인식하는 것입니다. 따라서 영어를 접하면서 영어로 받아들이는 과정을 거치게 되는데, 이때는 잘 표현을 못합니다. 우리 엄마들은 자꾸 확인하고 싶어서 아이가 들은 말이나 읽은 내용을 자꾸 우리말로 무슨 뜻인지 아냐고 물어봅니다. 하지만 아이는 영어로 인식하고 있기 때문에 이를 우리말로 바꾸는데 어려움을 느낍니다.

또한 마찬가지로 영어가 아직 미숙하기 때문에 의미는 알지만 표현을 잘 못하게 됩니다. 이럴 때 엄마들은 아무런 효과가 없는 게 아닌가 하는 의심을 합니다. 의심이 반복되면 '이러다 아이를 망치는 게 아닌가?' 하는 회의에 빠져 포기하게 되고 결국 겉으로 쉽게 성과가 나타나는 듯이 보이는 학원을 찾게 됩니다. 그렇게 다른 엄마들의 전철을 밟으며 애써 스스로를 위안하고 자기만족에 빠지게 됩니다.

하지만 아이들이 우리말 배울 때를 회상해 보세요. 아이들이 자기가 보거나 읽은 내용을 처음부터 우리말로 제대로 대답하던가요? 우리말을 우리말로 설명하는데도 상당한 시간이 필요합니다. 그 시간은 최소한 몇 달 이상이 걸립니다. 엄마들은 이 과정을 무던하게 참고 지켜보지요. 그런데 영어에 있어서는 참 조급해하고 답답해합니다. 그걸 버려야 합니다.

## 시험성적이 곧 영어실력일까요?

우리나라는 아이들 영어실력을 측정하고 평가하는 참 많은 시험들이 있습니다. 그 시험들은 한결같이 유형이 있고, 그 유형에 대한 문제를 누가 잘 풀어내느냐 하는데 초점이 맞추어져 있습니다. 즉, 시험마다 그 시험유형에 맞는 별도의 공부를 하지 않으면 시험에서 좋은 점수를 받을 수가 없는 것입니다. 따라서 각 시험에 따라 준비하는 학원들이 있으며 시험을 분석해 자주 나오는 유형의 문제와 단어를 정리해서 아이들을 공부시키고, 그 아이들이 좋은 성적을 받으면 이를 학원 홍보에 활용하지요.
그런데 이 시험들에도 유행이 있습니다. 어느 때는 00시험이 유행하다가 또 어느 때는 xx시험이 유행하기도 합니다. 그에 따라 다니는 학원이 바뀌기도 합니다. 이런 시험들의 성적이 실제 영어실력이 아니라는 것은 부모들도 잘 압니다. 십 수 년간 영어를 공부했어도 영어에 대한 울렁증이 있는 부모들이 대다수이기에 모를 수가 없습니다. 그러나 그렇게라도 확인이 되어야 안심이 되고, 경쟁에서 앞서나가는 듯한 기분이 들기 때문에, 그리고 지금 시험은 우리 때와 다르겠지 하는 막연한 믿음 때문에 유혹을 벗어나기 힘듭니다.
그러면 유명한 TOEIC 시험에 대해 잠깐 알아보도록 하겠습니다.

"TOEIC(Test Of English for International Communication)은 영어가 모국어가 아닌 사람들을 대상으로 의사소통 능력을 평가하는 시험(Standardized Test)이다… (중략) 대한민국에는 1982년 도입되었으며 현재 전 세계적으로 해마다 약 500만 명 이상이 응시하고 있다… (중략) 낮은 수준의 리딩과 리스닝 같은 소극적 표현 능력만을 다룬다는 한계 때문에 한국 외에선 거의 응시생이 없으며, ETS가 발표한 통계에 따르면 매년 거의 90%에 가까운 응시생이 한국 수험생들이다."

이는 위키백과사전에서 TOEIC을 검색하면 나오는 내용입니다. 영어로 국제적인 의사소통이 가능한 지에 대해 평가를 한다는 시험인데 이 말만으로 보면 마치 영어로의 의사소통을 희망하는 모든 사람들을 위한 시험 같아 보이지만, 실은 기업체에 근무하는 성인을 대상으로 한 시험이며 국내에서도 많은 기업체에서 TOEIC성적을 반영해 왔었습니다. 그런데 몇 년 전에 한국에는 Junior TOEIC이라는 시험이 있었습니다. 이 시험이 TOEIC 문제를 출제하는 기구에서 만든 시험인지도 잘 모르겠고 왜 TOEIC을 학생들이 봐야 하는지도 모르겠지만, 한 때 이 시험이 인기를 끌었던 적도 있었습니다. 지금은 크게 관심을 받지 못하는 듯 하고, TOEIC 출제 기구인 ETC 홈페이지에서도 검색이 되지 않습니다. 이렇듯 유행을 타는 영어 시험을 좇아서 이러 저리 휩쓸려 봐야 아이들의 영어실력 평가에는 별 도움이 되지 못하며, 아이들만 힘들게 내 몰고 영어라는 괴물을 혐오하는 현상만 자꾸 만들어 내게 되는 것 같습니다. 분명한 것은 TOEIC이나 TOEIC Bridge라는 시험에 아이들을 위해 개발된 시험이라는 말이 없다는 것입니다.

**규칙 4. 과하지 않되 꾸준해야 한다.**

우리가 흔히 토끼와 거북이의 경주를 언급하면서 빠름이 꾸준함을 이기지 못한다는 교훈을 얘기합니다. 그러나 실제에서는 어느 나라보다 빠른 것을 추구하고, 빠른 것이 가장 앞선 것이라는 생각을 우리는 많이 가지고 있습니다. 이는 조급증으로 발전을 하게 되지요. 그러나 영어 습득에서는 빠른 것이 크게 중요하지 않아 보입니다.

하루에 아이들이 지치지 않고 받아들일 수 있는 시간을 지속적이고 규칙적으로 투입해서 영어 환경에 노출시켜주는 것이 가장 성과가 높은 방법임을 저는 많은 사례에서 느낍니다.

제 주위에서는 성준이가 성공한 모습을 따라 참으로 많은 엄마들이 이 방법을 적용해서 아이들의 영어습득에 노력하고 있습니다. 이 분들 중에는 중간에 포기하는 분들이 계신데 대부분 과도한 양을 아이들에게 투입한 분들입니다. 그렇게 하면, 처음에는 좀 빨리 가는 것 같아 보이지만, 아이들이 그만큼 빨리 지치게 되어 포기하게 될 가능성이 높다고 얘기해도 이 분들은 아이들이 좋아해서 그러는 거라고 얘기합니다. 결국 나중에는 대부분 포기하게 되는데 알고 보면 엄마가 좋아하기 때문에 아이들은 참고 있었던 것이고, 그러다 보니 처음에는 재미있던 영어가 점차 힘들고 재미없어져서 더 이상 버틸 수가 없게 되어 포기하게 되었던 것입니다. 따라서 욕심을 버리고 일정한 양을 꾸준히 해 나가는 계획을 세우고 지켜나가는 것이 중요합니다.

## 2. 성준이의 영어교육 9단계

### ▶▶▶ 성준엄마표 영어교육법이란?

이제 성준이가 한 모국어 습득 방식의 엄마표 영어교육법을 좀 더 구체적으로 설명하겠습니다. 총 9단계로 나눠지는 진행과정에 앞서 간단한 설명과 주의사항을 먼저 말씀드리겠습니다.

모국어 습득 방식의 영어교육법 주 교재는 원서가 아니라 원어 DVD입니다. 어린이용 애니메이션, 드라마, 영화 등이 그 것입니다. 주 교재를 통해 소리에 익숙해지고, 기초 단어의 의미가 파악되면 그 다음에 본격적으로 원서가 투입됩니다.

여기서 주의해야 할 점은 영어 습득을 한다고 해서 무조건 영어만 해서는 안 된다는 점입니다. 한국어가 모국어이기 때문에 한국어의 구사능력이 증가할수록 영어의 구사능력도 증가하게 됩니다. 한국어의 인지 능력과 활용 능력이 영어에도 그대로 적용되며, 한국어가 모국어로 자리를 잡았기 때문에 영어는 한국어 구사 수준까지 올라오는 것이 최종 수준이 된다는 걸 알아야 합니다.

따라서 영어 습득 훈련과 함께 한국 책 읽기가 병행되어야 합니다. 영어 습득 과정의 전 과정을 진행하는 동안 매일 한국어 책 읽기가 병행되어야 합니다. 그림책의 경우에는 하루 3권 정도를 권해드립니다. 전체 과정을 진행하는 동안 DVD 시청도 꾸준히 진행을 해야 합니다.

## 1단계 : 터잡기

'터잡기' 라는 의미는 아이들이 영어를 습득하기 위한 준비단계를 말합니다. 농사를 짓거나 집을 짓기 위해 땅을 고르는 작업과 유사한 의미로 이해하시면 됩니다. 아이들이 모국어를 습득했던 방식으로 영어를 습득하기 위한 분위기를 조성하는 단계입니다.

이 교육법의 주 교재가 원어 DVD이기 때문에 DVD를 보는데 익숙해지는 과정이기도 합니다. 이때는 굳이 영어가 많이 나오지 않아도 되고 심지어는 아예 영어가 나오지 않는 DVD여도 상관없습니다. 화면의 진행만으로 내용을 이해할 수 있고, 아이들이 거기에서 DVD를 보는 재미를 느낄 수 있는 DVD면 됩니다. 물론 영어가 많이 나와도 상관이 없습니다.

이때 주의할 점은 내용이 아이 눈높이에 맞는 내용이어야 하며, 화

면 전환이나 진행만으로도 재미를 느낄 수 있어야 한다는 점입니다. 내용이 복잡해서 말을 이해해야만 진행되는 상황을 파악할 수 있는 자료는 좋지 않습니다.

부모는 아이들의 거울이라는 말이 있듯이 아이들은 부모가 하는 걸 그대로 따라 하거나 부모가 좋아하는 것에 관심을 많이 보입니다. 특히 엄마에게 영향을 많이 받습니다. 엄마가 재미있어 하는 건 아이들도 궁금해 합니다. 따라서 초기에는 엄마가 아이들과 DVD를 보면서 아이들이 같이 보도록 유도하는 분위기를 조성하여 주도록 합니다. 아이들이 재미있어 하거나 좋아하는 장면이 나오면 같이 동조하며 재미있어 하는 모습을 보여주면, 아이들은 자기가 재미있어 하는 걸 엄마도 재미있어 한다는데 고무되어 쉽게 DVD 보기에 재미를 느끼게 됩니다. 이런 과정을 통해서 아이들이 스스로 찾아서 DVD를 보게 되는 분위기가 조성되면 '터잡기' 가 된 것입니다.

성준이가 처음 보기 시작한 애니메이션은 '톰과 제리' 였습니다. 그리고 '패트와 매트' 도 좋아했습니다. 그 당시에는 지금처럼 DVD가 활성화 되어 있지 않았고, 비디오테이프 형태가 많았습니다. 그리고 비디오테이프로 나와 있지 않거나 구하기 힘든 애니메이션들이 TV에서 방송으로 나올 때가 있었는데, 성준이가 좋아하는 작품이 방영될 때면 비디오테이프로 녹화해 성준이가 여러 번 반복해서 볼 수 있도록 해 주었습니다. 지금도 기억나는 작품은 Hot Wheel 시리즈였는데, 성준이가 좋아하는 조그만 자동차를 주제로 해서 만들어진 애니메이션으로 말이 많이 나왔음에도 불구하고 성준이가 무척이나 즐겨

보곤 했습니다.

이렇게 터잡기를 진행하는 동안에는 성준이가 재미를 느끼도록 하는데 중점을 두었기 때문에 말이 나오고 안 나오고를 떠나서 재미있어 하는 걸 보여주는데 신경을 썼습니다. 그리고 성준이가 애니메이션을 볼 때면 옆에서 같이 보면서 엄마도 재미있어 하는 모습을 함께 보여주었습니다.

유치하다는 점을 빼면 사실 어린이용 애니메이션은 어른들이 봐도 재미있는 작품들이 많습니다. 어떤 영어교육 전문가들은 말이 나오지 않는 애니메이션은 봐도 별 도움이 되지 않는다고 말하기도 합니다만 터잡기의 목적이 아이들이 재미를 느끼도록 기반을 조성하는 것이기 때문에 말이 나오는 지의 여부는 중요하지 않습니다.

엄마들이 빨리 빨리 진도를 나가고 싶은 욕심 때문에 말이 많이 나오고 말을 이해하지 못하면 내용을 이해하기 어려운 그런 작품들을 선택하는 경우가 많은데, 이런 경우는 오히려 아이들이 재미를 느끼기 힘들게 될 수도 있어서 터잡기에 실패하기 쉽습니다. 아이들이 재미를 느끼기 시작하면, 애니메이션 보기를 놀이의 하나로 인식하기 시작합니다. 저는 터잡기를 하면서 성준이의 영어 습득 과정을 일지로 기록하기 시작했습니다.

## 2단계 : 소리에 익숙해지기

터잡기가 끝나면 이제 본격적으로 영어의 소리에 익숙해지는 훈련을 하는 시기입니다. 이때는 DVD 보기에 재미를 느낀 아이가 재미있게 DVD를 보도록 해 주고, 아이가 특히 좋아하는 DVD를 알아내서 지속적으로 투입해주는 과정입니다. DVD 한편에는 보통 5000~8000개의 단어가 등장한다고 합니다. 그 안에는 자주 사용되는 말이 수없이 반복됩니다. 'I', 'You'와 같이 자주 사용되는 단어는 1편의 DVD에 많게는 200번이 넘게 등장합니다.

아이들이 '엄마'라는 단어를 듣고 말할 수 있게 되기까지 약 1만 번 정도 듣게 된다고 합니다. 그렇다면, I, You 같은 단어는 한 편의 DVD를 50번, 또는 50종류의 DVD를 본다면 누가 가르치지 않아도 그 뜻을 이해하고 사용할 줄 알게 된다는 말입니다. 과연 그렇게 되냐고요? 네, 그렇게 됩니다.

이 과정에서 아이들을 관찰해 보면, 우리말 배울 때 나타나는 옹알이가 나타납니다. 무슨 말인지 알아듣기 힘든 중얼중얼 하는 모습을 볼 수 있습니다. 그러나 어느 순간에 자신이 본 DVD의 장면과 유사한 상황이 발생하면 한 단어로 된 영어를 말합니다. 처음에는 'Oh!', 'Oops' 같은 감탄사와 'Sorry', 'Mom', 'Dad'와 같은 단어들을 말하기 시작합니다. 그러면서 서서히 좋아하는 대사를 흉내 내어 문장으로 따라 말하는 미미킹(Mimicking)이 시작됩니다. 정말 우리말 배우는 것과 비슷한 과정이 나타남을 관찰할 수 있습니다.

따라 말한다는 것은 일단 영어의 소리를 구분해서 들을 수 있게 되고 있다는 것입니다. 성준이의 영어 옹알이가 시작된 것은 6개월 정도 지날 때였던 걸로 기억합니다. 그러더니 어느 순간부터 'Sorry', 'Oops', 'Mom' 등의 단어를 자기도 모르게 사용하기 시작하더니 재미있는 부분은 영상에서 나오는 부분과 정확하게 일치해서 문장 전체를 미미킹하기 시작했습니다.

소리에 익숙해져야 한다고 해서 무조건 DVD를 시청하는 것이 전부는 아닙니다. 자동차 놀이를 할 때나 블록 놀이를 할 때, 성준이가 좋아하는 DVD를 소리만 나오게 해서 틀어 놓았습니다. 그냥 놀면서 자연스럽게 영어 소리를 접할 수 있도록 한 것입니다. 그랬더니 놀이에 집중하는 줄 알았는데 그 소리를 흘려듣는 중에서도 재미있었던 부분에서는 혼자 웃기도 하고, 갑자기 애니메이션에서 나오는 소리를 따라서 미미킹하기도 했습니다.

때로는 흘려 지나가는 소리만 듣고도, "엄마 여기 재미있지 않아?" 하면서 엄마에게 동의를 구하기도 했는데, 이게 어떤 장면인데 하고 물으면 그 장면에 대해서 설명을 해주곤 했습니다. 이미 성준이는 자기가 좋아하는 애니메이션의 전체를 머릿속에 가지고 있었던 것이고, 거기서 나오는 말을 조금씩 자기 걸로 만들어가고 있었던 것입니다.

**용어 설명**

미미킹(mimicking)은 영화를 보면서 극중 인물의 감정과 억양, 리듬, 표정 등을 그대로 흉내 내는 것을 말합니다. 아기들이 말을 배울 때 뜻을 몰라도 엄마의 말을 듣고 따라하는 것처럼 영어를 배우는 초기에는 뜻을 알지 못해도 많이 듣고 따라하여 원어민과 같은 발음, 같은 억양, 같은 속도를 얻을 수 있습니다. 아이들이 단어의 뜻이나 내용에 대해 궁금해 하면서 좀 더 영어에 몰입하게 되는 과정에서 나타납니다.

## 3단계 : 기본 단어 습득

미미킹이 되는 전후 시점에 아이들에게 단어를 습득하는 훈련을 시킵니다. 시중에서 찾아보면 1천 단어 정도 되는 단어 훈련 프로그램들이 있습니다. 이 프로그램들 중 하나를 고르면 되는데 우리나라에서 선정한 단어들 말고 미국이나 영국에서 자국의 아이들을 위해 만든 책이나 프로그램을 선정하는 것이 좋습니다.

요즘은 많은 엄마들이 정보를 공유하기 때문에 어렵지 않게 찾을 수 있습니다. 우리나라에서 선정한 1천 단어는 우리나라 교과서에 많이 나오는 단어들 중에서 선별한 것이기 때문에 원어민 아이들의 단어와는 차이가 있습니다.

예를 들어 아이들은 애벌레, 잠자리, 매미와 같은 단어를 잘 알고 있습니다. 영어로는 caterpillar(캐터필러), dragonfly(드래곤플라이), cicada(시케이더)입니다. 우리가 학교 다닐 때 잘 배우지 않았던 단어들이고 지금도 교과서에 잘 나오지 않는 단어들입니다. 하지만 아이들이 우리말로 알고 있듯이 미국이나 영국 아이들도 영어로 잘 알고 있는 또래 단어들입니다.

원어민 아이들 눈높이에 맞춰진 원어 DVD에는 이런 단어들이 등장합니다. 따라서 원어민 아이들이 배우는 기초 단어를 습득하는 것이 이 방법의 교육을 하는 엄마들에게는 훨씬 효율적입니다.

또한 이 단어들을 습득해갈 때는 절대 암기를 하도록 시키지 말아야 합니다. 그냥 여러 번 반복해서 보도록 해 주시는 것이 좋습니다. 컴퓨터 프로그램이나 인터넷을 활용하면 단어의 상황에 맞는 재미있는 동영상 설명도 쉽게 구할 수 있으니, 굳이 암기하도록 강요하지 말고 그냥 여러 번 반복해서 저절로 알게 되도록 유도하는 것이 좋습니다.

성준이 역시 원어민 아이들을 위한 단어 학습용 컴퓨터 프로그램을 이용했습니다. 그 프로그램은 재미있는 음향과 함께 아이들이 알아야 하는 단어를 동영상으로 인지할 수 있도록 해주고, 단어의 뜻을 영어로 그대로 설명해 주는 방식으로 구성되어 있습니다.

이 프로그램을 이용해서 처음에는 하루 20개 단어 정도 진도를 나갔는데 시간으로는 약 10~20분 정도 걸렸습니다. 총 10번을 여러 가지 방법과 서로 다른 속도로 해서 반복 시켰는데, 나중에는 20분 안에 50단어 이상을 진행하기도 했습니다. 그렇게 10번을 놀이처럼 반복시켰더니 1,000단어 정도의 의미를 알게 되었습니다.

하지만 이렇게 단어를 익히는 과정이 아무리 게임형태라고 하더라도 성준이가 가끔씩은 하기 싫어하는 모습을 보이기도 했습니다. 그럴 때는 재미있는 놀이인 DVD를 보기 위해서는 먼저 끝내야만 하는 게임으로 단어게임을 끝내는 룰을 정했고, 그 룰에 따라 DVD 시청을 제한하는 방법으로 기본 단어를 습득할 수 있도록 하였습니다.

### 4단계 : 그림책(Picture Books) 보기

그림책 보기는 단어 익히기와 병행하면 됩니다. 원서로 나와 있는 그림책들은 오디오북이 같이 있는 경우가 많은데 그림책의 오디오북은 아이들이 좋아할 만한 음악과 함께 성우들이 읽어 주기 때문에 엄마는 책장을 넘겨주는 정도만 도와주면 됩니다. 그것도 처음에만 그렇지, 조금 있으면 아이들이 직접 책장을 넘기면서 볼 수 있게 되는데, 이때 오디오의 소리와 그림책에 나오는 단어를 어느 정도 일치 시켜서 넘기는 걸 볼 수 있습니다. 아이들이 소리와 단어를 매칭 시킬 수 있게 된다는 것입니다.

그러다가 기본 단어를 익히고 나면 DVD에 나오는 말과 그림책에 나오는 글을 이해하는 정도가 급격히 상승합니다. 엄마가 그림책을 읽어주던 단계를 이미 단어 학습을 통해 아이들이 통과하게 되는 것입니다.

지금까지 엄마가 영어로 말할 필요가 없었듯이 그림책도 엄마가 읽어줄 필요가 없습니다. 아이들이 간단한 그림책은 읽고 이해할 수 있는 능력이 이미 형성되고 있는 것이니까요.

이때 그림책의 내용을 물어보지 마세요. 확인하려고 하지 마세요. 아이들이 내용은 알아도 영어로 알기 때문에 이를 우리말로 표현하는데 제약이 있을 뿐 아니라 영어로 표현하는 것도 제약이 있기 때문입니다. 그냥 아이를 믿고 맡겨두며 지켜보면 됩니다. 성준이는 초등학교 1학년 때 이 방법을 시작했기 때문에, 인지 능력이 충분히 발달해 있어서 그림책 읽기는 간단히 하고 넘어갔는데, 동생 성운이는 그림책 읽기에 좀 더 많은 시간을 들였습니다.

### 5단계 : 동화책(Chapter Books) 보기

그림책의 단계를 넘어가면서 동화책 보기가 시작됩니다. 원어로 된 동화책들은 인터넷을 통해 쉽게 구입할 수 있는데 대부분 시리즈로 되어 있는 책들이 많아서 무조건 인터넷으로 구입하는 것보다 아이와 함께 어린이 원어 서적을 파는 전문 서점에 가서 아이가 직접 고르도록 유도하는 것이 좋습니다.

이 때 주의할 점은 한 번에 많이 구매하지 말라는 것입니다. 재미있어 보인다고 해서 구매했지만 막상 읽어보니 아이가 별로 재미를 느끼지 않는 경우가 많습니다. 따라서 낱권으로 1~2권 정도를 구매해서 아이에게 읽혀보고 재미있다고 하는 것은 그 시리즈의 다른 편을 구매하는 방법이 좋습니다.

동화책은 그림책과 달리 내용이 깁니다. 보통 60~80페이지 정도가 되고, 중간에 삽화도 별로 없으며 글자 크기도 급격히 작아집니다. 따라서 보통 한 권을 읽는데 여러 날이 걸립니다. 아이들은 궁금증과 호기심이 그때 그 때 해소되는 것을 좋아하기 때문에 이렇게 읽는데 오래 걸리는 동화책에 싫증을 낼 수도 있습니다. 그럴 때는 좀 쉬어 가기도 하고, 오디오북만 흘려듣도록 하는 것도 방법입니다.

가끔 원서를 파는 전문서점에 가서 성준이가 읽고 싶은 책을 고르게 할 때가 있는데, 읽고 싶은 책이 없다고 할 때는 그냥 돌아올 때도 있었습니다. 성준이는 주로 오디오북이 제공되는 동화책을 읽었는데 아무래도 DVD를 통해 소리에 많이 적응이 되었기 때문에 오디오북을 함께 듣는 것이 도움이 많이 되었습니다.

처음에는 그냥 오디오북에서 나오는 소리를 들으면서 진행 속도에 맞게 책장을 넘기는 걸 연습했습니다. 그러다가 읽어주는 소리에 맞게 손가락으로 단어를 짚어가는 연습을 했습니다. 그 다음에는 오디오북에서 나오는 소리를 곧이어 따라 말하는 연습과 정확하게 따라서 말하는 연습을 했습니다.

이 때 조심스러웠던 것은 이런 식으로 책을 읽게 하다가 혹시 책 읽기를 재미없어 하게 되지 않을까 하는 점이었습니다. 그래서 동화책 읽기가 한 권이 끝날 때마다 외식을 한다든지 성준이가 좋아하는 미니카 하나씩을 사준다든지 하는 식으로 해서 성준이에게 보상을 해주었고, 성취감을 느낄 수 있도록 했습니다.

동화책 읽기가 상당히 진행된 시점에 성준이와 재미있는 게임을 했는데, 오디오 북의 중간 일부분을 들려주고 성준이가 그 곳을 찾아내는 게임이었습니다. 책의 전체 흐름을 알고 있어야 하는 것은 물론이고, 내용 파악이 완전히 되어 있어야 이 게임이 가능한데, 성준이가 제안해서 하기는 했지만 사실 별 기대는 하지 않고 있었습니다.

성준이가 좋아했던 'Magic Tree House' 시리즈의 오디오북 중 무작위로 한 개를 골라서 성준이에게 들려 줬더니, 그 책을 찾아 와서는 중간을 막 넘기더니 채 1~2분이 안 되어 오디오 북에서 나온 소리가 있는 문장을 정확히 찾아내는 것이었습니다. 이때의 희열은 경험해본 사람만 알 거라 생각됩니다. 성준이는 Magic Tree House의 전체 시리즈의 내용을 꿰고 있었으며 그 이야기 흐름 또한 알고 있었고, 앞부분에 나오는 내용인지 중간인지 뒷부분인지도 정확하게 알고 있었던 것입니다. 그냥 책을 읽는 척 했던 것이 아니었다는 걸 확인할 수 있었던 순간이었습니다.

## 6단계 : 말하기 연습

언제부터인가 성준이가 미국인을 만나서 얘기를 해봤으면 좋겠다는 말을 했습니다. 고민이 되었습니다. 시중에는 영어회화 프로그램이 넘쳐났지만 모두가 성인을 대상으로 한 것이었습니다. 그러다 결정한 것이 다양한 경험을 한번 해보자는 것이었습니다. 어차피 성준이는 애니메이션이나 영화를 통해서 미국식 발음, 영국식 발음을 가리지 않고 흡수를 했기 때문에 누구와 대화를 해도 크게 상관이 없겠다는 판단에서였습니다.

길에서 만나는 선교사와도 말을 해보고, 마트 같은 곳에서 원어민

교사로 한국에 와 있는 외국인을 보면 먼저 가서 말을 붙여보곤 했습니다. 원어민 교사들은 자기네가 먼저 말을 붙이는 걸 한국 사람들이 상당히 싫어하는 걸로 알고 있어서 되도록이면 먼저 말 거는 걸 자제하고 있다면서 성준이가 가서 먼저 말을 걸면 누구나 흔쾌히 받아줬습니다. 그렇게 한번 만나면 5~10분 정도를 얘기하고 오곤 했습니다.

또 당시에는 필리핀, 미국 등의 영어권 강사들이 화상대화를 하는 화상영어 서비스가 막 활개를 치던 시기였습니다. 그래서 코엑스에서는 주기적으로 영어 교육, 유아 교육 박람회가 열렸었는데, 이곳에 가면 항상 화상 영어 업체가 시연을 하고 있어서 무료로 화상 대화를 해볼 수 있었습니다.

한번은 한 업체의 시연장에 성준이가 자리를 잡고, 다른 업체의 시연장에 성운이가 자리를 잡고 앉아서 화상으로 20~30분 정도씩을 원어민과 화상 대화를 한 적도 있었습니다. 영어로 대화를 해야 해서인지 시연에 참여하는 사람들이 거의 없는데다가 성준이와 성운이의 주위로 사람들이 몰려들고 있어서인지 업체 담당자들도 시간제한을 두지 않고 그냥 내버려 두었던 것입니다.

또 한달 정도 필리핀 화상영어를 신청해서 했던 적도 있습니다. 그런데 성준이가 교재에 나와 있는 정해진 얘기만 하는 것 같아 재미없다며 곧 그만 두었습니다. 한 업체에서는 4명이 한꺼번에 참여하는 미국인 화상영어 서비스를 다소 저렴한 비용으로 제공하고 있었는데, 이 서비스는 30분 중에 자기가 얘기하는 시간은 5분도 안 되고 답답하게 말하는 다른 아이들을 기다려야 해서 시간만 아깝고 별 도움이 안 되는 것 같다고 해서 이 역시 열흘도 안 되어 그만두었습니다.

이때 있었던 재미있는 에피소드가 한 가지 있습니다. 4명이 참석해서 화상영어를 진행하는데 먼저 성준이에게 발언 기회가 주어졌습니다. 한 5분 정도를 얘기를 한 다음에 다른 아이에게 순서가 넘어갔는데, 그 아이가 우물우물 하더니 갑자기 퇴장을 해 버렸고 나머지 아이들도 비슷하게 모두 퇴장을 해 버렸습니다.

덕분에 그 날은 성준이 혼자서 신나게 얘기를 할 수 있었는데 끝내기 전에 원어민 강사가 '한국인 맞니? 미국에 사는 거 아니니?' 라고 질문을 했다고 해서 웃었던 적이 있었습니다. 그렇게 비용을 거의 들이지 않고, 다양한 방법으로 원어민을 접해서 얘기하는 방법으로 말하고 싶은 욕구를 해소했습니다.

## 7단계 : 심화단어 습득

동화책 읽기가 어느 정도 진행되면, 아이들이 오디오북 없이도 혼자서 책 읽기를 해 나갈 수 있는 능력이 됩니다. 성준이 역시 이 단계에서 동일한 모습을 보였는데 이 때 좀 더 많은 단어를 익힐 수 있는 작업을 진행했습니다.

성준이가 익힌 기본단어는 1천 단어 수준이었기에 좀 더 많은 양의 단어와 주제별로 분류를 해 놓은 단어 학습 프로그램을 선택했습니다. 약 4천 단어 정도가 학교, 집, 인체, 과학, 우주 등의 다양한 분류에 따라 잘 정리가 되어 있던 프로그램이었고 그림 사전으로 출판되어 있는 책을 컴퓨터를 이용해서 익힐 수 있도록 만들어 놓은 프로그램이었습니다. 좋은 프로그램이지만 아쉽게도 지금은 구할 수 없다고 들었습니다. 그 프로그램을 통해 심화 단어 습득을 진행했는데 기본 단어처럼 그렇게 여러 번 반복하지는 않았고, 게임 하듯이 재미있게 진행했습니다.

### 8단계 : 글쓰기 연습

글쓰기는 글씨 쓰기와 구분을 해야 할 것 같습니다. 글씨 쓰기는 성준이보다 동생 성운이가 먼저 시작이 되었는데, 성운이가 좋아하는 애니메이션 'Sonic the Hedgehog' 라는 시리즈를 가지고 했습니다. 성운이는 여기에 나오는 주인공을 너무 좋아해서 자기 혼자 종이에 주인공인 Sonic을 그리곤 했습니다.

그러다 어느 날 인가부터는 주인공의 그림 위에 Sonic이라는 글자를 쓰기 시작했는데, 어느 때는 S자가 반대로 써 있기도 했지요. 글씨를 쓰는 게 아니라 글자를 그리기 시작했다고 하는 것이 맞는 표현일 겁니다. 그렇게 자기가 좋아하는 글자를 한 글자씩 쓰면서 글씨 쓰기를 시작했습니다.

성준이는 알파벳 쓰기를 하기는 했지만 이미 많은 단어들을 알고 있던 때였기 때문에 글자 쓰기는 별 힘이 들지 않았습니다. 그래서 글쓰기 연습을 시작했는데, 우리나라 아이들이 누구나 그렇듯이 일기 쓰기로 시작을 했습니다.

처음에는 영어로 글을 쓰는 것이 익숙하지도 않고 어려웠기 때문에 인터넷에서 외국 아이들이 일기를 써 놓을 것을 베껴서 쓰는 연습부터 했습니다. 우리는 흔히 일기를 다이어리(Diary)로만 생각하는데 원어민들은 오히려 저널(Journal)이라는 말을 더 많이 사용하니까 인터넷에서 검색하실 분은 참고하시면 도움이 될 것입니다. 그리고 우리 아이들의 일기 쓰는 방식과 원어민 아이들의 일기 쓰는 방식에는 차이가 있는 것도 아시면 좋습니다.

'일기' 라는 말이 의미하듯이 그날 하루의 기록을 우리는 일기라고 합니다. 그래서 대부분 아침에 일어나서 학교 가고, 학교에서 무슨 일이 있었는지 등에 대해 시시콜콜 기록을 합니다. 하지만 원어민 아이들은 주제를 가지고 그 주제에 대해 글을 씁니다. 예를 들어서 친구가 놀려서 기분이 나빴던 일을 쓴다면, 제목에는 '나쁜 친구' 라고 하고 그 친구가 어떤 상황에서 나를 놀렸는지 왜 그 친구가 나쁜 친구인지에 대해서만 씁니다.

이렇게 원어민 아이들의 일기를 베껴 쓰는 연습을 하면서 글쓰기 연습을 시작했고, 그 다음에는 그날 있었던 일에 대한 주제를 정해서 일기를 쓰기 시작했습니다. 특별한 일이 없었던 날은 그냥 넘어갔습니다. 이때도 틀리게 쓰던 맞게 쓰던 고치려고 하지 않았으며, 그냥 일기를 쓴 그 자체만으로 칭찬을 했습니다.

사실 원어민 아이들이 써 놓은 일기를 보면 우리가 볼 때 문법적으로 틀린 문장도 허다하고, 철자도 발음되는 대로 써 놓은 것도 많습니다. 그렇게 쓰는 연습을 하다 보면 점차 틀린 부분이 적어지게 되고 문장력도 좋아지게 됩니다.

### 9단계 : 문법

성준이는 문법 공부를 따로 하지 않았습니다. 교환학생으로 미국 고등학교에 다니면서 고급 작문 수업을 들었는데, 자기도 이제는 문법 공부를 좀 해야 할 것 같다며 최근에 본격적으로 문법 공부를 하고 있습니다. 중학교에 가서는 영어 교과서에 문법이 나오기 때문에 해당 부분의 문법만 참고서로 익혔던 게 전부였는데, 이제 고급 작문을 하면서는 문법적 지식이 필요하다고 느낀 것 같습니다. 그럼에도 불구하고 틀린 문장을 고르는 문제는 기가 막히게 풀었습니다. 이게 왜 틀린 문장이냐고 물어보면 '몰라! 그런데 이상해. 이런 영어는 안 써'라고 대답했습니다.

우리가 영어를 배웠던 시기에는 흔히 쉬운 단어가 더 어렵다는 말을 하곤 했었습니다. 어려운 단어는 한두 가지 뜻만을 가지고 있는 데에 반해 쉬운 단어는 정말 많은 뜻을 가지고 있어서 문장 또는 문맥에 따라 그 의미가 달라지기 때문입니다. 그래서 쉬운 단어지만 해석에 애먹는 일이 많습니다. 그런데 성준이는 그렇지 않았습니다. 유럽 쪽에서는 TOEFL 대신에 인정이 되는 시험 중에 영국 캠브릿지 대학에서 주관하는 공인 시험이 있습니다. 그 시험은 매우 많은 레벨이 있어서 어느 레벨의 시험을 준비해야 하는 지 수준을 테스트 하는 사전 시험이 온라인으로 진행되고 있었습니다. 총 20문제 밖에 되지 않았는데 성준이는 20점 만점을 받았고, 만점자가 응시할 대상 시험은 대학원 수준의 시험이었습니다.

그 중에 한 문제가 눈에 띄었는데 아주 쉬운 단어들로 된 문장들 중에서 틀린 문장을 골라내는 문제였습니다. 그런데 문장들이 너무 축약되어 있어서 도대체 의미조차 파악이 안 되는 문제였는데 문법적으로 틀린 걸 찾아내기에는 무척 어려웠습니다. 성준이에게 이 문장들의 뜻을 설명해 줄 수 있느냐고 물어 보니까 별일 아니라는 듯이 설명을 하고는, 왜 이 문장이 왜 틀린 거냐고 물었더니 "이 문장만 이상해, 다른 문장들은 어색하지 않은데 이 문장은 이상해. 쓰지 않는 말이야" 하는 것이었습니다.

즉, 문법을 몰라도 영어를 구사하고 일반적인 글을 쓰는데 큰 문제는 없다는 것이며, 더 높은 수준의 영어를 구사하고 싶다는 필요를 느낄 때 문법을 공부하면 된다는 것입니다.

## 1. 영어는 왜 배워야 한다고 생각하세요?

### ▶▶▶ 가장 먼저, 엄마 마음 다지기

모국어식 엄마표 영어교육법으로 자녀를 지도하고 싶다면, 먼저 엄마의 마음 다지기가 필요합니다. 그렇지 않으면 조금 진행하다가 이게 맞는 건가 하는 의심을 품게 되고, 왜 아이들을 방치하느냐는 다른 엄마들의 말에 휘청휘청 흔들리게 됩니다.

그렇게 중단할 가능성이 높다고 스스로 판단하신다면, 이 방법은 아예 시도하지 않는 것이 엄마나 아이 모두에게 좋습니다. 그래서 먼저 마음 다지기가 필요합니다.

지금부터는 엄마의 마음 다지기에 필요한 정보를 드리고자 합니다. 성준이가 영어를 습득한 방법을 말씀 드리면서 언급된 부분이 반복되어 나올 수 있으나, 이는 명확한 이해를 돕기 위함입니다.

### ▶▶▶ 영어는 왜 배우는 걸까요?

올바른 영어교육의 방향을 살펴보기 위해서는 먼저 영어는 왜 배우는 것인지를 진지하게 생각해 볼 필요가 있습니다. 우리나라 교육에는 학습목표(What: 무엇을 가르치고 배울 것인가?)와 교육과정(How: 어떻게 가르치고 배울 것인가?)은 있지만 학습목적(Why: 왜 가르치고 배우는 것인가?)에 대해 명쾌하게 설명하는 곳이 없습니다.

이렇듯 영어를 배우는 근본적인 목적이 없기 때문에 교육정책이 수시로 바뀌는 것이고, 이때마다 영어교육에 대한 방향이 바뀌며 바뀐 정책에 따라 우리 학생들은 이리저리 흔들립니다. 바뀐 정책을 잘 모르겠으니 전문가라고 자처하는 학원을 이리 저리 찾아서 옮겨 다니게 됩니다.

그렇다면 영어는 왜 배우는 걸까요? 이 질문에 대한 답을 엄마 스스로 찾아볼 필요가 있을 것 같습니다. 참고로 영어교육이 잘 이루어지고 있으며 외국어로서의 영어 구사능력이 뛰어나다고 하는 독일, 핀란드, 덴마크 등의 여러 유럽 국가들은 영어를 배우는 목적을 '영어를 사용하는 사람들과 의사소통을 하기 위해서' 라고 정의하고 있습니다. 이 나라 사람들은 훨씬 적은 시간의 영어 공교육만으로 영어를 구사하는데 별 어려움을 느끼지 않고 있습니다. 왜일까요? 영어교육의 목적이 분명해서 그에 맞는 교육목표와 교육과정이 흔들리지 않기 때문이죠.

우리 아이들이 "엄마 영어는 왜 배우는 거야?" 라는 질문을 한다면 어떻게 대답을 해야 할까요? "영어를 잘해야 좋은 대학에 가고, 그래야 좋은 회사에 취직해서 편안하게 살 수 있지" 라고 솔직히 가지고 있는 생각을 얘기해야 할까요? 아니면 "영어는 세계 사람들이 공통으로 사용하는 언어기 때문에 글로벌 시대에 사는 우리에게 영어는 꼭 배워야 하는 언어야"라고 나름대로 그럴 듯하게 포장해서 얘기해야 할까요?

영어도 한국어와 마찬가지로 '말' 입니다. 우리가 말을 배우는 첫 번째 목적은 '의사소통' 입니다. 그렇듯 영어도 '의사소통' 이 첫 번째 목적이 되어야 하는 것이 맞습니다. 의사소통이 되면 다음으로 그 나라의 문화를 이해하고 더 나아가서 그 나라 사람들과 교류하며 살아가기 위해 그 나라의 말을 배우는 것입니다.

지금까지 이야기를 정리해보면, 우리가 영어를 배우는 목적은 '영어를 사용하는 사람들과 의사소통을 하고, 그 나라의 문화를 이해하고 서로 교류하기 위함' 이라고 할 수 있습니다. 이렇게 목적이 분명해 질 때, 부모들도 우리 아이들의 영어교육 방향을 주관을 갖고 결정할 수 있게 됩니다.

## 한국과 핀란드의 영어교육 비교

"한국과 핀란드의 교육시스템은 정반대의 성격을 지닙니다. 핀란드 교육시스템은 근본적으로 학생에 대한 '지원' 을 바탕으로 합니다. 반면 한국은 학생들 간의 '경쟁' 을 바탕으로 하고 있습니다. 한국이 핀란드와 함께 PISA에서 1,2위를 하고 있지만, 그렇다고 해서 한국 학생들이 행복한 것은 아닙니다." (OECD의 PISA*평가 책임자)

**용어 설명**

*PISA [program for international student assessment] : OECD에서 실시하는 학

업성취도 국제비교연구. 각국 교육정책 수립의 기초자료를 제공하기 위해 만 15세 학생을 대상으로 읽기(글 이해력), 수학, 과학 능력을 평가하는 프로그램이다. 평가는 보통 3년마다 진행된다.

핀란드의 경우, 국민의 70%이상이 영어로 자유롭게 의사소통이 가능하다고 합니다. 그런데 놀라운 것은 참고서는 물론 사교육도 전혀 없이 100% 공교육만으로 이루어진 성과라는 것입니다. KBS의 방송을 보면, 핀란드의 길에서 만난 사람들, 시장에서 직접 만든 음식을 파는 아주머니들 모두 유창하게 영어로 말하는 걸 볼 수 있는데 어느 누구도 영어로 말하는 걸 주저하지 않습니다. 혹자는 핀란드는 유럽 국가니까 아무래도 어순이나 어휘의 근원이 영어와 유사하기 때문일 거라고 말하기도 하지만, 핀란드어는 영어와 어순부터 전혀 다른, 유사성이 없는 언어라고 합니다. 그런데 어떻게 이런 결과가 나올 수 있었을까요? 영어를 배우는 기본 목적을 '의사소통' 이라고 분명하게 정립하고 있기 때문이라고 합니다.

핀란드 역시 예전에는 문법을 기반으로 한 영어교육(문법 번역식 교수법: Grammar-Translation Method)을 실시했었지만 성과가 없었다고 합니다. 의사소통을 교육의 목적으로 정립한 이후에야 성과가 나타나기 시작했고 이제는 문법 기반의 영어교육은 하지 않는다고 합니다. 그럼에도 불구하고 영어 말하기는 물론 영어읽기 능력까지도 전 세계 최고 수준으로 나타나고 있습니다.

이제 한국의 현실로 돌아와 보죠. 한국 학생들은 핀란드 학생들에

비해 3배 이상의 시간을 영어에 투자하고 있다고 합니다. 대부분의 수업시간에 문제를 풀고 성적을 올리기 위해 문법과 독해를 중심으로 한 영어 학습에 투자를 하고 있습니다. 하지만 정작 영어읽기 실력은 세계에서 35위입니다. 영어 말하기 능력은 더욱 형편없어서 우간다, 소말리아보다도 못한 수준인 157개 국가 중 121위로 최하위 수준입니다. 3배 이상의 시간 투자로 훨씬 못한 성취도를 내고 있으면서 글로벌 시대의 인재 양성을 외치고 있으니 난감할 따름입니다. 만약, 일반 기업에 이런 성과를 내는 직원이 있다면 그 회사에서는 과연 어떻게 할까요?

그런데도 교육방향이 바뀌지 않는 이유는 뭘까요? 근본적으로 교육의 바탕을 '경쟁'에 두고 있기 때문입니다. 경쟁을 하기 위해서는 평가를 하고 순위를 매겨야 하는데, 의사소통은 평가와 순위에 객관성을 부여하기가 힘들기 때문에 회피하는 것입니다. 그러다 보니 학생들은 학생들대로 죽어나고, 사교육은 번창하는 것에 비해 교육의 효과는 부실한, 그야말로 글로벌 시대에 역행하는 비효율적인 결과가 나오게 된 것입니다.

## 2. 영어는 어떻게 가르쳐야 할까요?

### ▶▶▶ 아이들은 어떻게 언어를 배울까요?

우선 영어를 배우고 가르치는 목적을 부모님 스스로 정립해야 합니다. 앞에서 언급한 것처럼 '영어를 사용하는 사람들과 의사소통을 하고, 그 나라의 문화를 이해하고 서로 교류하기 위함' 이라고 정립을 하셨다면 다음 단계로 넘어갈 수 있습니다

영어는 '말' 입니다. 즉 '언어' 죠. 우리가 쓰는 한국말과 똑같이 '말' 입니다. 우선 우리 아이들이 태어나서 한국말을 배우는 과정을 살펴보겠습니다.

**1단계** : 태어나서 처음에는 아무 말도 못합니다. 그저 엄마, 아빠가 해주는 말을 열심히 듣기만 합니다. 그러면서 청각이 열리고 간단한 단어를 인지하게 됩니다.

**2단계** : 그러다 어느 순간 옹알이를 하더니 '엄마' 라는 말을 하게 됩니다. 이때가 부모들로서는 감동의 순간이죠. 아이가 이렇게 '엄마' 라는 말을 하게 되기까지는 약 1만 번을 '엄마' 라는 말을 들었을 때 가능해진다고 합니다. '엄마', '아빠', '밥' 정도의 아주 간단한 단어를 불명확한 발음으로 하기 시작합니다.

**3단계** : 간단한 문장을 구사합니다. '엄마 밥' 처럼 간단한 단어를 조합해 간단한 의사표현을 시작합니다.

**4단계** : 복잡한 문장을 구사하기 시작합니다. '엄마 밥 줘', '엄마 같이 놀자' 등의 좀 더 복잡한 의사표현을 하기 시작합니다.

**5단계** : 아이들에게 그림책을 읽어 줍니다. 책을 통해 아이들의 인지 폭이 조금씩 넓어지기 시작하며, 아이들의 인지 폭과 언어 구사력의 향상으로 복잡한 의사표현이 가능해 집니다.

**6단계** : 아이들에게 단어를 가르쳐 줍니다. 단어카드를 이용하거나 냉장고 등에 이름을 써서 붙여놓고 아이들에게 단어를 가르쳐 줍니다. 이 때 아이들은 상당한 수준으로 자기 의사표현이 가능해지며, 호기심도 많아져 다양한 질문을 쏟아냅니다. 주로 어린이 집을 다니는 시기가 이 때이며 그림책을 스스로 읽기 시작합니다.

**7단계** : 본격적인 책 읽기를 합니다. 그림책 읽기와 습득된 단어의 힘으로 글자가 많고 그림이 적은 동화책 읽기를 합니다.

**8단계** : 쓰기를 가르칩니다. 유치원을 다니는 시기입니다.

**9단계** : 초등학교에 진학합니다. 이때부터 받아쓰기가 시작되며, 문법적인 체계를 잡아가기 시작합니다.

**▶▶▶ 그럼 이제 위의 9단계를 정리해 볼까요?**

처음엔 듣기만 합니다. ➡ 옹알이를 시작합니다.(한 단어 어휘 구사) ➡ 점차 복잡한 말로 자기의사를 표현합니다. ➡ 읽기를 시작합니다. ➡ 쓰기를 시작합니다. ➡ 문법을 배웁니다.

즉, **[듣기 → 말하기→ 읽기 → 쓰기 → 문법체계 학습]**의 단계를 거치게 됩니다.

핀란드를 비롯한 북유럽 국가들의 영어 공교육과정은 바로 이런 단계를 거치도록 되어 있습니다. 이 단계에서 평가를 하긴 하지만 순위는 없습니다. 평가를 하는 목적은 부족한 부분을 파악해 무엇을 교육으로 지원할 지를 결정하기 위한 거죠. 그러다 보니 학생들이 학습에 대한 거부감이 적고, 성취도 또한 높아지는 것입니다.

### ▶▶▶ 이제 한국의 영어교육을 살펴볼까요?

한국의 교과서도 말하기가 중요하다는 걸 반영해서 구어체 위주로 되어 있습니다. 하지만 교육과정은 어떻게 이루어지죠? 구어체로 되어 있는 문장의 단어를 암기하고 문법이 어떻게 적용되어 있는 지를 분석하게 됩니다. 구어체인데도 정작 말을 할 기회는 거의 없습니다. 왜냐하면 시험을 보고 순위를 매기는 경쟁 환경에서 말은 필요가 없을 뿐만 아니라 귀찮은 존재이기 때문입니다.

그러다 보니 아무리 교과과정이 바뀌고 교과서가 바뀌어도 공교육에서는 항상 **[단어암기, 문법 → 읽고 해석하기 위주 → 듣기와 말하기 조금]** 이런 식으로 진행됩니다. 듣기와 말하기는 그마저도 시험에 나오는 듣기 연습과 말하기 연습이 주를 이루게 됩니다. 과연 이렇게 해서 우리 아이들이 영어를 '말'로 인식할 수 있을까요?

영어는 그냥 어려운 하나의 과목이 되는 겁니다. 공부하다가 어려우면 포기하게 되는 것입니다. 우리 부모세대가 그래 왔듯이 똑같은 전철을 밟게 됩니다.

### ▶▶▶ 올바른 영어교육 방향은 무엇일까요?

국내외의 수많은 전문가들은 아이들이 말 배우는 과정에서 가장 중요한 것은 말에 대한 노출이라고 이구동성으로 주장합니다. 하지만 우리는 영어를 배우는데 영어보다는 한국말에 더 많이 노출됩니다. 문법 설명이나 해석 설명이 모두 한국어로 이루어지기 때문이죠. 이 때문에 정작 영어에 노출되는 시간은 극히 적습니다.

노출의 중요성을 다룬 이론으로는 흔히 '1만 회 이론' 과 '3천 시간 이론' 이 있습니다. 모르는 단어에 1만 번 노출되면 자연히 그 단어를 읽고 쓰고 말할 수 있다는 것이 '1만 회 이론' 이며, 모르는 언어에 3천 시간 노출이 되면, 그 언어를 사용할 수 있게 된다는 것이 '3천 시간 이론' 입니다. 1만 회는 아이들이 '엄마' 라는 말을 사용하는데 노출된 횟수와 비슷하며, 3천 시간은 하루 3시간씩 3년간 노출하는 시간과 비슷합니다.

영어에 노출되는 방법은 다양합니다. 영화를 봐도 좋고 영어 오디오북을 들어도 좋습니다. 영어책을 읽고, 영어 라디오를 듣고, 영어 노래를 듣고, 영어로 인터넷 서핑을 하고, 영어로 된 게임을 해도 좋습니다. 순수하게 영어 자체에 노출될 수 있도록 해주면 됩니다. 노출하는 방법은 매일 꾸준히 일정한 시간을 유지해 주는 것이 좋습니다. 이렇게 노출이 되는 동안 자연스럽게 반복이 이루어지며, 이를 통해 영어가 자연스레 습득됩니다.

따라서 영어교육의 방향은 듣기를 시작으로 우리말 배우는 과정을 모방해서 적용하는 방법을 따르며, 몇 년이 걸리더라도 영어 자체에 노출되는 시간이 3천 시간 이상이 될 수 있도록 방향을 잡으면 됩니다.

### ▶▶▶ 영어를 가르칠 자신이 없는데 어떻게 하죠?

우리 아이들의 영어교육에 대한 목적도 정립했고, 노출을 통한 말 배우기 과정으로 영어교육을 해야겠다고 결정을 했어도 정작 부모님 자신들이 영어에 대한 자신이 없습니다. 그렇게 오랫동안 공부를 해 왔지만 말이죠.

걱정할 필요가 전혀 없습니다. 우리나라에는 너무나 많은 좋은 자료들이 넘쳐나고 있습니다. 먼저 듣기를 시작하세요. 한국은 인터넷 강국 1위인 나라입니다. 유튜브에 접속하면 수없이 많은 영어로 된 동영상 자료들이 넘쳐나고 있습니다. 아이들이 좋아할 만한 내용을 조금만 시간 내서 검색해 보세요.

여자 아이라면 유튜브에서 'barbie full movie' 라고 검색해 보세요. 바비 인형을 소재로 한 20여 편의 애니메이션 영화가 그대로 올라와 있습니다. 심지어는 뽀통령이라고 불리는 뽀로로 동영상도 'pororo english' 라고 검색하면 영어로 된 뽀로로 동영상이 주르륵 나옵니다. 조금만 관심을 가지고 아이들이 좋아하는 내용을 검색해 보세요. 영어 듣기 연습을 할 너무나 많은 자료들이 인터넷에 넘쳐납니다.

그래도 없으면 주변에 흔하게 볼 수 있는 DVD 대여점에서 빌려다 보면 됩니다. 부모님들이 영어를 할 필요가 없습니다. 그저 아이들이 좋아하는 내용의 듣기 자료를 구해서 계속적으로 듣기를 할 수 있도록 해 주면 됩니다.

아이가 태어나서 '엄마' 라는 단 단어를 말하게 되기까지는 1만 번 정도의 '엄마' 라는 말을 들어야 한다고 했습니다. 영어로도 마찬가지입니다. 애니메이션 영화 1편에는 'I' , 'You' 와 같은 아주 기본적인 단어가 한 영화당 200~300번 정도 나옵니다. 그렇다면 이론적으로 50편 정도의 애니메이션 영화를 보면 가르쳐주지 않아도 'I' , 'You' 와 같은 단어의 의미를 알고 말할 줄 알게 되어야 합니다.

정말 그러냐고요? 네, 직접 해보니 정말 그렇게 됩니다. 애니메이션을 보면서 듣기만 지속했을 뿐인데, 어느 순간 'Mom' ,' yes' ,' no ',' sorry' 와 같은 한 단어로 된 말을 구사하기 시작합니다. 그러다 조금씩 긴 문장 말하기로 발전을 합니다.

영어공부를 시키는 것이 아니라 주위에서 쉽게 구할 수 있는 동영상 자료를 활용해서 보여주고 들려주었을 뿐인데 아이들이 서서히 영어로 의사표현을 시작하게 됩니다. 이는 우리말 배우기의 과정과 거의 동일합니다.

그 다음부터는 영어로 된 그림책 오디오북을 통해서 아이들에게 책을 보여주고 읽어주는 과정을 진행하면 되고, 점차 동화책으로 발전시켜나가면 됩니다. 그러면 쓰기는 어떻게 진행하면 되냐고요? 이쯤 되면, 아이들이 자기가 좋아하는 영화제목, 책 이름, 주인공 이름을 그림으로 그리기 시작합니다. 쓰라고 강요하지 않아도 아이들이 놀이로 스스로 하기 시작합니다.

이렇게 3년 동안 하루 3시간 정도를 아이들에게 영어를 노출시켜 주세요. 정말 놀라울 만큼 아이들의 영어 능력이 발전해 있음을 볼 수 있습니다. 그 다음부터는 서서히 문법과 아이들 수준의 시사내용을 접할 수 있도록 해주면 아이들은 영어를 공부로 받아들이지 않고, 우리말처럼 말로 받아들이게 됩니다.

### ▶▶▶ 언제 시작하는 것이 좋죠?

이제 우리 아이들이 영어를 시작하는 시기를 고민해 볼까요?

말이라는 것은 사람과 사물, 유형물과 무형물, 서로간의 관계 등에 대한 인지능력을 기반으로 합니다. 말을 잘 한다는 것은 그만큼 인지능력이 발달했음을 의미합니다. 따라서 우리말을 충분히 잘할 수 있고, 말과 글을 통해서 인지능력을 넓혀갈 수 있는 수준이 되는 것이 먼저입니다.

다시 말하면, 우리말로 충분히 의사소통을 하고 인지를 넓혀갈 수 있는 기반이 되어 있는 상태에서 영어를 접해야 받아들이는 속도가 빠릅니다. 문명의 이기를 접하지 못한 상태로 아마존 밀림 지역에 사는 원주민에게 겨울에 내리는 '눈'을 설명한다고 가정해 보죠. 그 사람들은 더운 나라에 살기 때문에 '눈' 자체를 모릅니다. 문명의 이기인 TV를 접하지 못했기 때문에 영어로 'snow'가 하늘에서 내리는 '눈'이라고 아무리 가르쳐봐야 이해하지를 못합니다. 이와 마찬가지로, 우리말로 인지하지 못하고 있는 것은 영어로도 인지하기가 힘듭니다.

따라서 아이들이 우리말로 충분히 의사소통이 가능하고, 조금씩 책을 통해 인지를 넓혀갈 수 있는 시기가 영어를 시작하기에 좋은 시기입니다. 경험상으로 보면 초등학교 들어가기 1년 정도 이전인 7세 정도부터 시작하는 것이 좋습니다. 물론 말이 빠른 아이들은 조금 일찍 시작해도 상관없고, 느린 아이들은 더 늦게 시작해도 상관없습니다.

다른 아이들은 이미 영어유치원이다 영어 학원이다 해서 모두 영어에 빠져 사는데 7살이면 너무 늦은 거 아닌가 하는 걱정은 하실 필요가 없습니다. 1년이면 그 아이들이 따라올 수 없는 수준에 도달해 있는 우리 아이들의 모습을 볼 수 있으니까요. 우리말도 나이에 비해 말을 잘하는 아이가 있고 그렇지 못한 아이가 있지만, 모두가 성인이 되어서는 비슷한 수준이 됩니다. 영어도 마찬가지입니다. 빨리 말을 배우는 아이들도 있고, 조금 늦게 말을 배우는 아이들이 있습니다. 하지만 나이가 많아지면서 점차 유사해 짐을 볼 수 있습니다.

이 때 중요한 것은 아이들에게 공부로 접근을 해서는 안 된다는 것입니다. 아이들한테는 이미 공부는 재미없는 걸로 인식이 되어 있기 때문에 효과가 줄어들 수 있기 때문입니다.

EBS방송에서 재미있는 실험을 했는데요. 한국의 일반유치원과 영어유치원 아이들, 그리고 미국의 유치원 아이들에게 똑 같은 질문을 했습니다. "유치원은 공부하러가는 곳이니? 놀러가는 곳이니?" 라는 질문에 한국의 일반유치원과 미국의 유치원 아이들은 한결같이 '노는 곳' 이라고 대답한 반면, 한국의 영어유치원 아이들은 '공부하는 곳' 이라고 대답합니다. 이어서 한국의 영어유치원 아이들에게 "여기에서 좋은 건 뭐니?"라고 질문을 하자 아이들은 '노는 것' 이라고 밝은 표정으로 대답을 하고는, "재미없는 건 뭐니?"라고 질문을 하자 '공부하는 것' 이라고 대답을 하며 표정이 굳어집니다.

참 아이러니 한 일이죠. 영어유치원 아이들은 공부하는 곳으로 알고 다니는데 정작 공부하는 것을 싫어한다고 하니 말입니다. 아이들에게 공부가 재미없는 것으로 인식되고 있는 한 공부로 접근해서는 좋은 성과를 내기가 어렵겠죠!

### ▶▶▶ 대학 가려면 문법, 독해를 공부해야 하지 않나요?

영어 전문가들은 한국의 대입 영어시험 수준을 미국 초등학교 6학년이 구사하는 영어 수준이라고 말합니다. 단지 수험생의 지적 수준을 고려하고 현재의 시사 내용에 맞게 적용하여 단어의 난이도에 약간의 차이는 있을 뿐입니다.

우리는 미국 초등학교 6학년 수준의 시험을 그토록 어려워하고, 두려워하고 있는 것입니다.

말을 배우는 과정으로 영어를 습득하면 일단 아이들이 영어를 두려워하지 않습니다. 다른 아이들이 어려워하는 듣기를 위한 귀 트임이 이루어졌고, 상대만 있으면 자기의 의사를 영어로 표현할 수가 있기 때문입니다. 우리가 앞서 살펴본 바와 같이 그 다음과정은 읽기와 쓰기인데, 이 또한 오디오북과 챕터북, 그리고 영어 일기 쓰기를 통해 상당한 수준에 올라서게 됩니다. 그 단계에서 문법 체계를 익히게 되는 것입니다.

### ▶▶▶ 우리가 말을 하고 글을 쓸 때, 문법을 의식하면서 쓰나요?

기본적인 문법은 말을 통해 체득되어 있기 때문에, 단지 격식에 맞는 말을 적절히 골라 쓸 수 있는 어법을 고민해서 말을 하고 글을 씁니다. 영어도 마찬가지라고 생각하세요. 말 배우는 과정으로 영어를 습득한 아이들은 문법적으로 왜 틀렸는지는 모르지만, 왠지 어색하다며 틀린 걸 골라냅니다.

그 다음 단계에서 문법을 접하면, '아 ~ 문법적으로 이래서 틀린 거구나' 라고 쉽게 체득을 하게 되는 것입니다. 공식처럼 문법을 암기해서 기계적으로 적용해 문제를 푸는 아이들과 비교해서 누가 더 경쟁력이 있을까요? 말 배우는 과정으로 영어를 습득한 아이들은 억지로 암기한 아이들과 비교해서 더 쉽게, 더 높은 수준을 대응해 나갈 수 있는 기반을 마련해 놓고 있는 것입니다.

독해 역시 마찬가지입니다. 이미 많은 원서 챕터북을 읽어 내공을 쌓은 상태라서 글을 읽고 이해하는 능력이 대단히 높습니다. 한 문장의 해석에 얽매이는 것이 아니라 문단 전체를 빠르게 읽고 문맥을 파악하는 능력이 키워져 있어 독해력 역시 뛰어나게 됩니다.

### ▶▶▶ 영어능력, 이젠 말하기가 먼저!

최근 국가공인영어시험인 NEAT가 관심의 대상이었습니다. NEAT는 말하기 능력을 측정하는 시험입니다. 대입 영어 시험을 NEAT로

대체하고자 하는 계획이 진행되고 있었고, 일부 대학에서는 이미 시범적으로 적용을 하기도 했습니다만 대규모 인원에 대한 평가의 어려움으로 결국 NEAT 시험은 무기한 보류되었습니다. 하지만 말하기 능력을 국가공인영어시험으로 만들고자 시도를 했다는 것 자체만으로도 그 중요성을 입증하는 것입니다. 또한, 삼성그룹, LG그룹, SK그룹 등의 대기업에서는 TOEIC(토익), TEPS(텝스) 대신에 OPIC이라는 시험을 채택하고 있습니다. OPIC 역시 말하기 능력 측정 시험입니다.

이렇듯 대학과 사회에서도 영어 말하기 능력을 최우선 조건으로 삼고 있습니다. 여기에는 말하기가 되는 사람은 읽기와 쓰기도 될 수 있다는 저변 판단이 깔려 있는 것입니다. 사실 영어를 잘 말할 수 있다는 것은, 이미 많은 영어책 독서를 통해 지적 수준도 높아졌고, 영미권 문화를 이해하고 있어서 소재가 풍부하다는 것을 의미합니다. 그렇지 않고서는 말은 할 줄 알아도 소재가 빈곤하여 대화를 이어나갈 수 없기 때문입니다.

이제 실질적인 영어능력을 중시하는 시대로 바뀌고 있습니다. 사회가 먼저 실질적인 영어능력을 요구하고 있습니다. 그런데, 아직도 문법 · 독해에만 매달리고, 문제풀이에 무게를 둔 듣기 훈련, 말하기 훈련에만 치중 하시겠습니까? 그렇다면, 정말 무책임한 부모가 되는 것입니다.

## 어렵지 않습니다. 엄마라면 누구나 할 수 있습니다.

**정말 이렇게 해서 성공한 아이들이 많은가요?**

가장 많이 듣는 질문입니다만 언제든지 분명하게 대답해 드릴 수 있습니다. 엄마의 방식대로 영어를 익힌 성준이가 바로 저의 대답입니다.

미국 공립고등학교의 교환학생으로 성공적인 생활을 마치고 돌아온 성준이는 단 한 번도 영어 사교육을 받지 않은 아이입니다. 사교육 없이 영어를 배운 아이가 영어를 배우기 위해 미국을 갔냐고요? 아니요. 이미 영어소통 능력을 갖추고 떠난 성준이는 그래서 언어의 장벽 없이 그 너머의 진짜 삶을 경험하고 돌아왔습니다.

성준이는 자신도 미처 깨닫지 못한 가능성을 확인하고, 자신이 좋아서 하는 일에 얼마나 큰 능력을 발휘하는지를 깨달아 훨씬 더 큰 아이가 되어 미국에서 돌아왔습니다. 이 모든 것이 가능했던 이유가 바로 앞서 말씀드린 내용 그대로의 엄마표 영어교육법 때문이었습니다.

**영어는 시험과목이 아니라 '말' 이다.**

영어가 의사소통 수단이라는 단순하고 분명한 생각이 성준이를 더욱 자유롭고 다채롭게 이 세상을 경험할 수 있는 아이로 키울 수 있었던 것입니다. 사교육에 의존하지 않고 엄마가 직접 엄마표 영어교육법을 진행할 때 두려움이 생기는 것도 사실이고 어쩔 수 없습니다. 그래서 이런 방법으로 성공한 아이들이 얼마나 있는지 알고 싶으신 것도 당연한 마음입니다. 성공 사례가 많다면 도전해 볼 의욕에 불을 지필 수도 있을 테니까요.

자, 이제는 성준이 외에 좀 더 다양한 성공사례를 말씀드릴게요. 혹시 TV에 방송되는 영어 교육 성공사례를 조금이라도 관심을 가지고 보신 적 있나요? 그렇다면, 그 성공 사례들이 제가 말씀드린 방법과 비슷한 방법을 적용해 왔다는 것을 알 수 있을 것입니다. 몇 년 전 MBC에서 용인 외국어 고등학교의 학생들이 어떻게 영어공부를 했는지에 대해 심층 인터뷰를 진행한 결과가 방송된 적이 있습니다. 이 학교에서 상위권에 속해 있는 아이들의 대부분이 학원이 아닌 엄마표 영어 교육법으로 영어를 습득한 학생들이었습니다.

**그럼 이제 제 주위의 실제 사례들을 말씀드리겠습니다.**

성준이가 어릴 때부터 영어를 통한 다양한 활동들을 해 왔고 그 활동들이 소문을 통해 알려지면서 저는 서울과 경기 지역 20곳에서 모임을 이끌게 되었습니다. 엄마들이 회원인데 회원 수는 대략 2,000명

이 훨씬 넘습니다.. 그러니까 엄마를 통해 모국어식 엄마표 영어교육법으로 영어습득을 진행하고 있는 아이들은 대략 3,000명 정도 될 겁니다. 대부분이 성공했거나 성공의 길로 향해 가고 있습니다.

이 아이들은 영어 뮤지컬을 보고 따라서 춤추고 노래하기도 하고, 진짜 스폰지로 Spongebob 인형을 만들어 영어로 인형 놀이를 합니다. 유희왕 카드놀이를 동생과 같이 영어로 즐기기도 하고, 그림 도감을 영어로 번역하기도 하고, 자기가 직접 영어 동화책이나 만화책을 쓰기도 합니다. 뿐만 아닙니다. 영어 연극 대본을 써서 반 친구들을 모아 학교에서 공연하기도 하고, 이집트를 좋아하는 아이는 이집트 소개 동영상을 통역하기도 하고, 전자 기계를 좋아하는 아이는 스티브 잡스의 연설을 동시통역하기도 합니다.

모두가 시켜서 억지로 하는 게 아니라, 자기들이 좋아서 하는 것입니다. 좋아하는 걸 영어로 즐기고 있는 겁니다. 우리 엄마들이 아이들에게 바라는 모습은 바로 이런 모습 아닐까요?

일부 특별한 몇 명이 이런 모습을 보이는 게 아니라, 대부분의 아이들이 이런 모습을 보이고 있습니다. 이 방법을 제대로 진행만 한다면 이런 모습들이 안 나오는 것이 이상한 거라는 것을 저희 모임 엄마들은 모두가 알고 있습니다.

정말인지 확인해 보고 싶으신 분들은 www.momsenglish.kr로 접속해 보시거나, 스마트폰으로 QR코드를 스캔해 보시기 바랍니다. 엄마들이 올려 놓은 아이들의 영어 습득 동영상이 3,500개 넘으니 그 동영상들을 보시면 확인이 될 겁니다.

QR코드. 아이들 영어실력.

저희 모임에서는 99%의 엄마의 정성 및 노력과 1% 아이의 노력이 아이의 미래를 만든다고 얘기합니다. 그렇다고 치맛바람을 일으키면서 아이의 일거수일투족을 관리하라는 것이 아닙니다. 아이에게 관심을 가지고 지켜보면서 방향을 알려주라는 것입니다. 그렇게 하면 정말 영어에 자유로운 아이로 키울 수 있습니다.

어렵지 않습니다. 엄마라면 누구나 할 수 있습니다. 아이들이 가진 장점을 가장 잘 아는 사람은 바로 우리 엄마들임을 항상 명심하기 바랍니다

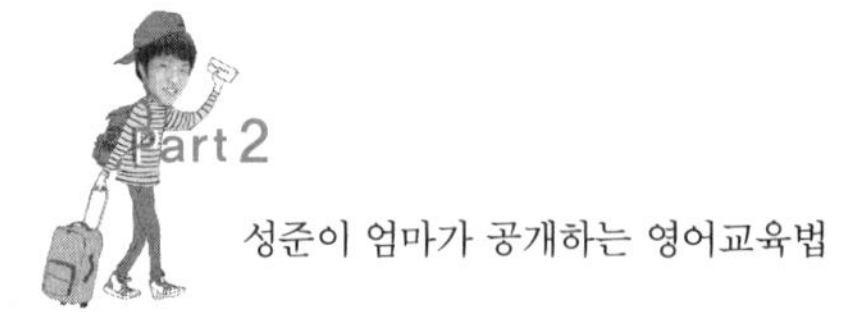

비행기 티켓 한 장 들고 미국공립학교 입성하기

**땡큐, 맘**

**초판 1쇄** 인쇄 2014년 10월 20일
**2쇄** 발행 2014년 10월 27일
**3쇄** 발행 2014년 11월 10일
**4쇄** 발행 2014년 11월 25일
**5쇄** 발행 2018년 01월 05일
**6쇄** 발행 2021년 04월 07일

**지은이** 김성준 + 신은미
**발행인** 이용길
**발행처** 모아북스 MOABOOKS

**관리** 양성인
**디자인** 이룸

**출판등록번호** 제 10-1857호
**등록일자** 1999. 11. 15
**등록된 곳** 경기도 고양시 일산동구 호수로(백석동) 358-25 동문타워 2차 519호
**대표 전화** 0505-627-9784
**팩스** 031-902-5236
**홈페이지** www.moabooks.com
**이메일** moabooks@hanmail.net
**ISBN** 978-89-97385-50-8 03810

memo